Rolf Cantzen

Mordskarma

Krimi

Verlag Edition AV

Mordskarma

Cip-Titelaufnahme der deutschen Bibliothek:
Cantzen, Rolf: Mordskarma - Krimi
Auflage 1.Tsd.; Lich/Hessen; Verlag Edition AV
ISBN: 978-3-86841-103-4

1. Auflage 2014

Umschlag: Jürgen Mümken
Satz und Buchgestaltung: Andreas W. Hohmann
Druck: Leibi / Neu-Ulm
Printed in Germany

ISBN 978-3-86841-103-4

für Dorian

1. September

Manchmal denke ich, ich habe unglaubliches Glück gehabt. Doch dann korrigiere ich mich: Nein, es war nicht nur Glück. Vor allem war es Geduld, gute Planung, ein kühler Kopf und nicht zuletzt mein gemeinschaftsförderndes und spirituelles Anliegen. Es liegt allerdings ein kleiner Schatten auf mir und auf dem Geschehen. Ein anderer sitzt wegen meiner Taten im Gefängnis: Franz-Josef. Er hat gestanden. Die Presse stellte ihn als brutales Monster dar. Aber warum hat er Hubert auch den Kopf abgetrennt? Das wäre wirklich nicht notwendig gewesen. Es war eine Panikreaktion. Franz-Josef wusste selbst nicht genau, wie viele Morde es gewesen waren. Vier Morde und einen Mordversuch an mir haben sie ihm schließlich angehängt. Die nette grauhaarige Polizeihauptkommissarin brauchte dringend Erfolge und Franz-Josef verschaffte sie ihr.

Und nun sitzt der arme Franz-Josef im Knast und ich auf der Terrasse vor unserem Häuschen auf La Palma hoch über dem Meer und schaue in die blutrot untergehende Sonne, neben mir ein Glas Rotwein und ich tippe die Ereignisse in meinen Laptop.

Als nachdenklicher Mensch muss ich mir die Frage stellen: Was drängt mich dazu, das hier alles aufzuzeichnen? Die Antwort fällt mir nicht leicht. Will ich beichten und um Absolution bitten? Die Vermutung liegt nahe. Schließlich war ich einmal katholisch. Doch um Absolution geht es mir nicht. Es geht mir nicht darum, meine Schuld einzugestehen und mein Gewissen zu erleichtern. Nein, mein Gewissen ist nahezu vollständig rein. Nicht trotz, sondern wegen dieser Kreaturen, die dank meiner Hilfe unsere ökologisch-spirituelle Gemeinschaft nun nicht mehr mit ihrer Anwesenheit belästigen.

Schreibe ich das hier auf, weil ich eitel bin? Ja, vielleicht ein wenig. Ich möchte hier schonungslos ehrlich sein und räume ein: Eitelkeit spielt eine gewisse Rolle. Aber übermäßig eitel bin ich nicht, war ich noch nie. Das widerspräche meiner ausgeprägten Empathie. Eitle Menschen sind nicht emphatisch, nicht mitfühlend und mitleidend. Und ich verfüge über ein geradezu gewaltiges Empathiepotential. Ich leide und fühle mit - immer. Menschen, die mir nahe stehen, haben meine volle Aufmerksamkeit und Anteilnahme.

Aber was sonst treibt mich dazu, das hier festzuhalten? Es kostet Zeit und Mühe und ich beherrsche nicht einmal das Schreiben mit zehn Fingern. Ich denke, mich treibt das Bedürfnis, die Geschehnisse noch einmal gründlich zu reflektieren. Das kann nicht schaden, denn in gewissen Momenten bin ich erstaunt, wie es zu diesen Toten kommen konnte. Immerhin waren es zehn vorzeitige Abgänge.

Es wird langsam frisch. Weiße Wolken ziehen vor die Sonne. Ich hole mir meine neue Fleecejacke. Eigentlich trage ich ja keine Kleidung aus Plastik, sondern nur aus Bio-Baumwolle. Bei Fleecejacken mache ich da eine Ausnahme. Sie sind so angenehm warm und weich.

Jetzt eine andere, viel wichtigere Frage, eine Frage zu den Ereignissen selbst: Was trieb mich zu diesem unkonventionellen Einschreiten? Rache oder Vergeltung spielen eine gewisse Rolle. Rache ist süß und zudem ein Gericht, das kalt genossen werden sollte, wie der Volksmund sagt. Es verschafft mir eine tiefe und ruhige Befriedigung, dass ich die unpassenden spirituellen Ökogemeinschaftler so abrupt ins Rad der Wiedergeburt zurückgeschickt habe. Doch ich habe nur die Seelen weggeschickt, die schlechtes Karma auf sich geladen haben, die nicht in unsere schöne, harmonische Ökogemeinschaft passten. Die Ausgeschiedenen waren einfach nicht aufmerksam und mitfühlend genug, ich möchte fast sagen: Sie waren nicht gemeinschaftlich und nicht spirituell genug.

Die anderen Ökosiedler leben noch immer mit mir vegan oder zumindest vegetarisch bei frischer Luft im schönen Deister ganz in der Nähe von Hannover. Einer von ihnen allerdings - ich erwähnte es bereits - ein wenig entfernt von unserer Ökosiedlung hinter den Gittern einer modernen Justizvollzugsanstalt. Er, Franz-Josef, hat es eigentlich auch nicht besser verdient. Wer derart geistig beschränkt ist, dem macht eine räumliche Beschränkung sicher nicht viel aus. Ich vermute, er fühlt sich sogar ganz wohl. Sein Tagesablauf unterliegt einer klaren Struktur. Für unflexible Menschen wie Franz-Josef ist das eine Hilfe. So kann er sich ganz der Meditation widmen oder den von ihm so geliebten Phantasiereisen, obwohl diese zweifellos eher eintönig sind, weil Franz-Josefs Phantasie nicht allzu üppig ausgeprägt sein dürfte.

Das Gefängnisessen wird allerdings seinen Ansprüchen nicht genügen. Aber wenn er als Vegetarier einfach die fleischlichen

Anteile des Essens den anderen Insassen überlässt, wird es schon gehen. Außerdem wird es Franz-Josef die Sympathie seiner Mithäftlinge eintragen, wenn er ihnen das Schnitzel oder den Schweinebraten überlässt. Das habe ich ihm jedenfalls geraten, als ich ihn vor einigen Wochen im Knast besuchte. Ich hatte ihm damals einige CDs mit Meditationsanleitungen, Phantasiereisen und auch mit Autosuggestionen („So werde ich mein bester Freund" und ähnliches) mitgebracht. Er ist diesbezüglich sehr empfänglich.

Beim Schreiben merke ich, dass Franz-Josef mir ein wenig leid tut. Der Gedanke an ihn überdeckt mein Herz mit einer gewissen Schwere. Das ist allerdings unnötig. Franz-Josef wird sich mit der Zeit ganz sicher wohlfühlen im Knast, da bin ich mir ganz sicher. Dass ihm die notgeilen Insassen zu nahe treten, ist nahezu ausgeschlossen. Sein Bauch, seine Glatze und sein Pferdegebiss schützen ihn perfekt. Meine Sorge ist nur: Was wird aus ihm, wenn sie ihn in 25 Jahren entlassen? Dann ist er Anfang 60, hat als Nichtraucher, Nichttrinker und Vegetarier sicher noch 25 Jahre zu leben. Er hätte ja wegen guter Führung früher entlassen werden können, hätte das Gericht nicht wegen des abgetrennten Kopfes von Hubert eine besondere Schwere der Schuld festgestellt. Das fand ich ein wenig ungerecht. Schließlich hat Franz-Josef nur deshalb Hand an die Leiche gelegt, um sie besser beseitigen zu können.

Ich denke, ich werde Franz-Josef nach seiner Entlassung eine der Wohnungen in der Ökosiedlung günstig vermieten. Ich habe sie ja preiswert kaufen können nach dem Hinscheiden ihrer Bewohner. Ich bin entschlossen, so später Franz-Josefs Resozialisierung zu unterstützen. Vielleicht biete ich ihm auch einen Job an. Die anderen Ökosiedler werden sicher Vorbehalte haben. Kein Wunder. Immerhin ein vierfacher Mörder. Das ist keine Kleinigkeit. Doch ich werde das langfristig vorbereiten. Meine Gemeinschaftsfreunde glauben, er habe unser Gemeinschaftsmitglied Hubert auf besonders brutale Weise in den Kreislauf des Lebens geschickt, und er habe noch drei andere Freunde unserer Gemeinschaft auf dem Gewissen. So etwas verunsichert gewaltfreie Menschen. Doch sie sind gutherzig und sie werden Franz-Josef später sicher willkommen heißen.

Der etwas zu klein geratene und pummelige Hubert hatte eine Praxis für Reinkarnationstherapie in Hannover, in der Nähe des Vahrenwalder Platzes. Hier therapierte er auch Franz-Josef. Bei einer solchen Therapie soll Franz-Josef zur Tat geschritten sein.

Franz-Josefs Wohnung im Hardenhof konnte ich sehr günstig erwerben. Wer kauft schon die Wohnung eines Mörders? Und wer will schon in einer Ökosiedlung leben, in der so viele Menschen ums Leben gekommen sind? Auch die Wohnung von Hubert habe ich übrigens günstig kaufen können. Ich habe sie an Christian und Paul vermietet, ein schwul-spirituelles Ökopärchen. Sie leben zusammen mit der sechsjährigen Tochter von Paul.

Hubert - er hatte übrigens einen fürchterlich albernen Oberlippenbart, der jeden Mord rechtfertigen würde - ... also Hubert würde sich im Grabe umdrehen, wenn er noch mit uns Ökosiedlern leben würde. Hubert war zwar nur ein Heilpraktiker-Reinkarnationstherapeut, er bezeichnete sich aber anmaßend gelegentlich als Psychoanalytiker und gab sich als „Freudianer" gerne heterosexistisch. Kurzum: Er war ein Schwulenhasser, der zu wissen meinte, was die Natur mit dem Menschen vorhabe. Sein Schwulenhass, da bin ich mir sicher, entsprang unbewältigter eigener homosexueller Anteile. Das meint jedenfalls mein einfühlsamer Freund Walter. Und der muss es wissen, schließlich ist der Psychotherapeut mit Krankenkassenzulassung. Was ich sagen will, ist: Ohne den pummeligen und unangenehmen Hubert ist die Welt ein besserer Ort. Margot, seine dünne und irgendwie ausgetrocknet wirkende Frau, würde mir sicher zustimmen. Doch auch sie verabschiedete sich aus diesem Leben als sie - unterstützt von Barbaras Kräutertrunk - bei einem schamanischen Schwitzhüttenritual Kontakt zur ebenfalls verblichenen Gundi aufzunehmen versucht hatte. Wer weiß, vielleicht ist es ihr sogar gelungen.

Der Platz hier vor dem einsamen Ferienhaus verführt dazu, die Gedanken in die Vergangenheit schweifen zu lassen. Der Rotwein trägt auch dazu bei. Ich sollte während des Schreibens höchstens ein, zwei Glas trinken. Dann mache ich auch weniger Tippfehler. Ich muss mich immer wieder zur Raison rufen.

Also zurück zu meiner persönlichen Motivrecherche: Ich gebe es nur zögernd zu: Mir hat es Spaß gemacht. Ich meine nicht die Taten als solche, eher die Vorbereitungen, die Nachbereitungen und jetzt die Rückschau. Die Tat als solche hatte gewiss auch ihren Reiz. Das will und kann ich nicht leugnen. Wenn ich mich an den dumpf-blöden Gesichtsausdruck erinnere, als der Spaten Rolands kahlrasierten Kopf das erste Mal traf. Doch dazu später mehr.

Ja, es hat mir eine gewisse Freude gemacht. Und das, obwohl ich eigentlich ein eher sanfter Mensch bin, der Brutalitäten und Gewalt verabscheut. Als junger Mann bin ich so ziemlich zu jeder Friedensdemonstration gereist, die für mich erreichbar war. Bei den Demonstrationen gegen Atomkraft war ich immer im Block der Gewaltfreien und das nicht nur, weil meine Frau Silvia das von mir verlangte. Nein, ich war und bin aus Überzeugung gegen jegliche überflüssige Gewalt. Bin ich heute noch. Doch heute bin ich differenzierter: Manchmal ist physische Gewalt leider nicht ganz zu vermeiden. Ein gewaltloser Gifteinsatz lässt sich nicht beliebig wiederholen. Und Roland - das muss man ihm zu Gute halten - verabscheute Barbaras Schamanentrank, ganz im Gegensatz zu Barbaras Partner Volker und zur dünnen Margot. Beide griffen beim Schwitzhüttenritual gern einmal zu bewusstseinserweiternden natürlichen Halluzinogenen. Ich selbst erlebte auf diesem Wege auch wirklich wunderbare Ausflüge in tiefere Seinsbereiche. Dazu auch später. Ich sollte hier alles der Reihe nach erzählen. Das erleichtert die Selbstanalyse.

Ich greife jetzt zur Rotweinflasche und merke, dass ich ein wenig müde werde. Es ist wirklich kühl hier, gut 500 Meter über dem Meer, doch die Aussicht auf die verschwindende Sonne ist grandios. Ich mag diese Insel im Atlantik. Das Klima ist wunderbar. Abends kühlt es ab. Es ist nie schwül.

Ich bin hier immer noch auf der Motivsuche und frage mich, ob neben Rache und Freude auch Ekel meine Taten motivierte: „Ekel ist eine starke Vitalempfindung, die den Körper durchdringt, soweit in ihm Leben ist.“ Das sagt Kant irgendwo in seinen anthropologischen Schriften und er hat Recht. Diese starke Vitalempfindung überfällt mich plötzlich und erfasst meine ganze Existenz, wie Sartre es in seinem Roman „Der Ekel“ beschreibt. Es ist grauenhaft. Ich schaue jemandem ins Gesicht, etwa in Margots ausgemergelte Visage und mir schlägt diese Mischung aus Missgunst, Härte, Bosheit und Frustration entgegen. Dann überfällt er mich, der Ekel. Mir wird übel. Das liegt sicher nicht an ihren flachen Hängebrüsten, das wäre sexistisch und bodyistisch. Beides ist mir zutiefst zuwider. Doch ebenso zuwider ist mir dieser Ekel beim Anblick ihres Gesichts. Ein aufdringlicher körperlicher Ekel erfasst mich plötzlich mit voller Wucht. Andererseits gibt es auch einen intellektuellen Ekel. Mir ekelt es vor der Borniertheit, vor der Verlogenheit und Bräsigkeit einiger dieser spirituellen Ökoexistenzen. Ich möchte betonen: Nicht aller. Mit dem höchst spirituellen Anthroposophen Rudi bin ich sogar befreundet und mit meiner geliebten Silvia, der Mutter meiner Tochter Helena, nun fast 10 Jahre verheiratet. Auch ich selbst bin ein zutiefst spiritueller Mensch. Was mich anekelt, ist diese dumpfe spießbürgerliche Sicherheit

Die unwillkürliche Ekel-Reaktion überfällt mich bisweilen noch heute, wenn ich mich an meine - ich scheue mich, dieses Wort zu verwenden - Opfer - eigentlich bin ich eher *ihr* Opfer? - erinnere. Ich sehe sie vor mir, die ehemaligen Mitglieder der angeblichen Gemeinschaft und bin mir sicher: Motivierend war auch dieses abscheuliche Ekelgefühl, von dem ich mich auch jetzt beim Schreiben dieser Zeilen nicht befreien kann.

So schaue ich in die unter mir untergehende Sonne. Es ist geradezu perfekt hier. Keine Menschen. Dabei liebe ich Menschen. Ich liebe sie wirklich. Zwar nicht alle, aber viele. Ich liebe auch die Menschheit und bin froh, dass es sie gibt. Die Menschheit ist eigentlich ganz großartig.

Das leitet gleich über zu einem weiteren Motiv. Es gibt Menschen, deren Existenz ist eine Beleidigung für die Menschheit und eine Beleidigung für den an sich großartigen Spirit einer Ökogemeinschaft. Wer nur ein wenig Zuneigung zu den Menschen verspürt, kann sich nicht damit abfinden, das es Menschen gibt, die in ihrer Person die Menschheit und ihre spirituellen Tiefenschichten beleidigen. Wenn ich meine Taten am Kategorischen Imperativ von Kant überprüfe, so kann ich sagen: In moralischer Hinsicht ist nichts oder sagen wir es vorsichtig: es ist wenig zu beanstanden. Zugeben muss ich allerdings, dass mich nicht allein die Pflicht zwang, diese Taten zu begehen, sondern dass auch ein gewisses Maß an Neigung und Freude eine Rolle spielte. Auch der Ekel, klar, und leider auch ein wenig Eitelkeit. Doch Kant sagt: Wer nicht allein aus Pflicht handelt, sondern nur pflichtgemäß, der folgt nicht dem kategorischen Imperativ. Damit kann ich mich also eigentlich nicht mehr auf Kant berufen. Doch ich habe mich vor jedem finalen Einschreiten gefragt, ob ich wollen könnte, dass aus der Maxime meiner Handlung ein allgemeines Gesetz werden könne. Und jedes Mal konnte ich diese Frage für mich positiv beantworten, was auf meine ehemaligen spirituellen Ökogenossen negative Auswirkungen hatte, für die Menschheit aber positive.

Ein weiteres Motiv, das meinen Taten zu Grunde liegt, ist mir ein wenig peinlich. Doch ich habe mir hier Ehrlichkeit verordnet und ich kann nicht auf halbem Wege stehen bleiben. Mein Leben lang fühlte ich mich kapitalismuskritischen Gedanken verpflichtet. Ich verachtete das Schweinesystem, die bürgerliche Zwangs- und Lohnarbeit, nicht minder die bürgerliche Leistungsideologie und das protestantische Arbeitsethos. Und dann passiert es mir, dass das Leistungsethos mich antreibt, mein Bestes zu geben.

Ich bin ein Leistungsträger. Das wusste ich, als ich der Heu schippenden Gundi - zweifellos mit Engelhilfe - ihr spirituelles Auge öffnete, was ihr allerdings keinen Erkenntnisgewinn mehr beschert haben dürfte. Ähnlich leistungsbeflissen gab ich Angela beziehungsweise ihrem Kronencharkra einen sehr deutlichen Wink mit dem Zaunpfahl. Die Radikalökologin Angela behandelte ihre Hühner ebenso lieblos wie ihren Mann Franz-Josef. Sie stutzte dem flatternden Federvieh brutal mit einem Küchenmesser die Flügel. Das Schlachten übernahm sie ebenfalls selbst. Ihr Motto lautete, was man isst muss man auch selber töten. Die Erwachsenen und Kinder des Hofes lud sie aus pädagogischen Gründen zu so etwas wie einer Hinrichtungsparty ein. Sie lockte die Kinder mit ihren selbstgebackenen zucker- und geschmacklosen Keksen. Meine kleine Tochter Helena nahm ohne mein Wissen an dieser Party teil und isst seitdem kein Fleisch mehr. Ihre traumatische Hühnermord-Erfahrung lastet sie offensichtlich mir an und beschimpft mich beim Fleischverzehr als Hühner- oder Schweinemörder, weshalb ich heute nahezu vegan bin. Hinzu kam, dass sich die kleine Helena nach der öffentlichen Hühnerhinrichtung auffällig aggressiv verhielt. Sie tötete mit Hingabe Frösche aus dem kleinen Teich am Rand unseres Hofes, stieß im Kinderladen Gleichaltrige von der Rutsche, schlug sie sogar. Die Erzieherinnen waren empört und vermuteten Gewalttätigkeiten innerhalb ihres Elternhauses. Nach dieser Beschuldigung war ich außer mir und meine Abneigung gegen Angela wuchs.

Nach einem Gespräch mit dem Reinkarnationstherapeuten Hubert entschlossen meine Frau und ich uns, ihm die kleine Helena zwecks Psychotherapie anzuvertrauen. Es kostete mich 10 Stunden Psychotherapie á 70 Euro. Hubert erreichte gar nichts und sprach uns gegenüber von Gefühlsblockaden, ödipalen Problemen und stellte die Frage, ob es nicht sein könne, dass Helena jemand zu nahe gekommen sei. Ich war damals empört, gekränkt und völlig sprach- und handlungsunfähig. Doch ich gehöre zu den Menschen, die nie etwas vergessen. Beide, der Möchtegern-Psychotherapeut Hubert mit dem albernen Schnäuzer und die Hühnermörderin Angela, hatten einen leichteren Tod als die armen Hühner, denen Angela vor ihrem Publikum genüsslich den Kopf abschnitt - meistens mit einem dafür gänzlich ungeeigneten stumpfen Küchenmesser.

So, jetzt setze ich mich ins Haus. Von der Sonne ist nicht mehr als ein heller Streifen am Horizont geblieben. Ich merke, dass mir die Erinnerung an diese Grausamkeiten an den armen Hühnern und den unschuldig zuschauenden Kindern Herzklopfen verursacht.

2. September

Der heutige Abend ist nicht ganz so schön wie der gestrige. Wolken stehen zwischen der untergehenden Sonne und dem unruhigen Meer. Bald sind die Wellen zu hoch und ich kann unten in der Bucht nicht mehr schwimmen. Schon heute war es grenzwertig. Ein Palmero warnte mich, doch ich erklärte ihm in meinem spärlichen Spanisch, dass ich ein ausdauernder Schwimmer und zudem sehr vorsichtig sei.

Wenn ich mir etwas vorzuwerfen hätte, dann wäre es die Entscheidung, an diesem Projekt teilgenommen zu haben. Ich hätte es besser wissen müssen. Ich sollte meinem ersten Eindruck folgen, meiner Intuition, meiner feinen Nase, meinem gesunden Menschenverstand. Was mich daran hinderte? Ich glaube, es war der Zustand meiner Partnerschaft mit Silvia. Nach der Geburt unserer Tochter Helena steckten wir irgendwie fest. Ich begann mich beruflich zu etablieren. Silvia auch. Sie hatte ihre Doktorarbeit in Germanistik mit summa cum laude abgeschlossen und publizierte einige Lyrik-Bände. Die Partnerschaft mit Silvia etablierte sich ebenfalls. Wir entwickelten uns zu einer Art Wohngemeinschaft mit Kind. Und dieses ökologisch-spirituelle Projekt versprach Inspiration, eine Erweiterung unserer Seelen. Wir schlossen uns also einer Gruppe von esoterischen Menschen an, weil uns in unserem Leben eine spirituelle und gemeinschaftliche Dimension fehlte. Zusammen mit ihnen wollten wir eine spirituelle Ökosiedlung gründen. Wir trafen uns zunächst regelmäßig in Hannover, in einem geschmackvoll hergerichteten Atelier im Hinterhof im Stadtteil Linden.

Eine Kerngruppe um die vollschlanke Barbara und ihren ruhigen Partner Volker hatte Anzeigen geschaltet in der örtlichen Zeitung. Der Anzeigentext legte nahe, dass es sich um eine eher undogmatische spirituelle, ökologisch orientierte Gruppe handelte, die gemeinsam einen alten Hof kaufen, umstrukturieren und erweitern wolle. Ziel sei es, 8 bis 12 Wohneinheiten zu schaffen mit einem gemeinsamen größeren Gemeinschafts- und Ritualraum. Die Möglichkeit, Gartenbau und Landwirtschaft zu betreiben, sollte gegeben sein. Doch die Gruppe solle auch eine gemeinsame Spiritualität entwickeln etwa durch gemeinsame Yogaabende, durch Schamanismus oder Engelanrufungen. Diese Spiritualität solle der Gruppe einen seelischen Zusammenhalt ermöglichen. Das war jedenfalls das, was ich aus den Anzeigen im hannoverschen Stadtmagazin „Schädelspalter" entnahm.

Ich ging mit gemischten Gefühlen zu diesem ersten Treffen. Ich hatte nichts gegen ökologisches Bauen einzuwenden, im Gegenteil. Das Häuschen hier auf La Palma, vor dem ich jetzt sitze und schreibe, habe ich auch nach ökologischen Gesichtspunkten sanieren lassen. Steine, Lehm, unbehandeltes Holz, keine Lacke, nur Wachs und Öl. Doch die „gemeinsame spirituelle Grundlage", von der Barbara dann sprach, machte mich misstrauisch. Gegen Yoga habe ich wirklich nichts einzuwenden. Ich selbst mache immer dann Yoga-Übungen, wenn mein Rücken Probleme macht. Von meinem Naturell her würde ich mich eher als einen nüchternen, wenn auch nachdenklichen und seelischen Menschen beschreiben, der immer noch auf der Suche ist. Als studierter Informatiker, Mathematiker und Softwareentwickler stehe ich schamanischen Ritualen eher skeptisch gegenüber und die Anrufung der Engel zu Beginn jeder Sitzung fand ich damals bereits skurril. Doch meine Partnerin Silvia stand dem Esoterisch-Spirituellen weitaus aufgeschlossener gegenüber als ich. Das ist vielleicht auch der Grund, weshalb ich ihre Lyrik zwar schön finde, aber wenig davon verstehe.

Silvia hatte unter ihrem Schreibtisch den leise ratternden Chi-Energizer oder Chi-Rüttler, der ihr angeblich Energie und gute Laune verschaffte. Außerdem trug Silvia eine silberne Kapsel mit merkwürdigen - wie sie es nannte - Duftstoffen um den Hals. Diese Kapsel behielt sie Tag und Nacht am Körper. Nur vor dem Duschen legte sie sie kurz ab. Ich empfand den Geruch eher abstoßend und unangenehm. Es roch nach einer Mischung aus Patschuli und Knoblauch. Nun ja, damals, als die Liebe noch frisch war, hat mich das nicht so gestört, wenn wir des Nachts näher zusammen rückten, später schon. Bevor wir zusammen zogen, hatte Silvia sogar in ihrer kleinen Wohnung einen mit Runen verzierten „Heiligen Schrein“. Was ich damit sagen will: Ich stand diesen esoterischen Praktiken bereits damals mit eher kritischer Sympathie gegenüber, meine damalige Lebensgefährtin und heutige Ehefrau jedoch eher mit einer affirmativen Sympathie. Und so unterdrückte ich mit Rücksicht auf Silvia meine Bedenken - vor allem die gegenüber der robusten Barbara, die sich quasi als Schamanin der künftigen Ökosiedlung in Stellung brachte. Silvia verstand sich mit Barbara sofort vorzüglich. Bereits nach der ersten Sitzung fachsimpelten sie über Chi-Fluss und Chakrenerhellung, dabei wäre eine Erhellung unseres intellektuellen Vermögens nötiger gewesen. Ich schließe mich da selbst ausdrücklich ein.

Ich beobachte ein von hier aus winzig aussehendes Fischerboot. Es fährt Richtung Tazacorte und wird den Hafen sicher vor der hier schnell einsetzenden Dunkelheit erreichen. Wie wunderbar ruhig es hier ist. Gleich verschwindet das Boot hinter der Pinie, die nahe der Klippen steht. Es wird hinter der Pinie wieder hervor gleiten. Es ist so weit entfernt, dass das ferne Meeresrauschen die Motorgeräusche verschluckt.

Als wir das Atelier im Hinterhof betraten, saßen dort bereits etwa 15 Menschen auf ihren Meditationskissen, davon zwei Kleinkinder und ein Säugling, der sattgetrunken an der Brust seiner Mutter nuckelte. In der Mitte des Kreises qualmten Räucherstäbchen und Barbara verteilte kleine Teegläser mit leicht gefärbtem warmen Wasser, das sie als Tee ausgab. Roland hatte einen Stapel mit Papieren vor sich liegen. Ich erkannte Flurpläne und Skizzen mit handgemalten Grundrissen. Roland war mir gleich zuwider. Er war einer dieser Mackertypen mit einem völlig unpassenden Selbstbewusstsein. Von Beruf war er, wie er betonte, gelernter Bademeister. Er war mindestens 1,95 groß, verfügte über eine leicht angedickte athletische Figur, hatte einen meistens kahlgeschorenen Schädel und ein nahezu viereckiges Gesicht mit einem auffällig breiten Kinn. Seine muskulösen Unterarme zeigten eintätowierte nackte Frauen neben dem Zeichen von Ying und Yang und einer Wolfsangel. Geradezu perfekt dazu passt sein deutlich dümmlicher Gesichtsausdruck. Dieser Eindruck verfestigte sich, als er den Mund aufmachte.

Roland erklärte detailreich in umständlicher Ausführlichkeit, wie er den Hof im Deister entdeckt habe, wie er dort mit seinem Motorrad angekommen sei. Seine Frau Gundi - sie channelte übrigens Engel - ... also Gundi schaute ihn bewundernd an, lächelte sanft, er blickte geschmeichelt zu ihr zurück und versicherte dann, dieser Hof sei bestens geeignet für das Ökosiedlungsprojekt und hätte auch eine phantastische spirituelle Ausstrahlung. Letzteres bestätigten dann unisono Barbara aus schamanischer Sicht und Gundi aus ihrer Sicht als hellsichtige Engelchannlerin. Mit Volker, Barbara und Gundi habe er, Roland, diesen Hof gestern mit einem sehr netten Makler besichtigt. Das Dach sei noch gut, das könne er beurteilen. Der Keller sei trocken und im Hauptgebäude ließen sich sicher vier Wohnungen unterbringen. Roland sah auffordernd Volker an, der nun auch etwas sagte: Ja, bestätigte er, da ließe sich etwas daraus machen. Viel Arbeit, aber zusammen mache es ja auch Spaß.

Volker war von Beruf Busfahrer und hatte es bereits damals im Kreuz: Bandscheibenprobleme. Seine Eigenleistung beim Hausbau gaben seinen Rücken den Rest - nun ja, eigentlich war es ja der von seiner Gattin Barbara verabreichte schamanische Kräutertrunk, der ihn in der Schwitzhütte umhaute. Doch damals war noch alles halbwegs in Ordnung: Also Busfahrer Volker bestätigte devot kopfnickend Bademeister Rolands Ausführungen zum gefundenen Hof und verteilte zusammen mit Roland die Kopien der Zeichnungen mit den Flurstücken, auf dem der Hof und die dazu gehörigen Ländereien markiert waren. Roland erläuterte ausführlich aber völlig unsystematisch und umständlich die Zeichnungen und beschrieb so wortreich das Gelände, wobei er verschwenderisch auf seine Lieblings-Worthülsen „irgendwie", „voll geil", „natürlich" und „hoch energetisch" zurückgriff. Barbara unterbrach Roland schließlich mit einem dicken Kompliment, dass die Gruppe ihm sehr viel zu verdanken habe. Sie ergänzte, dass sie mit ihrer Gabe das Gelände erspürt habe und sich ganz sicher sei, dass die Naturgeister dem neuen Projekt gegenüber aufgeschlossen seien, ja mehr als das, dass sie das Projekt geradezu verlangten.

Mit in der Runde saßen Friedel, ein damals schon älter wirkender vollbärtiger Angestellter bei der katholischen Kirche. Er hatte schütteres dunkelblondes Haar und trug eine runde Brille. Von Beruf war er Historiker, hatte auch einige Semester Katholische Theologie studiert und verwaltete als Angestellter den Museumsschatz des Bistums Hildesheim. Hier hatte er die Reliquien bzw. die Reliquiare zu verwalten, also zum Beispiel den in Gold und Silber verpackten Arm des Heiligen Innocentius und, wie er mir einmal unter dem Siegel der Verschwiegenheit mitteilte, im Hinterzimmer auch ein Reliquiar mit dem Heiligen Präputium, also die Vorhaut Jesu. Friedel war so salbungsvoll und menschenfreundlich wie seine geistige Heimat, die katholische Kirche. Immer vertrat er die Meinung der jeweils dominanten Gruppe, aber das immer moderat. Und wenn ich später in einer Auseinandersetzung niedergeschrien, niederargumentiert, niedergeschlagen - das kam auch vor - und überstimmt wurde, hielt er sich zurück, bis alles klar war. Dann schlich er sich quasi von hinten an und stieß dem auserkorenen Opfer den Dolch in den Rücken. Friedel war der sanfte Vollstrecker. Er gab sich stets verständnisvoll, grüßte nett und freundlich. Ob er sich sexuell an kleinen Jungen vergriffen hat, ist nicht bekannt. Jedenfalls wuchs er in einem katholischen Internat auf und arbeitete in dem dort angeschlossenen Gymnasium einige Jahre später auch selbst aushilfsweise als Geschichtslehrer in der Sekundarstufe 1 und war Laienprediger in katholischen Gottesdiensten und Gemeinderatsmitglied.

Verheiratet war Friedel mit der Bioladenverkäuferin Doris. Doris hatte einige Semester Biologie studiert, musste dann aber aus ethischen Gründen ihr Studium abbrechen. Ihr Professor hatte sie gezwungen, lebende Frösche zu sezieren. Das konnte sie mit ihrem Gewissen als Tierfreundin nicht vereinbaren und so wurde sie Verkäuferin im Biosupermarkt und machte schließlich Karriere als Chefin der Fleisch- und Käseabteilung. Doris war sehr schlank und dynamisch. Ihr langes Gesicht mit dem deutlich hervorstechendem Unterkiefer und den grünen Glubschaugen passte hervorragend zu ihrer Leidenschaft: der Brennesselzucht. Sie selbst publizierte ein Jahr vor ihrem nicht ganz schmerzfreien Ableben ein aufklärendes Buch mit dem Titel: „Wie die Brennnessel dein Leben verändert". Das Buch verkaufte sich tatsächlich mehr als zehntausend Mal und galt in der Brennnesselszene als eine Art Standardwerk. Nach dem brennesselbedingten sukzessiven Ableben von Friedel und Doris wurde dann die 5. Auflage verramscht.

Ich muss ein wenig nachdenken, wer damals schon in der Gruppe war, wer wieder ausschied und wer später hinzu kam. Ich trinke einen Schluck Roten, der mir heute nicht so gut schmeckt wie gestern. Ich werde in den nächsten Tagen in die Weinhandlung nach Los Llanos fahren und nicht mehr nur direkt beim Winzer kaufen. Es ist ja nett, den Wein direkt vom Erzeuger zu kaufen, doch habe ich dort nur Auswahl zwischen drei oder vier Weinen. In Los Llanos gibt es laut Reiseführer einen Laden, der nahezu alle Weine der Insel zur Verkostung anbietet.

Wenn ich mich recht entsinne, saßen auch Rudi und Linde in der Runde, als wir das erste Mal zur Ökosiedlungsgemeinschaft stießen. Ihre beiden Kinder, der damals etwa fünfjährige Gandalf und die zweijährige Sina, saßen schweigsam in der Ecke und malten eifrig anthroposophische Bilder. Rudi ist Waldorfschullehrer für Deutsch und Eurhythmie. Mit ihm verstand ich mich auf Anhieb. Er war so sanft, wie es sich für einen Anthroposophen gehörte, doch auch dezent ironisch und humorvoll. Rudi unterstützte mich oft in den Gruppenauseinandersetzungen. Umgekehrt tat ich, was ich konnte, um ihn vor Angriffen von Barbara und Roland zu schützen.

Einig waren sich Rudi und ich in unserer Ablehnung von Roland. Das verstärkte sich später, als er den nicht unbegründeten Verdacht hatte, dass seine Frau Linde sich zu Roland hingezogen fühlte. Dabei war Linde eine durchaus feministische Erscheinung. Henna-gefärbtes schulterlanges Haar, sie bestand darauf, dass man nicht „man", sondern „mensch" oder „Mann und Frau" sagte. Für sie war es vollkommen klar, dass Frauen einen stärkeren Naturbezug hätten und zudem sensibler und einfühlsamer seien. Auch bestand sie bei Wahlen von Delegierten auf strikter Quotierung, zeigte sich aber äußerst empfänglich für die dümmsten Machismen. Linde hatte eine eher mütterliche Figur und redete oft vom Muttersein und der Verbundenheit der Frau mit dem natürlichen Kreislauf des Gebens und Nehmens. Nun ja, vielleicht gab sie lebenskreislaufmäßig dem virilen Roland etwas, was eigentlich Rudi zustand, das sie ihm aber offensichtlich vorenthielt. Kein Wunder, dass Rudi aus seiner ausgeprägten Abneigung Roland gegenüber keinen Hehl machte. Roland seinerseits versuchte sich, wenn er am Samstag Abend für die Gemeinschaft die Tofu-Würstchen grillte, an jenen Männer-Witzen, die er offensichtlich bei seinen Bademeister-Kollegen aufschnappte. Dabei ging es meistens um Ausmaß und Einsatz seines Schwanzes. Meistens brachte er aber die bekannten Witze um ihre Pointe. Rudi knurrte einmal halblaut, dass Roland zu blöd sei, um sexistische Witze zu erzählen.

Linde hielt sich bei derlei Auseinandersetzungen dezent zurück, wandte sich den Kindern zu oder machte den Salat. Doch Rudi und ich waren oft erfolgreich bei unseren Versuchen, Roland aus der Fassung zu bringen. Wir lästerten über ihn als Badewärter und trugen ihm das Amt des Blockwartes über unsere Ökosiedlung an. Rolands Kontrollbedürfnis ging uns beiden ebenso auf die Nerven wie seine Dummheit. Oft spekulierten wir in Rolands Anwesenheit, ob es einen dummen Gang gebe. Ich empfand Rolands Art zu gehen tatsächlich als dumm. Leicht zurückgebeugt, den Bauch vorstreckend, die Arme völlig ineffizient einsetzend. Wir waren uns damals einig, ja, es gibt einen dummen Gang. Als später Sieglinde zu uns stieß und ich sie darauf hinwies, dass Roland einen dummen Gang habe, lachte sie zustimmend. Sie wusste gleich, was Rudi und ich meinten. Doch auch bei solchen gemeinsamen Spekulationen kamen Rudi und ich uns nur langsam wirklich nahe. Warum? Das ist schwer zu sagen. Lange Zeit quälte ich mich mit Überlegungen, ob es Rudi vielleicht ohne Linde besser gehen würde und wie das zu bewerkstelligen sei. Doch seine Kinder benötigen die mütterliche Linde und Rudi selbst wohl auch.

Rudi ist ein Typ, der gerne leidet, der ohne dieses stumme Leiden nicht leben kann. Linde ist von Beruf freie Hebamme. Sie verstand sich gut mit der Esoterik-Fraktion, also mit Silvia, mit Gundi, Margot und auch mit Barbara. Einmal, nachdem Barbara Rudi nach einem schamanischen Ritual einen „Lindewurm“ nannte und Linde Barbara im Anschluss daran als „meine weise Schamanen-Freundin“ bezeichnete, tat mir Rudi aufrichtig leid und ich war fest entschlossen, ihn von Linde zu befreien. Doch heute bin ich mir sicher: Rudi braucht Linde, um sich dezent strafen und demütigen zu lassen und Linde braucht ihren Rudi, den sie mütterlich strafen und demütigen kann. Ein Hund in der Familie hätte vielleicht Abhilfe geschaffen. Sicher bin ich mir aber nicht.

Wer alles noch in der Runde saß, als wir das erste Mal auf die Gruppe stießen, fällt mir auf Anhieb nicht ein. Ich werde mir morgen früh bei meiner kleinen Wanderung hinunter zur Bucht darüber Gedanken machen. Die Ruhe hier ist überwältigend. Ich höre nur das leise Rauschen des Meeres, gelegentlich ein Auto und die Hunde im Dorf, das etwas weiter östlich liegt. Aber ruhig war es in unserer Ökosiedlung auch. Doch es war eine andere Art Ruhe.

An unser erstes Treffen erinnere ich mich nun wieder deutlicher. Damals war Barbara die heimliche Chefin des Projekts. Ihren meist schweigsamen Lebensgefährten, den ständig aus dem Mund stinkenden Volker, hatte sie fest im Griff und ebenso den beschränkten Macho Roland. Ihm lächelte sie nett zu und schenkte ihm hin und wieder zur Belohnung leichte Berührungen im Vorübergehen.

Barbara war es, die die Räucherstäbchen in der Mitte des Raumes austauschte, die Kerzen anzündete und dabei leise Gesänge anstimmte. Sie stellte sich uns als Hexe und schamanische Heilerin vor. Volker, ihr kräftiger Mann, war Busfahrer, tätig bei den Verkehrsbetrieben in Hannover. Barbaras Tochter Shiva-Regina lebte bei ihrer Mutter und Volker. Sie war in der Gründungsphase bereits 15 und lehnte die selbstkreierten Tees ihrer Mutter entschieden ab. Sie trug eine knallgrüne Punkfrisur und trank, wenn man sie ließ, bereits zum Frühstück ihr erstes Bier. Shiva-Regina war mir gleich ans Herz gewachsen. Sie hatte etwas herzerfrischend Widerständiges. Nie hätte ich es über mich gebracht, sie wie ihre Mutter und ihren Stiefvater vorzeitig einem neuen Kreislauf im Rad der Wiedergeburten zuzuführen. Bei ihrer Mutter, ist mir das nicht weiter schwer gefallen.

Barbara zelebrierte, bevor wir auf dem Hardenhof lebten, ihre lautstarken schamanischen Rituale in ihrer 3 Zimmer-Sozialbauwohnung. Ihre damaligen Nachbarn vermuteten, es würden „Schwarze Messen" gefeiert und schickten die Polizei. Barbara begriff ihren Schamanismus als Berufung, machte Fortbildungen oder Ausbildungen bei ihren schamanischen Lehrern. Einmal fuhr sie nach Sibirien, ein anderes Mal - und das während der Bauphase als jede Arbeitskraft und jeder Euro benötigt wurde - nach Brasilien. Dort empfing sie schamanische Einweihungen durch einen indianischen Schamanen im Amazonasgebiet. Das dafür verausgabte Geld verstand sie als Investition. Der Investor war ihr busfahrender Partner Volker. Volkers Vater hatte mit einem Beerdigungsunternehmen mit mehreren Filialen viel Geld verdient. Volkers jüngerer Bruder führte nun das Geschäft, machte mit meiner Hilfe gute Geschäfte und hatte Volker großzügig ausgezahlt mit einer Summe, die ausreichte, um ihren Teil zum Erwerb von Hof und Land beizutragen. Als Busfahrer verdiente Volker nicht schlecht - nicht viel schlechter jedenfalls als ich in meinem ersten Jahr als freier Softwareentwickler.

Barbara war also die vom schnöden Gelderwerb freigestellte heimliche Chefin des Projekts. Sie machte, das muss ich einräumen, ihren Job äußerst geschickt. Bereits während unseres ersten Treffens fiel mir ihr Situationskontrollbedürfnis auf. Nichts geschah, ohne ihre Kommentierung. Jeder Diskussionsbeitrag, jede Regung, wurde aufgegriffen und in irgend einer Weise bewertet. Wenn die dünne Margot auf ihrem Sitzkissen hin und her rutschte, weil ihr die Beine einschliefen, schob Barbara ihr dezent den Meditationshocker herüber. Wenn Johannes ...

... ich halte beim Tippen kurz inne, trinke einen Schluck dieses nicht wirklich guten aber zunehmend akzeptablen Rotweins, schaue über das Meer und wundere mich: Johannes hätte ich fast vergessen, obwohl die Gespräche mit diesem allergiebelasteten Germanen enorm viel Aufmerksamkeit beanspruchte...

... wenn Johannes sich aufreckte und tief Luft einzog, bemerkte das die achtsame Barbara. Sie fragte dann nach seinen derzeitigen Beschwerden, ließ Johannes eine Weile berichten, unterbrach dann mit einem fürsorglichen aber unverbindlichen Rat - etwa dem, dass Johannes ganz besonders auf sich aufpassen müsse - und ging dann wieder zur Tagesordnung über.

Barbara verstand es auch, durch kleine Liebenswürdigkeiten sich die Menschen geneigt zu machen. Klagte zum Beispiel Friedel darüber, dass ihm die Handgelenke schmerzten, übergab Barbara ihm zu Beginn der nächsten Sitzung eine Manschette, die sie nicht mehr benötigte. Besuchte Silvia ihre kranke Mutter, gab ihr Barbara einen speziellen Kräutersud mit auf den Weg mit der Bemerkung, dass das vielleicht helfe. Ebenso geschickt wie sie Aufmerksamkeiten verteilte, spannte sie die Leute für ihre Interessen ein. Sie verließ Auseinandersetzungen in der Gruppe stets als Siegerin und es gelang ihr stets, ihre Siege als bitteren Kompromiss erscheinen zu lassen. Ihre Vorschläge etwa zur Verteilung der Gartenfläche kamen immer zum richtigen Zeitpunkt und verschafften ihr nahezu immer die Vorteile, die sie für sich und ihre Familie wollte. Niemand hatte so große Unterstützung beim Ausbau ihres Hauses wie sie und ihr Anhängsel Volker. Ihr Lebensgefährte funktionierte wie eine Marionette. Unmanipulierbar war nur ihre Punk-Tochter, in die ich fast ein wenig verliebt war.

Vor Barbara musste ich mich später, als ich die Bewohner der Ökosiedlung zu dezimieren begann, am meisten in Acht nehmen. Sie war eine ernsthafte Gegnerin und war es immer gewesen. Ich versuchte gleich zu Anfang unseres Projekts, ihre kontrollierenden Aufmerksamkeiten und Liebenswürdigkeiten zurückzuweisen - zunächst dezent und freundlich, dann sehr deutlich. Sie verstand das zunächst als Angriff auf ihren Chefinnensessel. Als mir klar wurde, dass ich, was die Manipulation von Menschen betraf, ihr deutlich unterlegen war, einigten wir uns stillschweigend auf einen Waffenstillstand. Ich verzichtete auf meine gelegentlichen ironischen Bemerkungen etwa, wenn sie ihre Räucherstäbchen mit einem schamanischen Singsang anzündete. Dass ich den Waffenstillstand schließlich gut vorbereitet toxikologisch kündigte, hat sie wahrscheinlich nicht mehr registrieren können. Schade eigentlich.

Zurück zum germanischen Johannes: Er hatte sich mit seinem urdeutschen Jeep bereits vor der multikulturellen Schamanin Barbara von dieser Welt verabschieden müssen. Als bekennender Germane und frommer Heide weilt er sicher in Walhalla und trinkt mit Odin und Loki Met. Einmal - ich hatte schon etwas getrunken - vermutete ich, dass Johannes das Christentum nur deshalb so energisch ablehne, weil er in seiner Jugend von einem katholischen Geistlichen gefickt worden sei und fragte, ob ich mit meiner Vermutung vielleicht recht habe. Da protestierte der fromme Germane Johannes vehement und die harte Esoterik-Fraktion unterstützte ihn energisch. Er, die Ethnologin Margot und die Schamanin Barbara versicherten wiederholt, dass das ganzheitliche Naturverständnis der Germanen sich deutlich absetzte vom semitisch-christlichen. Die Juden seien diesbezüglich aber viel schlimmer als die Christen, ergänzte Johannes mit einem Blick auf den Katholiken Friedel. Wir müssten uns deshalb wieder auf unsere germanischen Wurzeln besinnen und unsere Kultur germanisch erneuern. Barbara nickte bestätigend und meinte, es ginge nicht weiter mit dem biblischen „Mach dir die Erde untertan". Ich hatte damals bereits den Anfangsverdacht, dass meine künftigen spirituellen Nachbarn weichgespülte Antisemiten seien. Widerlich!

Johannes gab wirklich einen erstaunlichen Germanen ab: Er war etwa ein Meter siebzig groß, infolge extensiven Bierkonsums etwas dicklich. Er hatte eine Halbglatze und trug sein dünnes schmutzigblondes und immer fettiges Haar als Zopf. Seine Brille hatte mindestens 10 Dioptrien. Auf unseren Sonnwendfeiern spielte er mit mehr Hingabe als Können auf seinem Saxophon. Seine Improvisationen nannte er „ heidnische Musik". Vor jedem Bier, das er trank - und er trank wirklich sehr viel Bier - opferte er ein paar Tropfen seinen heidnischen Göttern, indem er einen Finger ins Glas tauchte und Schaum oder Bier auf den Boden spritzte. Bis ich merkte, dass er das ganz und gar unironisch meinte, fand ich diese Exzentrik amüsant.

Bei unseren späteren Treffen auf dem neu erworbenen Hardenhof, als Johannes mit Schwert und Schutzschild auftauchte, verfestigte sich mein Eindruck, dass Johannes keinen Spaß machte. Sein Schild war verziert mit hakenkreuzähnlichen Abbildungen, die er als germanische Sonnenzeichen rechtfertigte. Das habe nichts, aber auch gar nichts mit Nationalsozialismus oder Rechtsradikalismus zu tun, versicherte er. Im Gegenteil: Die Germanen seien immer sehr gastfreundlich gewesen. Fremde hätten sie immer an ihre Feuer eingeladen. Dann aber hätten sie weiter ziehen müssen, diese Fremden.

Irritierend war Johannes panische Angst vor stechenden Insekten, besonders vor Bienen und Wespen. Er erklärte das damit, dass Insektenstiche bei ihm heftige und lebensbedrohliche Asthmaanfälle auslösten. Aus diesem Grunde verließ er im Sommer nie ohne ein Fläschchen Insektenschutzmittel das Haus. Ihn umgab im Freien immer eine unangenehm riechende Wolke dieses Mittels. Und trotz dieser Abwehrmaßnahmen schlug er panisch nach jeder Mücke und Biene, die sich ihm näherte.

Das Angenehme auf La Palma ist neben der Ruhe, dass es hier keine Mücken gibt. Wenn ich im Hardenhof bei angeschaltetem Licht abends die Fenster öffne, wimmelt es nach einer Viertelstunde nur so von Mücken und anderen Insekten. Silvia ließ deshalb Mückengitter vor den Fenstern anbringen, um diese lästigen Quälgeister draußen zu lassen. Johannes zog den Einsatz von Chemie vor. Meine Erinnerung an ihn begleitet der Geruch von Autan.

Johannes lud uns einmal ein, als seine Germanen-Reenactment-Gruppe bei einem Germanen-Wikinger-Mittelalter-Fest eine Schlacht nachstellte - alles in originalgetreuer Germanenkleidung und mit germanischer Bewaffnung. Johannes war der erste, der einen Schlag auf seinen Helm erhielt und mit Nasenbluten ausschied. Ich amüsierte mich damals prächtig, während Silvia sich wie eine gute Volksgenossin um Germanen-Johannes kümmerte. Ich nahm das beiden nachhaltig übel. Schlimmer als seine germanischen Kameraden spielte ihm allerdings an diesem Tag ein Mückenstich mit. Das machte den Einsatz eines Inhalationsgerätes nötig.

Wie Johannes sein Geld verdiente, ist mir bis heute unklar. Er stellte sich als Taxifahrer und Lebenskünstler vor. Einige Semester Volkskunde habe er studiert in Bamberg. Dann habe er begriffen, dass es an den Universitäten nicht um den Erwerb von Wissen ginge, sondern um die Vermittlung von Ideologie. Wirkliche Volkskunde meinte er, gehöre nicht an die Universitäten. Dort gehe es nur um die Vermittlung jüdisch-christlicher Kulturgeschichte. Deshalb habe er sein Studium abgebrochen und sei auf die Sinnsuche gegangen. Er habe Menschen besucht, die, wie er sagte, tief in ihrem Innern das verschüttete Wissen unserer heidnischen Vorfahren gefunden hätten. An einigen germanischen Sommerkamps in der Nähe der Externsteine habe er teilgenommen, um an diesem uralten heidnischen Ort Kontakt zu den Göttern zu suchen. Hier, versicherte er, hätten die Mannen von Hermann dem Cherusker sich spirituell auf die Schlacht im Teutoburger Wald vorbereitet.

Barbaras Schamanismus kam Johannes sehr entgegen. Er verstand den Schamanismus als etwas Urgermanisches und Artgerechtes. Er distanzierte sich nur, wenn Barbara von ihren indianischen und sibirischen schamanischen Lehrern sprach. Für Johannes waren das Rassenfremde, mit denen er als Germane einen begrenzten Umgang pflegen könne. Doch die Asiaten und Indianer stünden prinzipiell unterhalb „unserer" heidnischen Tradition. Die Germanen hätten schließlich schon vor sieben Tausend Jahren den Kalender gekannt. Die Archäoastronomie habe das ausreichend bewiesen. Die Steinkreise, die Himmelsscheibe von Nebra, der Goldhut, auch Prunkäxte und andere Kultgegenstände seien Kalender gewesen. Selbst in deutschen Märchen, versicherte Johannes, lägen astronomische Hinweise verborgen - etwa im Märchen vom Wolf und den sieben Geißlein: Die Ziegenmutter ist die Venus, die die Geißlein, eigentlich die sieben Sterne der Plejaden, behütet, bevor diese Geißlein vom Wolf, also dem Mond, gefressen würden, das heißt die Plejaden werden unsichtbar, bevor dann der Wolf geschlachtet und die Plejaden wieder sichtbar würden. Johannes besuchte wissenschaftliche Tagungen der Archäoastrologen und die Vorträge von Professoren vor einem Publikum, das aus rechten Burschenschaftlern und Neonazis bestand.

Wenn Johannes über die Weisheit unserer Ahnen ins Schwärmen geriet und im Gegenzug die Kirche als jüdische-orientalische Sekte verurteilte, wurde mir etwas unbehaglich. Doch mit seinem Germanentum hielt sich Johannes noch lange zurück. Später, tauchte er dann mit seiner Freundin Sieglinde auf, einer etwa 10 Jahre älteren Biologielehrerin, die über das nötige Kleingeld verfügte, um sich an der Ökosiedlung zu beteiligen. Sieglinde kam später über den für mich nicht ganz unerwarteten Unfalltod ihres Johannes schnell weg. Derzeit lebt sie auf dem Hardenhof und ist zu einer wirklichen Freundin geworden. Die Germanentümelei hat sie mit Johannes aufgegeben.

Es ist bereits stockdunkel. Ich höre den Hund des Nachbarn bellen und schaue in die Sterne und mir fällt das Diktum Kants ein: „Der bestirnte Himmel über mir und das moralische Gesetz in mir." Darauf trinke den Rest Rotwein und gehe dann ins Haus.

4. September

Als Silvia und ich zu der Gruppe stießen, gehörten noch einige Menschen dazu, die später ausstiegen. An einige erinnere ich mich: An Axel und Elli etwa. Elli war Umweltingenieurin, Axel Architekt. Er hatte vor seinem Studium eine Tischlerlehre gemacht, war also die ideale Person für das Projekt. Elli ist auf einem Bauernhof aufgewachsen und verfügte über landwirtschaftliche Kenntnisse. Ich nannte einmal beide anerkennend unser Kompetenzteam. Barbara korrigierte prompt: Ein kommunikativ inkompetentes Kompetenzteam.

Mit derlei Bemerkungen schien sie ihren Anspruch auf die Stellung einer „Mutter des Projekts" behaupten zu wollen. Doch während Barbara die Kommunikation in der Gruppe mehr oder weniger subtil kontrollierte, fuhren Axel und Elli zu den zum Verkauf stehenden Immobilien, analysierten den Boden, krochen in den Kellern der Gebäude herum auf der Suche nach Schimmelpilzen oder kletterten ins Dach, um Holzwürmer zu orten. Über alles führten sie detailliert Protokoll. Sie nervten ein wenig mit ihrer Kompetenz, unterschieden sich aber wohltuend von Esoterikerinnen wie Barbara, Gundi, Margot und Johannes.

Axel war mir auf Anhieb sympathisch, wohl auch deshalb, weil er wie ich Ingenieur war und Humor hatte. Elli war gänzlich humorlos, belehrte unaufhörlich ihre soziale Mitwelt und trumpfte mit ihrer Wissenschaft gegen die Ökoideologen und Esoteriker auf. Auf die Dauer konnte das nicht gut gehen. Sie waren noch dabei als die Gruppe den Hardenhof nebst 50 Hektar Land gekauft hatte. Elli plante, dort ökologische Landwirtschaft zu betreiben. Doch dann kam eine dieser üblen Gruppensitzungen. Die Fraktion der Vegetarier/Veganer erkundigte sich, ob Elli auch Tierhaltung plane. Sie bejahte das mit dem Hinweis, dass gegen eine artgerechte Tierhaltung ja wohl niemand etwas einzuwenden habe. Doch die Eso-Fraktion um Barbara, Margot, Doris, Angela und Linde hatten etwas dagegen. Allen voran die dünne Margot. Sie empörte sich: „Tiermord nur über meine Leiche. Ich will ein ganzheitliches und gewaltfreies Projekt." Gundi, die sich später um die Schafe kümmerte, wandte sich ähnlich vehement gegen Ellis Pläne und selbst die spätere Hühnerhenkerin Angela appellierte an das tierethische Gewissen der Gruppe und plädierte für einen friedvollen und liebevollen Umgang mit der uns Menschen anvertrauten Tierwelt.

Mich überkommt immer wieder ein unruhiges Zittern, wenn ich an diese Heuchelei zurückdenke. Widerlich! Ich schaue eine Weile auf die karge Landschaft, auf das in der Abendsonne glitzernde Meer und in den weiten Himmel und ich beruhige mich. Die Natur hat so etwas Reines, Sauberes. Die Menschen, an die ich mich gerade erinnere beschmutzen das alles. Trotzdem: Auch der Schmutz gehört zum Leben.

Dieses moralinsaure Heucheln mit dem Tiermord war erst der Anfang. Diese Sitzung wurde von folgenden spielend immer wieder getoppt. Ich fragte mich damals ständig: Tun die nur so oder setzen sie das nur geschickt ein, um Alex und Elli aus der Gruppe zu drängen. Heute denke ich, dass Barbara und Margot durchaus wussten, was sie taten. Sie wollten eine Eso-Gemeinschaft unter ihrer Führung. Doch sie brauchten Elli und vor allem Axel noch eine Weile. Er war schließlich Architekt und konnte die Substanzen der Häuser beurteilen.

Trotz dieser Auseinandersetzung schauten wir uns noch gemeinsam den Hardenhof an. Barbara und ihr Mann Volker, Gundi und ihr Mann Roland hatten ihn bereits vorher inspiziert. Es war ein alter heruntergekommener Gutshof. Das Haupthaus war 46 Meter lang, verfügte über zwei Stockwerke mit einem ausbaufähigen Dachgeschoss. Dem Haupthaus gegenüber lag ein altes Stallgebäude, gut erhalten. Das alte Gesindehaus verband die beiden Gebäude, so dass der Hof von drei Seiten geschlossen war. Das Gesindehaus war etwas kleiner, aber in gutem Zustand. Die Gebäude waren sehr nett um einen bepflanzten Innenhof gruppiert, der sich nach Osten hin öffnete. Der Makler bot das entmietete Haus nebst 50 Hektar landwirtschaftliche Fläche für 990.000 Euro an. Fast ein Schnäppchen.

Mit einer kleinen Autokolonne fuhren wir an einem sonnigen Tag im Mai in den Hof ein. Die Vögel zwitscherten lieblich, der Flieder blühte in lila und weiß. Es war wunderbar. Nach Süden hin, hinter dem Haupthaus gab es noch eine heruntergekommene Obstwiese mit alten Birnen und Apfelbäumen, alles blühte. Zwischen den Obstbäumen Beerensträucher. Ein Idyll.

Wir versammelten uns zunächst um den Makler herum, der die Anlage erklärte. Sie sei denkmalgeschützt und deshalb mit gewissen Auflagen versehen. Das äußere Erscheinungsbild der Anlage müsse erhalten bleiben, doch das Innere könne man entkernen und neu aufbauen. Die erste Frage kam von Doris. Ich erinnere mich noch genau. Sie fragte den Makler, ob er viel Fleisch esse und viel Obst. Der schaute irritiert und Doris erklärte ihre Frage damit, dass er übersäuert aussähe und dass sie ihm eine Brennnesselkur empfehle. Schon damals hatte es Doris mit ihren Brennnesseln. Kein Salat ohne Brennesseln, kein Frühstück ohne ein bitteres Smoothie aus Brennnessel, kein Tag ohne einen Teelöffel Brennnesselsud, keine Woche ohne Brennnessel-Moxen, also gezieltes Stimulieren von einer Art Brennnessel-Zigarre an Akupunkturpunkten.

Der Makler ignorierte seine vermeintliche Übersäuerung wie ein Profi mit einem Lächeln und führte uns durch die Gebäude. Im Haupthaus gelangte man über eine große geschwungene Treppe in den ersten Stock. Problemlos, meinte ich, ließen sich hier vier Wohnungen einrichten. Das großzügige Treppenhaus könnte ein netter Gruppenraum werden. Ein großer Kamin war bereits vorhanden. Ein Stück angezündetes Zeitungspapier belegte, dass der Kamin gut zog. Barbara machte sich zusammen mit Gundi auf den Weg durch die Gebäude, um die „Vibrations“ der Gebäude zu testen. Dazu rasselte sie einige Male mit ihren Schamanen-Rasseln, sang ihren indianischen Singsang, den sie direkt aus den schlechten Winnetou-Verfilmungen der 1960er Jahre haben musste. Dann ließ sie sich von Margot und Gundi mit geschlossenen Augen durch das Haupthaus führen. Der Makler staune nicht schlecht. Axel und Elli verdrehten demonstrativ die Augen und ich überlegte bereits damals, wie man Barbara unauffällig zu ihren Ahnen schicken könnte.

Das Stallgebäude, das aus dem 18. Jahrhundert stammte, hatte es dem pummligen Hubert und der dünnen Margot augenscheinlich sehr angetan. Er spekulierte, dass er hier ein reinkarnationstherapeutisches Zentrum aufbauen könne: Einzeltherapie, Gruppentherapie, Wochenendseminare für Manager und therapeutische Multi-Kulti-Seminare, die dann Margot anbieten könne. Margot stimmte Hubert begeistert zu. Sie war Magister der Ethnologie, hatte drei Monate in Istanbul gelebt und kannte seitdem die türkische Psyche, besonders die der Männer. Wie so oft erläuterte sie auch jetzt ihre Auffassung, dass die Türkenmänner in ihrem Innersten gewaltbereite Islammachos seien und ihre 15-jährigen Töchter zu Ehen mit alten Machomännern zwängen. Diese Männer müsse man - sie meinte damit offenbar sich selbst - therapieren, vielleicht mittels Reinkarnationstherapie.

Ich unterbrach damals die fröhlichen Spekulationen mit der Bemerkung, dass Margot als Türkenkennerin und Germane Johannes ja gemeinsame Seminare durchführen können. Sie würden sich sicher bestens ergänzen. Linde als ausgewiesene Feministin ließe sich sicher auch noch einspannen zur Befreiung der türkischen Frau. Ich erinnere mich, dass ich noch weitere Ideen hatte. Rudi könne Anthroposophie-Seminare anbieten. In Rudolf Steiners Akasha-Chronik gehe es doch um die Überlegenheit der nordischen Rasse und die Minderwertigkeit vieler anderer. Dieses Seminar könne dann doch Germanen-Johannes mit Rudi veranstalten. Silvia unterbrach mich abrupt mit der Bemerkung, dass das doch ein sehr schönes Ensemble sei und dass es eine Freude sein werde, hier gemeinsam zu leben. Dann wurde unsere Tochter im tragbaren Autositz wach und ich flüchtete zu ihr.

Sicher, ich überspitze das hier ein wenig, aber damals müsste mir schon klar geworden sein, dass es sich hier um eine üble Mischung aus durchgeknallten Esoterikern, dumpfen Öko-Rassisten und anderen Vollidioten handelte. Doch damals ging es mir vor allem darum, für mich und meine Familie ein nettes und geborgenes Heim zu schaffen. Dass die Ökosiedler mit meiner Unterstützung eine so rasante Mortalität entwickeln würden, ahnte ich damals noch nicht. Wie wenig achtsam ich damals meinen eigenen Gefühlen gegenüber war. Ich fühle heute Abend das dringende Bedürfnis, mir zusätzlich zum Rotwein noch ein Gläschen Kognak zu gönnen.

Der Makler ging bei der Besichtigungstour zuletzt in das Gesinde-Haus. Es lag im rechten Winkel zum Haupthaus, war deutlich kleiner als dieses und war das zweifellos unattraktivste Gebäude. Das Dach schien renovierungsbedürftig, die Fachwerkfassade wirkte teilweise brüchig. Nach Nord-Westen hin schaute man auf einen sanft ansteigenden kleinen Hügel, hinter dem das Dorf lag. Doch der überwiegend mit Kopfsteinpflaster befestigte Hof war breit genug, das man hier von Osten her Morgensonne hatte. Dazu musste man allerdings den Baumbestand des Hofes reduzieren. Das Gesindehaus böte Wohnraum für zwei Parteien. Es wäre so etwas wie eine Doppelhaushälfte. Der Makler regte an, zwischen dem ersten Stock und dem Dach die Decke einzureißen. So hätte man hier schöne hohe Räume. Ideal für Kinderzimmer mit Hochflächen.

Nach dem gemeinsamen Rundgang machten wir getrennte Besichtigungsgänge über das Gelände. Ich drückte meine geliebte Silvia an mich, streifte mit ihr durch das Haupthaus und machte Pläne. Auch im Obergeschoss des Haupthauses, an der Südwestecke, könnten wir unseren Traum verwirklichen: Unten ein großer Wohnraum, das Schlaf- und das Kinderzimmer. Silvia unterbrach: Die Kinderzimmer. Ich bestätigte: Die Kinderzimmer, Plural. Im ausgebauten Dachgeschoss dann unsere Arbeitszimmer, meine Computerbude und Silvias Schreibatelier. Ähnliches überlegten sich offensichtlich Hubert und Margot. Sie unterbrachen ihr Gespräch, als wir in ihre Nähe kamen. Hubert stöhnte wohlig auf: Hier sei alles so schön. Hier begänne unser letzter Lebensabschnitt. Hier möchte er alt werden in der Gemeinschaft netter Menschen. Nun ja, mit dem ersten Teil seiner Prognose, der Teil mit dem letzten Lebensabschnitt, sollte er Recht behalten.

Im demonstrativen Überschwang der Gefühle nahm Rudi zunächst mich und dann Silvia in den Arm und seine Augen wurden feucht. Silvia mochte das. Ich löste mich umgehend mit einem Rückenklopfen aus seiner klebrigen Umklammerung und fürchtete, dass ich die Umarmung nun mit der knochigen und nach Altersheim riechenden Margot fortsetzen musste. Das wäre mir noch unangenehmer gewesen. Doch in Margots Augen zeigte sich keine Spur von Rührung, nur eisige Freundlichkeit. Damit war mir klar: Der Kampf um das Obergeschoss im Haupthaus hatte bereits begonnen.

Am Abend, nachdem der Makler mit seinem Mercedes-Kombi das Gelände verlassen hatte, wankte Barbara auf den Hof. Sie wirkte entrückt und beglückt. Sie hob beide Arme und rief, dass wir hier hoch willkommen seien. Sie habe Kontakt aufgenommen mit den geistigen Wesenheiten des Ortes. Einige Reinigungsrituale im Haupthaus seien notwendig. Dort muss vor vielen Jahrzehnten etwas Schlimmes passiert sein. Eine Frau mit Schürze treibe dort ihr geisterhaftes Unwesen. Sie wolle sich rächen. Deshalb starben die Bewohner oft weit vor ihrer Zeit. Aber mit einem Reinigungsritual ist das hinzubekommen, versicherte Barbara. Nun ja, vielleicht lag es ja wirklich an der Frau mit Schürze.

Gundi, Angela und auch Johannes schauten bei Barbaras Plänen zum spirituellen Großreinemachen ein wenig verängstigt, lächelten dann aber. Johannes bestätigte sogar, er fühle auch, dass es hier noch eine Menge zu reinigen gäbe. Dann erzählte er, dass es ganz in der Nähe im Wald eine alte germanische Kultstätte gegeben habe. Hier ließen sich die Energien der Naturgeister aktivieren und ins Haus leiten. Dass Johannes seine Konkurrenz zu Barbara nicht besser verbarg, amüsierte mich. Ich regte damals an: Wie wäre es, wenn ihr euch zusammentut und gemeinsam die bösen Geister vertreibt, selbstverständlich mit Hilfe der Engel und Elfen. Vielleicht ließen sich auch germanische Götter für Reinigungsaufgaben engagieren. Und wenn diese geballte Ladung nichts ausrichtet, gäbe es ja noch die katholische Kirche, die im Bistum Hildesheim doch sicher einige Exorzisten beschäftigte. Friedel könne dabei sicher assistieren und den Weihwasserbehälter halten.

Ich schaue auf das weite Meer und erlebe so etwas wie Dankbarkeit. Ich bin den feinstofflichen Wesenheiten zutiefst dankbar, dass sie mich trotz aller Widerstände immer wieder berührt haben. Damals, beim Ausbau der Häuser, stand ich dem Spirituellen noch deutlich skeptischer gegenüber als heute. Erst etwas später machte ich Erfahrungen, die mich zweifeln ließen an meinem strikten Rationalismus. Wenn ich an einige meiner Schwitzhütten dachte, in denen ich tatsächlich ätherische Wesenheiten sah und erlebte. Und der weißen Büffelkuhfrau habe ich schließlich mein Leben zu verdanken. Ohne sie hätte ich den tödlichen Fliegenpilzsud nicht erbrochen, ganz sicher nicht.

5. September

Nach der Besichtigung des Hardenhofs ging der größte Teil der Gruppe in einen Landgasthof, um bei einem gemeinsamen Essen ein erstes Meinungsbild einzuholen. Die Stimmung war zunächst „gemeinschaftlich“. Alle waren gut gelaunt und optimistisch. Friedel war freudig erregt, schwitzte, kratzte sich an seinem Vollbart und erklärte, wir sollten den Hardenhof unbedingt kaufen, unbedingt. Hubert bestätigte, jetzt müsse man positiv denken und zielgerichtet Energien entwickeln. In seinem nächsten Leben - Hubert war manchmal geradezu hellsichtig - wolle er sich an etwas wirklich Positives und Spannendes zurückerinnern. Er strich sich mit Daumen und Zeigefinger über seinen dünnen Schnurbart und lächelte sanft.

Auch Volker war glücklich, nachdem er sich mit diesem typischen Hundeblick bei Barbara vergewissert hatte, ob er zustimmen durfte. Linde schien ebenfalls hoffnungsfreudig und meinte, nun ginge es ans Geldzählen. Johannes fasste für den Kauf gleich die erste Sonnwendfeier am 21. Juni ins Auge. Ich fragte ihn spöttisch, ob er seine Oma beklauen wolle oder woher er das Geld hätte. Er lächelte wissend und bestätigte: So ähnlich.

Bereits die Lektüre der Speisenkarte des Dorfgasthauses sorgte für erste Missstimmung. Vegetarisches, sogar veganes Essen ist in Landgasthöfen unüblich. Hier dominiert das Fleisch, die Sahne und die Butter. Die Vegetarierinnen bestellten Spargel pur mit Kartoffeln. Ich entschied mich für das Wildschweinsteak mit Pilz-Sahne-Soße. Auch Roland und Rudi trauten sich und bestellten eine fleischliche Mahlzeit. Barbaras Tochter Shiva-Regina bestellte sich ein Hähnchen mit Pommes und ein Bier. Sie bekam Spargel mit Frühkartoffeln und Apfelschorle.

Zunächst eher spaßig, dann zunehmend ernst wurde unsere Leichenfresserei bemängelt. Das übliche Gerede von Hühner- und Schweine-KZs machte die Runde. Wie nicht anders zu erwarten, taten sich hier Barbara und Johannes hervor. Ich murmelte etwas von antisemitische und kryptofaschistischen Verharmlosungen des Holocaust, gab mich aber versöhnlich und aß mein köstliches Wildschweinsteak. Die vegetarischen Einwände hatten mir den Appetit noch nicht ganz verdorben, doch die nun beginnenden Diskussionen erledigten den Rest. Die jetzt diskutierte Frage lautete nicht, kaufen wir den Hardenhof oder kaufen wir nicht, sondern: Wer zahlt wie viel für welche Wohnung. Gleich gab es heftige Wortwechsel. Doris als Bioladenverkäuferin schrieb sich den größten kaufmännischen Sachverstand zu. Ich bezweifelte das mit dem freundlichen Hinweis, dass zwischen Bioeiern und Biohöfen doch gewisse Unterschiede bestünden. Doris bezeichnete mich daraufhin als überheblich, ich sie im Gegenzug als naiv. Sie legte noch einen drauf und bezeichnete mich als arrogantes Arschloch, ich konterte mit „schnatternde Dumpfschnepfe".

Wenn ich zurückblicke, wundere ich mich schon sehr, dass ich damals wirklich keinem Konflikt aus dem Weg ging. Ich kämpfte offen und ehrlich und ohne falsche Freundlichkeit. Wenn ich jemanden für dumm hielt, teilte ich ihm das mit. Doch dann lernte ich hinzu und gab diese Naivität auf. Ich zwang mich zu einer freundlichen Selbstkontrolle. Mein Standing in der Gruppe stieg. Auch heute noch traut mir niemand etwas Böses zu. Ich bin der freundliche Computerfreak, der hilfsbereite Gemeinschaftsmensch und der verantwortungsbewusste Familienvater. Mit dieser Haltung habe ich viel erreicht: Ich besitze mehrere vermietete Wohnungen und dieses hübsche, einsam gelegene Ferienhaus auf La Palma. Darauf trinke ich ein Gläschen dieses spanischen Sekts. Champagner ist auf der Insel schwer zu kriegen.

Zurück zur Dumpfschnepfe Doris. Als ich so unklug war, sie so zu bezeichnen, begann sie zu weinen, ich zwang mich zu einem bitteren Lachen und versicherte ihr, dass es mir sehr leid täte, sie eine schnatternde Dumpfschnepfe genannt zu haben. Linde mahnte an, ich solle mich nicht sexistisch äußern. Ich entschuldigte mich damit, dass mir Doris mit ihrem heulenden Weibchengetue keine andere Wahl lasse. Trotzdem möge man mir doch bitte die schnatternde Dumpfschnepfe verzeihen. Ich meinerseits würde Doris im Gegenzug das „arrogante Arschloch" nachsehen. Dann seien wir quitt und wir würden sicher beste Nachbar-Innen werden. Das war tatsächlich einige Zeit so. Doch dann überschlugen sich die Ereignisse und machten Gegenmaßnahmen notwendig.

Axel unterbrach die Diskussion um Dumpfschnepfe und Arschloch und schlug vor, erste Zeichnungen anzufertigen und erste Vorschläge für die Verteilung der Einstiegskosten zu machen. Jeder solle ihm kurz mitteilen, wie viele Zimmer und Quadratmeter jede Partei benötige. Alle begrüßten diesen Vorschlag. Hubert reckte sich ein wenig, fummelte an seinem Schnäuzer herum und erklärte sich bereit, mit dem Makler über die Kosten des Objekts zu verhandeln. Er versicherte, dass er als Psychologe da sehr geschickt vorgehen könne. Der katholische Friedel ging auch in die Startlöcher. Er erklärte, dass er einen Bruder habe, der als Rechtsanwalt und Notar Verträge mit sehr heterogenen Erbengemeinschaft ausgearbeitet hätte, die gemeinsam Häuser gekauft und saniert hätten. Diese Verträge ließen sich leicht modifiziert übernehmen. So verlief dieses Abendessen insgesamt konstruktiv. Barbara als Projektmutter mahnte an, dass wir in der nächsten Sitzung verbindlich klären müssten, wer jetzt finanziell einsteigen wolle und wer nicht. So trennten wir uns.

Unsere kleine Tochter war müde, konnte sich nicht entspannen und bekam auf dem Nachhauseweg einen Schreianfall. Das geschah sehr selten. Sie ist dank ihrer veganen Ernährung ein sehr ausgeglichenes Kind. Ich nahm ihr Schreien als schlechtes Omen. Sie ließ sich nicht beruhigen, lehnte die Brust ab, die sie ansonsten immer beruhigte. Nachdem sie sich schließlich müde geschrien hatte und einschlief, fragte ich Silvia, ob sie bei diesem Idiotenverein wirklich Mitglied werden wolle. Sie versicherte: Klar wollen wir. Das sei eine einmalige Chance, uns eine Heimat zu schaffen in einer spirituellen Gemeinschaft. Das müsse ich doch verstehen. Außerdem solle ich mich ein bisschen zusammenreißen und nicht alle Leute provozieren und mich über sie lustig machen. Ich sei wie immer der zögerliche Bedenkenträger. Ich solle das ewige Herumgemeckere lassen und Mut fassen. Ich sah das ein und gelobte Besserung. Dafür erhielt ich einen netten Blick. Ich seufzte auf und flötete, dass wir uns deshalb so gut verstünden, weil wir eine perfekte Arbeitsteilung hätten: Ich sei der Bedenkenträger, sie die Optimistische und Dynamische.

Die Voraussetzungen stimmten tatsächlich: Unsere Wohngemeinschaftsphase hatten wir jeweils hinter uns. Allein wohnen wollen wir auch nicht mit dem Kind. Wenn man mit vielen Leuten zusammen lebt, könne man sich mit den Kindern helfen. Clodhilde, die jüngste von Rudi und Linde sei so alt wie Helena. Dann seien da noch die anderen Kinder. Das passe doch prima. Die Kinder könnten dann zusammen spielen und vielleicht ließe sich das so organisieren, dass sie noch Zeit für ihre Habilitation fände. Sie könne dann auch die ihr angetragenen Lehraufträge an der Uni übernehmen. Vielleicht werde es ja doch noch etwas mit ihrer Unikarriere.

Tatsächlich habe ich heute erfahren, dass Silvia ein zweijähriges Post-Doc-Stipendium bekommt. Anfang Oktober, wenn Helena Ferien hat, kommen die beiden nach La Palma. Dann feiern wir erst einmal ihren Erfolg. Dieses Stipendium öffnet ihr eine akademische Karriere. Die Betreuung von Helena ist inzwischen gut organisiert. In den frei gewordenen Wohnungen leben inzwischen zwei Mädchen in ihrem Alter. Zusammen mit der Tochter Rudis und Lindes haben wir so ein optimales Betreuungsumfeld. Um so mehr genieße ich die Ruhe hier in unserem Ferienhaus. Ein Monat ohne Kinder ist äußerst erholsam.

Finanziell konnten wir unseren Einstieg schon damals schaffen. Knapp 40.000 Euro hatten wir zusammen gespart, weitere 50.000 würde mein Vater zusteuern aus meinem Erbe. Silvia selbst meinte, sie könne ihren Eltern mindestens 20.000 aus den Rippen leiern. Zusammen wären das 110.000 Euro. Den Rest leihen wir von der Bank. Als vielversprechender Softwareentwickler sei ich mindestens so kreditwürdig wie ein deutscher Beamter. Klar war, dass ich viel Eigenleistung erbringen wollte. Ich bin handwerklich geschickt, hatte schon Wände gezogen und geputzt. Und Silvia hatte in ihrer Jugend sogar einen Lehmbaukurs erfolgreich bestanden. Und Putze aus Lehm, diesem ganz „natürlichen“ Baustoff - das wollten wir unbedingt.

Als wir an diesem Abend unsere enge Drei-Zimmer-Wohnung betraten, war uns klar: „Das müssen wir ändern.“ Ich wickelte die müde Helena, Silvia gab ihr die Brust bis sie schlief, und dann hatte wir noch hinreichend Energie, um freudig miteinander zu schlafen. Seit Helenas Geburt brachten wir kaum Zeit und Lust dazu auf. Kurzum: Unsere Stimmung war dynamisch und wir wollten uns zusammen ein Nest bauen, ein Nest in einer gesunden gemeinschaftlichen und anregend spirituellen Umgebung.

Die Frage, die wir uns stellten war die, wer denn aus der Gruppe mitmachen würde und könne. Wie knapp die Finanzen bei Roland und Gundi waren, wussten wir. Bademeister verdienen nicht besonders, und Gundi war in ihrem bis dato 35-jährigem Leben noch keinem geregelten Gelderwerb nachgegangen. Damals versuchte sie ihre besondere Gabe als Engel-Channlerin und Medium zu trainieren. Sie nahm schon seit Jahren an Engel-Workshops teil und besuchte zu dieser Zeit eine sündhaft teure Ausbildung für fortgeschrittene Engelchannlerinnen, die sie schließlich befähigen sollte, selber Engelworkshops durchzuführen.

Ich bin immer wieder versucht, bei diesem Rückblick allzu sprunghaft zu verfahren. Eine zweite Versuchung, der ich immer wieder erliege, ist die der Übertreibung und Zuspitzung. Klar, Gundi war reichlich durchgeknallt mit ihren Engeln, doch dann wandte sie sich der Astrologie zu und der Viehzucht, und sie war durchaus umgänglich. Sie molk ihre sieben Ziegen mit der Hand, machte selbst Käse und vermarktete ihn. Ich fand das damals durchaus respektabel auch wenn der Käse mindestens genauso langweilig schmeckte wie der palmerische Grillkäse, der vor mir steht.

Irgendwann begannen dann Gundis Neidattacken gegen uns. Wir waren damals das perfekte Paar. Ich machte Karriere als Softwareentwickler und unterstützte als fürsorglicher Vater meine Partnerin bei der Betreuung unserer Tochter. Silvia schrieb an ihrer Habilitation in Germanistik und hatte als Lyrikerin erste Erfolge. Gundi blieb das alles versagt: Sie wollte mit Roland Kinder, sie bekamen es aber nicht hin, obwohl beide sogar die Hilfe der ansonsten abgelehnten High-Tech-Medizin suchten. Rückblickend denke ich, dass Roland sich nicht mit der nötigen Entschlossenheit Gundi zuwandte, sondern größeres Interesse an Angela und auch an Silvia hatte. Und Gundi war es zweifellos auch, die meinen neuen VW-Golf mit einem rostigen Nagel zerkratzt hat. Außerdem bekam sie mit den Jahren einen derart boshaften Ausdruck um die Augen.

Klar, ich bilde mir das ein. Aber gerade jetzt, wo ich die wunderschöne Landschaft vor mir habe, das Meer, die untergehende Sonne, das leuchtende Meer sehe ich diese Augen vor mir. Kleine, verkniffene Augen, eisig-blau, funkelnd, viele kleine Falten, keine Lachfalten. Sie wirkten irritierend böse auch wenn ihr übriges Gesicht freundlich lächelte oder schwärmerisch von ihren esoterischen Erfahrungen berichtete. Als ich dann ihre Heugabel in den Händen hielt, schaute ich ihr in diese Augen und zögerte keinen Augenblick. Gundi war ein zutiefst boshafter Mensch. Mit so jemandem kann man nicht zusammenleben.

6. September

Unsere nächste Sitzung im Hinterhof-Atelier in Hannover-Linden war die entscheidende. Alle waren ausnahmsweise pünktlich. Wir setzten uns jeweils in kleinfamiliären Einheiten auf den Boden. Hubert eröffnete uns, dass wir den Hardenhof für 880.000 Euro bekommen könnten. Der Markler begnügte sich mit einer Provision von 10.000. Hinzu kommen 5 Prozent Steuern und 2 Prozent für den Notar. Insgesamt also etwa 960.000 Euro. Hubert hatte also gut verhandelt. Voraussetzung: Ein Vorvertrag innerhalb von 3 Wochen. Die versammelten Ökosiedler waren begeistert. Gundi jubelte. Sie habe die Engel befragt und mit ihrer Hilfe ein Horoskop erstellt vom Makler und vom Hardenhof. Die Bedingungen seien optimal. Barbara bestätigte das aus schamanistischer Sicht und murmelte etwas von guter feingeistiger Struktur. Johannes ließ sich auch nicht lumpen und versicherte, dass sich an der Stelle des Hofes, wahrscheinlich im Innenhof, früher ein germanischer Thingplatz befunden hätte, genau dort wo die Eiche stünde. Es würde sich anbieten, dort Feuerrituale durchzuführen.

Um die esoterische Begeisterung im Zaum zu halten, gratulierte ich Hubert und bekundete ihm meinen Respekt für sein Verhandlungsgeschick. Er reagierte sichtlich geschmeichelt, fuhr sich mit den Fingern über seinen dünnen Oberlippenbart und durch sein zurückgekämmtes fettiges Haar und lächelte. Seine Frau Margot war sichtlich stolz auf ihn und versicherte, Hubert habe das Handeln im Blut. Er komme schließlich aus einer alten Kaufmannsfamilie. Johannes ergänzte, dass nun einmal Blut dicker sei als Wasser. Hubert lächelte noch immer und fragte dann in die Runde, wer unter diesen Voraussetzungen noch dabei sei. Axel, unser Architekt, mahnte an, dass der Ausbau mindestens weitere 100.000 kosten würde pro Partei. Deutlich teurer würde es für die, die eine große Wohnung wollen und nicht viel Eigenleistung machen können. Alle rechneten.

Hubert fragte schließlich, wer denn nun die Hundertzehntausend aufbringen wolle und könne, um den Hardenhof zu kaufen. Es waren erstaunlich viele. Barbara und Volker hatten das Geld, weil Volkers Bruder ihm seinen Anteil am Erbe aus der Bestattungsfirma auszahlen werde.

Ich denke gern an diese Beerdigungsfirma von Volkers Bruder zurück und kann sie nur weiterempfehlen. Alle Beerdigungen wickelten sie kompetent ab und ganz nach den Wünschen der Angehörigen christlich oder frei-esoterisch. Die Särge und deren Innenausstattung waren zwar nicht ökologisch und besonders geschmackvoll, dafür waren allerdings die Preise moderat und reduzierten sich im Zuge der häufiger werdenden Einsätze der Firma. Es gab wohl einen stillschweigenden Mengenrabatt.

Volker verdiente als Busfahrer gutes Geld, meinte Barbara und bekam von seinem Bruder sein Erbe ausgezahlt. Barbara selbst hoffte als Schamanin demnächst gut bezahlte Seminare veranstalten zu können. Damit werde sie mindestens so viel verdienen wie Volker mit seiner Busfahrerei.

Angela hatte früher einmal als Krankenschwester gearbeitet, wollte aber als Selbstversorgerin im Garten und auf dem Feld arbeiten. Das nötige Bare würde Franz Josef heranschaffen. Franz-Josef war Hilfserzieher in einem Kindergarten und außerdem ein guter Handwerker. Angela und Franz-Josef hatten jeweils ihr Erbe auf der Bank, zusammen seien es mindestens 58.000, versicherte Angela. Das sollte mit einem ergänzenden Bankkredit reichen. Franz Josef und sie würde fast alles in Eigenleistung bauen. Das spare Geld und man entwickele auch ein grundständigeres Gefühl zum Haus, meinte Angela. Franz-Josef nickte eifrig und entblößte grinsend sein Pferdegebiss.

Dem schnauzbärtigen Hubert und seiner dürren Margot ging es finanziell am besten in der Gruppe. Er war relativ erfolgreich als Reinkarnationstherapeut. Außerdem hatte er knapp 200.000 geerbt von seiner kinderlosen Großtante. Margot war Ethnologin, arbeitete seit Jahren an ihrer Doktorarbeit und gab an der Volkshochschule Integrationskurse für Ausländer und Russlanddeutsche.

Roland und Gundi wurden von den Eltern unterstützt. Roland verdiente als Bademeister nicht gerade viel. Gundi hatte immer gejobbt, oft als Reinigungskraft oder Kellnerin. Beide versicherten, sie hätten mindestens 80.000, wenn die Eltern mit der Kohle rüberrücken würden. Roland scherzte, notfalls müsse er eben eine reiche Witwe heiraten.

Friedel und Doris hatten Geld. Die Kirche zahlte ihm als Historiker ein sehr gutes Gehalt. Doris war Geschäftsführerin in einem Bioladen. Den beiden würden die Banken das Geld nachwerfen. Außerdem, bemerkte Doris, würden sie ihre Lebensmittel selbst anbauen, vor allem Brennnessel. Das spare Geld. Die Brennnessel wolle sie außerdem in ihrem Bioladen an Städter vertreiben, woraus allerdings später nichts wurde. Wer kauft schon Brennnessel?

Rudi und Linde gehörten zu den älteren in der Gruppe. Rudi war Studienrat in einem anthroposophischen Gymnasium und unterrichtete Eurhythmie sowie Deutsch. Linde arbeitete als Hebamme und Heilpraktikerin, war bei den GRÜNEN engagiert, landete bei den letzten Landtagswahlen aber nur auf einem aussichtslosen

Listenplatz. Ihr Leitspruch „Mütter an die Macht" hatte wohl auch die hirnrissigsten GRÜNEN abgeschreckt.

Und dann war da noch Johannes, der Germane. Er war zu dieser entscheidenden Sitzung mit einer Freundin gekommen, die er als Sieglinde vorstellte. Sieglinde war die Überraschung des Abends. Sie war geschätzte ein Meter neunzig groß, hatte einen Atombusen, verfügte über etwa 120 Kilo Lebensgewicht, war mit ihren 40 Jahren etwa 10 Jahre älter als Johannes und strahlte eine Freundlichkeit und Herzlichkeit aus, die mich verblüffte. Wie war der germanische Johannes nur so kurzfristig an so eine Sieglinde geraten? Johannes versicherte: Sie liebten sich, würden heiraten und in das Projekt einsteigen. Sieglinde selbst schien über ausreichend finanzielle Mittel zu verfügen. Sie sei eine reiche Witwe, erklärte sie. Ihr Verblichener sei Medizin-Professor gewesen, Spezialgebiet Onkologie, und habe für die Pharmaindustrie gearbeitet. Leider sei er vor gut einem Jahr an Hodenkrebs gestorben. Doch jetzt, so erklärte sie, gehe das Leben für sie weiter. Sie wolle mit Johannes der Ökosiedlung beitreten und vielleicht noch einige Kinder machen. Sie habe es immer bedauert, dass ihr verstorbener Onkologen-Gatte keine Kinder wollte. Zum Schluss, ohne Testikel, sei es dann natürlich nicht mehr gegangen. Die offene und direkte Art, mit der Sieglinde auftrat, machte sie mir gleich sehr sympathisch. Als ich das später gegenüber Silvia erwähnte, reagierte sie ironisch, sie habe gar nicht gewusst, dass ich auf wabbelige Fleischberge fliege. Ich antwortete ein wenig machohaft, dass man auf Fleischbergen immerhin weich lande.

Die letzten im Bunde waren Architekt Axel und Elli. Sie hatten an diesem Abend bereits einige Zeichnungen mitgebracht. Sie legten die professionell gezeichneten Pläne in der Mitte des Kreises aus. Ein Vorschlag mit 8 bis 10 Wohneinheiten. 4 Wohneinheiten im Haupthaus, maximal 6 in den Ställen, 2 im ehemaligen Gesindehaus. Am teuersten würde der Ausbau der Scheune werden, erklärte er. Pro Quadratmeter mindestens 1200, eher 1600 Euro. Am günstigsten sei es im Gesindehaus. Da ließen sich die beiden Wohnungen relativ preisgünstig ausbauen und das in Eigenleistung mit ein bisschen professioneller Hilfe. Die Wohnungen in der Scheune ließen sich als unterschiedlich große Reihenhäuser konzipieren.

Axels sachliche Ausführungen wurden von Roland unterbrochen. Er erklärte, er und Gundi zögen ins Haupthaus, oben,

Westen. Ich reagierte spontan. Wir auch: Haupthaus oben Westen. Roland lief rot an und rief - ich bin sicher, es war genau so - , er habe das zuerst gesagt. Gundi, seine Frau lächelte bestätigend: Er sei der erste gewesen. Außerdem seien sie zuerst in der Gruppe gewesen. Wir seien erst sehr viel später zur Gruppe gestoßen. Rudi - manchmal konnte er trotz seiner anthroposophischen Geistesbildung seinen Sarkasmus nicht zurückhalten - reagierte ironisch, dass außerdem Gundi als Königin die Schönste im ganzen Land sei. Ich lachte laut auf. Alles an Gundi war gänzlich unauffällig, wenn man einmal von ihren gewaltigen Glubschaugen absah.

Daraufhin meldeten alle anderen ihre Interessen an. Die meisten wollten ins Haupthaus, oben, Westen. Hier ließen sich die Räume nach Süden und Westen ausrichten. Hier hatte man freien Blick über die Felder und Wiesen und das leicht hüglige Land. Hubert reckte sich nach einigen Minuten Streit, bat um Ruhe und appellierte an die Vernunft aller Beteiligten.

Sein Vorschlag lautete, das doch über den Preis zu regeln: Also: Nicht jeder zahlt dieselbe Summe für Hof und Land, sondern wir regeln das nach Angebot und Nachfrage. Dieser Vorschlag hatte weitere entrüstete Reaktionen zur Folge: Barbara sprang auf, sie wolle in einer solidarischen Gemeinschaft leben, nicht in einer AG. Hubert fragte zurück, was es denn für andere Vorschläge gäbe. Eine schlug vor, die Wohnlagen zu verlosen. Jeder zahle das gleiche ein, dann losen wir. Wieder gab es lautstarke entrüstete Reaktionen. Silvia machte den Alternativvorschlag, dass wir zunächst einmal unsere jeweiligen Optionen klären könnten. Jede Partei solle ihre Namen auf einen Zettel schreiben und dann diesen Zettel auf die Stelle im Plan legen, wo sie am liebsten, am zweitliebsten, am drittliebsten wohnen würde. Vielleicht verteilte sich das ja. Axel ergänzte, es sei auch zu berücksichtigen, dass der Ausbau unterschiedlich teuer sei. Im Gesindehaus billig, im Haupthaus teurer, im Scheunenflügel am teuersten.

Das Ergebnis war niederschmetternd. 6 erste Präferenzen lagen auf „Haupthaus, oben, Westen." 6 zweite Präferenzen lagen auf Haupthaus, oben, Osten. Friedel meinte, dass wir so nicht weiterkämen. Wir müssen das über den Preis regeln. Oder losen. Und jetzt begannen endlose Diskussionen. Barbara beendete sie, indem sie Salbei und Johanniskraut verbrannte, um die Atmosphäre zu reinigen. Es stank so fürchterlich im Raum, dass wir mit dem Kindern vor die Tür mussten. Der allergische Germane, also Johannes, flüchtete als erster. Der Gestank wurde zusammen mit den bösen Geistern unter schamanischem Gemurmel aus den geöffneten Fenstern entlassen. Wir versammelten uns wieder, setzten uns in den Kreis und fassten uns an den Händen. Die damals etwa dreijährige Clodhilde intonierte deutlich: „Piep, piep, piep, wir haben uns alle lieb." Alle beteiligten sich und lachten. Barbara versicherte, Clodhilde sei eine spirituelle Begabung. Hubert hielt eine verständnisvolle Rede, betonte, dass das natürlich für alle von größter Wichtigkeit sei. Genau deshalb aber, sollten wir uns besinnen und einander zuhören. Er schlug vor, die Sitzung in zwei Tagen fortzusetzen. Jede Partei solle bis dahin seine Präferenzen klären. Axel begrüßte das und beschloss, einen Vorschlag zur Verteilung der Kosten auszuarbeiten. Silvia und ich verabschiedeten uns, weil Helena müde war und ins Bett musste. Auf dem Weg zum Auto fragte Rudi, ob wir nicht noch auf einen Wein mit zu ihnen kämen. Friedel und Doris kämen auch noch mit. Ich dachte gleich: Fraktionsgespräche.

An diesem Abend dezimierten wir Rudis Weinvorrat. Wir regten uns gemeinsam auf über Barbara, die als Mutter des Projekts eine gewisse Gefolgschaftstreue verlangte. Wir amüsierten uns über den asthmatischen Johannes und seine stämmige Sieglinde und nicht zuletzt über Roland, der offensichtlich ein Auge auf Angela geworfen hatte und sie derartig unverhüllt anbaggerte, dass es allen anderen peinlich war. Linde versicherte, bei ihr habe er es auch schon versucht. Immer diese zufälligen Berührungen an Hintern und Brust. Im Suff kam mir damals die Erkenntnis: Niemals will ich mit diesen Idioten zusammen wohnen. Am nächsten morgen hatte ich das alles vergessen. Silvia versicherte mir, dass es überall Idioten gäbe. Damit müsse man leben. Heute weiß ich, dass das ein Fehlschluss ist. Man kann mit der nötigen Energie und dem nötigen Engagement eine Menge an seinem Leben ändern - und am Leben bzw. Ableben seiner Mitmenschen.

Und jetzt mache ich noch einen kleinen Spaziergang durch den Garten, solange es noch nicht ganz dunkel ist. Hier, auf La Palma, dauert die Dämmerung nicht sehr lange. Vielleicht sehe ich heute die Wanderratte, die hier irgendwo zwischen den Steinen ihr Zuhause hat. Es ist sicher auch gut, die Bewässerungsanlage anzuschalten. Das Wasser ist zwar knapp, aber wir halten uns sonst sehr zurück. Der junge Orangenbaum sieht ein wenig traurig aus.

7. September

Das zweite Treffen begann sehr konzentriert. Axel unterbreitete, unterstützt vom reinkarnationstherapeutischen Hubert, einen detaillierten Vorschlag: Zunächst trennte er die Kosten des Landes von denen der Häuser. Die Kosten für die 50 ha Land sollten insgesamt etwa 400.000 Euro betragen. Jeder sollte sich mit dem gleichen Anteil beteiligen. Die restlichen 700.000 sollten je nach Hauslage unterschiedlich verteilt werden.

Zuerst protestierte Barbara, es sei also doch eine Verteilung nach Preis. Hubert und Axel hätten mehr Geld als die meisten anderen, deshalb verstünden sie sehr gut, dass sie einen solchen Vorschlag favorisierten. Roland pflichtete ihr bei: Das sei einfach unfair. Schließlich seien wir eine Gemeinschaft und Gemeinschaften verhielten sich solidarisch und hätten das Gruppeninteresse im Auge. Rudi versicherte, der gemeinsame Besitz des Landes sei Solidarität genug. Er sähe nicht ein, weshalb er andere Leute subventionieren solle. Linde pflichtete ihm bei: Es könne nicht sein, dass die mit mehr Geld denen mit weniger Geld die bessere Wohnlage finanzieren sollten.

Jetzt kam der große Auftritt des katholischen Friedel: Wir müssten alle Kompromisse eingehen und da wir nun einmal in einer kapitalistischen Gesellschaft lebten, verlaufe die Kompromisslinie entlang der Vermögensverhältnisse. Der soziale Puffer sei ja schließlich der kollektive Landbesitz. Gerne könnten wir den Anteil des Landes erhöhen, dann würden die Kosten für die Wohnungen relativ weniger werden, also hätten die weniger verdienenden eine bessere Chance, sich für die teuren Lagen zu entscheiden. Das war zu hoch für Roland. Er baute sich auf: Was soll denn das? Dann bleibe doch weniger Geld für die Häuser. Nein, erklärte nun Axel, dann verteilen sich die Kosten für die Häuser anders. Sie seien dann sozusagen billiger. Roland versuchte sein klügstes Gesicht zu machen, scheiterte offensichtlich und fragte „Ach ja?“ Ich bestätigte und versicherte, aus genau diesem Grunde sei ich dagegen. Die, die mit dem Land etwas anfangen wollten, Landwirtschaft, Kühe, Schafe usw., die sollten auch mehr für das Land bezahlen.

Nun fühlte sich Bademeister Roland angesprochen, vielleicht weil er im Kreis mir gegenüber saß und ich ihn anschaute. Er murmelte etwas von Kapitalistenschwein. Ich begann daraufhin ihm in einem zugegeben arroganten Ton zu erklären, was Kapitalismus sei. Er unterbrach mich mit der Frage, ob ich glaube, er sei blöd. Ich lächelte dankbar für diese Vorlage und fragte ihn, ob ich die Frage ehrlich beantworten soll oder ob er es lieber hätte, wenn ich ein bisschen lüge. Daraufhin stand er auf und schrie, ich solle meine Schnauze halten, sonst würde es mir leid tun. Ich fragte ironisch, ob er mich dann verprügeln wolle. Roland kam näher und bestätigte, dass er mir so aufs Maul haue, dass ich erst im Krankenhaus wieder wach werde. Ich kam nun langsam in Fahrt und erwiderte, dass ich ihm seine Frage ganz ehrlich beantworten wolle: Er sei blöd wie ein Stück Graubrot.

Es wurde sehr ruhig im Raum. Rudi, der als Waldorflehrer doch eher harmonisch disponiert sein müsste, schüttelte grinsend den Kopf. Der katholische Friedel grinste belustigt. Therapeuten-Hubert begann mit beschwichtigender Miene sich zu erheben. Franz-Josef öffnete den Mund, verharrte aber in Schockstarre. Barbara sah sich nach ihren Schamanenrasseln um. Nun ja, und ich bekam von Bademeister Roland einen kräftigen Schlag ins Gesicht. Da ich saß und Roland stand, konnte ich schlecht ausweichen. Ich kippte nach hinten und blieb dort benommen liegen. Inzwischen hatten Hubert und Rudi Roland zurückgerissen und hielten ihn bei den Armen gepackt, um mich vor weiteren Attacken zu schützen. Silvia hatte sich schützend über mich geworfen. Unsere Tochter Helena schrie wie am Spieß. Die Kinder von Rudi und Linde ebenfalls. Barbara hatte inzwischen ihre Schamanenrasseln gefunden und rasselte was sie konnte. Doris hatte sich auch erhoben und rief mit erhobenen Armen: „Keine Gewalt!“ Und die kleine Clodhilde kommentierte: „Roland hat gehaut. Roland ist doof.“

Roland stand immer noch vor mir, jetzt allerdings im festen Griff von Hubert, Friedel und Volker. Als ich langsam wieder zu mir kam und mir das Blut aus dem Mundwinkel gewischt hatte, war für mich klar: Mit diesen Idioten will ich nichts zu tun haben. Ich wandte mich an Silvia und bat sie, uns nach Hause zu fahren. Hubert intervenierte therapeutisch, ich könne doch jetzt nicht so einfach gehen, wir müssten darüber reden. Ich widersprach, dass ich gar nichts müsse. Mit so einem brutalen Volltrottel wie Roland könne man nicht reden, der sei doch blöd wie ein Stück Scheiße. Entweder die Gruppe schmeiße ihn raus oder wir würden die Gruppe verlassen.

Hubert beschwichtigte, das sei doch alles nur der Situation geschuldet. Außerdem sei Roland provoziert worden. Gundi bestätigte: Auch Worte könnten Gewalt sein. Damals ließ ich es noch an der nötigen Coolness fehlen und entgegnete Gundi, dass sie genauso dämlich sei wie ihr Macker und dass sie eigentlich gut zusammen passen müssten. Roland war nun kaum noch zu halten. Fixiert nun nicht nur vom pummeligen Hubert und von Rudi, sondern auch von Franz-Josef und Volker, brüllte Roland, dass ich ein Schwein sei, dass er umbringen werde. Dieser Ausbruch blieb ein immerwährendes Gruppengespräch. Als es später zu den brutalen Todesfällen kam, waren alle überzeugt, Roland hätte wieder einmal zugeschlagen und sei dann geflohen.

An diesem Abend taumelte ich zur Tür und erwartete, dass mir Silvia folgte. Doch sie blieb tatsächlich neben Hubert stehen, der wiederholte, dass ich mich dieser Auseinandersetzung nicht entziehen könne. Ich zögerte, weil Silvia mit Helena auf dem Arm mir nicht folgte. Ich fühlte mich von Silvia verraten.

Silvia wollte unbedingt mit diesen esoterischen Schachköpfen zusammen leben in einer kuschligen Ökogemeinschaft. Genau das wollte ich auch, will ich noch heute, aber doch nicht mit Leuten wie Roland, Barbara, Gundi und wie sie hießen. Nun ja, in der Folgezeit änderte sich etwas an der personellen Zusammensetzung der Gemeinschaft. Damals war ich empört und aufgeregt und gab mir nicht die geringste Mühe, das zu verbergen. Ich war gekränkt, Tränen liefen mir über die anschwellende Backe. Inzwischen habe ich viel gelernt. Ich bin viel cooler geworden, überlegter, kontrollierter. Und Roland weilt nicht mehr unter uns.

Hubert kam zu mir an die Tür, legte mir seinen wabbeligen Arm um die Schultern und zog mich zurück in den Kreis. Ich ließ mich mit wackligen Knien in den Kreis zurückziehen, fiel auf mein Sitzkissen und wurde dort von Silvia und der in jeder Situation souveränen Sieglinde betreut. Ein feuchter Waschlappen auf meine blutenden Lippen, ein Küsschen von Silvia. Als dann die kleine Coldhilde zu mir kam, mir einen feuchten Kuss auf die Wange gab und sagte: „Roland Scheiße“ musste ich lachen, obwohl es weh tat. Hubert hatte gewonnen und natürlich Silvia, die mir immer wieder versicherte, ich sei es, der Schuld an diesem Vorfall gewesen sei. Ich solle nicht so impulsiv sein und nicht so provozierend. Ich solle meinen Mitmenschen mit mehr Toleranz und Sensibilität begegnen. Ich erinnerte mich daran, als ich einige Jahre später Roland sensibel und sehr nachhaltig heimzahlte. Manche Menschen meinen, ich sei nachtragend. Ich gebe ihnen recht. Ich bin nachtragend, aber auch dankbar und treu. Ich bin nun einmal ein sehr kontinuierlicher Mensch. So ist das.

Ich saß nach den vorangegangenen Zeilen mindestens eine halbe Stunde reglos auf meinem Stuhl vor dem Haus, tank vom etwas abgestandenen Rotwein, schaue aufs Meer und schüttle mein ergrauendes Haupt. Meine Harmonie-Sehnsüchte schalten immer wieder kritische Einwände aus. Der Traum von der Kleinfamilie in netter Nachbarschaft hatte damals jede Kritik erstickt. Und immer noch habe ich das Bild vor Augen: Wir sitzen alle gemeinsam im Hof, die Kinder spielen friedlich im Sandkasten, zwei Hunde liegen vor unseren Füßen. Gemeinsam schauen wir den Kindern zu, wir trinken Tee und genießen die Frühlingssonne. Tatsächlich bin ich der Erfüllung dieser Sehnsucht ein großes Stück näher gekommen. Aber bis dahin war es ein weiter Weg, der Einiges von mir abverlangte.

Hubert schien intuitiv meine Harmonie-Sehnsüchte erfasst zu haben und wusste, dass meine oft provokanten Äußerungen nur meinen sensiblen Kern schützen sollten. Er schaute mir damals ebenso tief in die Augen wie später bei seinem Ableben. Er appellierte an meinen Verstand und an meine Gutmütigkeit. Roland sei nun einmal sehr leicht reizbar. Er meine es nicht so. Ihm stünden nur sehr beschränkte sprachliche Mittel bei der Auseinandersetzung zur Verfügung. Deshalb müsse ich sein Verhalten entschuldigen. Außerdem, das müsse er bei aller Abscheu gegenüber gewaltsamen Auseinandersetzungen einräumen, sei meine Art sehr provokativ. Ähnlich einfühlsam begann nun auch Rudi auf mich einzuwirken. Ihm täte es wirklich sehr Leid, wenn wir nicht mit einsteigen würden. Am Schlimmsten war Silvia: Ich solle mich besinnen. Nur wegen dieser kleinen Auseinandersetzung wolle ich meiner Tochter eine geradezu ideale Kindheit nehmen.

Roland saß wieder auf seinem Platz. Gundi sprach auf ihn ein. Doris massierte ihm den Nacken. Barbara packte ihre Kräuter aus und hielt sie Roland unter die Nase und besänftigte die bösen Geister. Volker bemühte sich ebenfalls um Roland und schaute mehrmals hämisch in meine Richtung, was mich wieder auf den Gedanken brachte, aufzustehen und nach Hause zu fahren. Es wäre wirklich das Beste gewesen, auch für Volker, der, hätte ich mich damals anders entschieden, heute immer noch gestärkt und quicklebendig aus Barbaras Schwitzhütten gekrabbelt wäre.

Als Roland plötzlich vor mir stand, ging ich in Deckung. Doch er reichte mir die Hand und bat um Entschuldigung. Fast bekam ich Mitleid mit ihm. Seine Partnerin Gundi stand hinter ihm, Barbara neben ihm und Hubert sah ihn lächelnd an. Ich drehte mich weg und bat um Bedenkzeit. Silvia begann wieder auf mich einzureden: „So schlimm war das doch nicht. Zähne sind ja noch alle drin."

Hubert schlug vor, dass wir uns zu dritt in einem Nebenraum treffen sollten zu einer kleinen Aussprache. Ich lenkte ein. Hubert war in seinem Element: Zuerst eine Entspannungsübung, dann Darstellung der Situation aus subjektiver Sicht, das Eingeständnis gegenseitiger Verletzung und Kränkung. Roland entschuldigte sich noch einmal und versprach, dass es nicht wieder vorkommen werde. Ich räumte ein, dass ich mich diplomatischer hätte verhalten können. So reichten wir uns die Hand. Schon damals schwor ich mir, dass Roland diesen Schlag in mein Gesicht noch bereuen werde. Hubert resümierte, dass Gewalt keine Lösung für gruppendynamische Prozesse sei. Damals stimmte ich ihm noch zu. Rückblickend würde ich entschieden widersprechen und er wohl auch, wenn er noch könnte.

Diese Sitzung beendeten wir damit, dass Hubert seine Position als Moderator ausbaute. Er erklärte, Roland und ich, wir hätten uns versöhnt. Beste Freude würden wir sicherlich auch in Zukunft nicht werden, aber gute Nachbarschaft sei ja auch ausreichend. Der zuvor sehr zurückhaltende Johannes meldete sich zu Wort und regte an, wir sollten uns doch zu einem Kampf Mann gegen Mann treffen, um die Sache auszutragen. Ich wandte ein, dass ich nichts dagegen hätte, wenn er sich mit Roland prügeln wolle. Ich würde gerne dabei zusehen. Dieser Vorschlag von Johannes war tatsächlich ernst gemeint. Roland war sportlich, etwa 1,90 Meter groß, hatte zwar um die Hüften herum Speck angesetzt, war aber durchaus muskulös. Ich war und bin deutlich kleiner, schlank und wiege mindestens 30 Kilo weniger als Roland. Sieglinde, die Frau an der Seite des germanischen Johannes bemerkte sanft, dass das kaum ein fairer Kampf sein könne. Johannes antwortete, kein fairer, aber ein klärender Kampf, bei dem sich unsere Gefühle authentisch reinigen ließen. Rudi spottete: „Wie wäre es mit einem Duell im Morgengrauen. Ich stelle mich als Sekundant zur Verfügung."

Axel unterbrach die erneut schärfer werdende Diskussion. Er bat uns, über seinen Kostenverteilungsvorschlag nachzudenken.

Zu Beginn der nächsten Sitzung könnten wir dann noch einmal über unsere Präferenzen reden. Auf der Rückfahrt nach Hause teilte mit Silvia mit, dass sie sich eine Beziehung mit mir vor allem dort, auf dem Hardenhof vorstellen könne. Als isolierte Kleinfamilie mit mir, hätten wir kaum eine Chance. Das war mein zweites KO an diesem Abend.

Ich wundere mich heute über meine Fügsamkeit. Wieso habe ich nicht darauf bestanden, das sein zu lassen. Heute brauche ich mindestens zwei Glas Wein, um meine damalige Dummheit vergessen zu können. Andererseits: Ich habe in den darauf folgenden Jahren eine Menge dazu gelernt.

8. September

Silvia und ich diskutierten nicht mehr über den „Vorfall", wir diskutierten über die Hauslage und den Preis. Die Südlage des Haupthauses war eindeutig die schönste. Doch der westliche Teil der Scheune sei auch nicht schlecht. Da hätten wir Abendsonne. Nach Norden heraus schaut man auf die Wiese und den Hügel. Das Dorf sieht man allenfalls vom ersten Stock. Das sei etwas für uns. Außerdem könnten wir in der alten Scheune frei planen. Nur die Hülle müsse stehen bleiben. Alles andere könnten wir uns so machen, wie wir es wollten. Unten ließe sich eine größere Terrasse aufschütten, das Dach ließe sich ausbauen. Die alten Balken gäben dem Ganzen sicher eine warme Atmosphäre.

Ich stellte schnell meine grundsätzlichen Bedenken zurück. Meine Sehnsucht nach einer trauten Kleinfamilie in einem ebenfalls trauten, freundschaftlichen Umfeld ließ mich meine vernünftigen Einwände vergessen. Außerdem stand die Drohung Silvias im Raum, dass sie unserer Partnerschaft nur wenig Chancen gäbe außerhalb dieses Projekts. Und ich weiß, dass ich ohne eine stabile Zweierbeziehung nicht leben kann. Kurzum: Ich vergaß meinen schmerzenden Unterkiefer, schaute nicht in den Spiegel, um meine angeschwollene Lippe ignorieren zu können und verwickelte mich mehr und mehr in Überlegungen, wie unser Leben im neuen Haus aussehen würde. Das Eckstück im Scheunenflügel wäre schön, stimmte ich zu. Die Aussicht nach Westen sei traumhaft: Die Wiese mit den Büschen und Bäumen. Wirklich nett.

Das war zweifellos der größte Fehler meines bisherigen Lebens. Doch ich bin an meinen Aufgaben innerlich gewachsen, habe gelernt und an Selbstbewusstsein gewonnen. Ich fühle mich heute stärker. Die Beziehung zu Silvia hat sich verbessert. Ich vermisse sie jetzt ebenso wie meine Tochter, wo ich hier alleine in unserem Ferienhaus sitze und schreibe. Doch auch der treueste Familienmensch und das freundlichste Gemeinschaftsmitglied benötigt manchmal eine kleine Auszeit, allein schon deshalb, um in mir aufzuräumen und meine Gedanken und Gefühle zu sortieren.

Scheune, westliches Eckhaus, das war unsere erste Präferenz, aus taktischen Gründen könnten wir das Haupthaus, Westen, oben zur zweiten Präferenz machen. Darauf sind sicher die Besserverdienenden fixiert, also Hubert und Margot, Friedel und Doris und wohl auch Rudi und Linde. An diesem Abend klingelte noch das Telefon. Es war nicht der therapeutische Hubert, wie erwartet, sondern der anthroposophische Rudi. Ich wunderte mich. Er erkundigte sich nett nach meinem Befinden und wie ich den Schlag weggesteckt hätte. Ich wich zunächst aus. Bald war mir klar, dass er sich erkundigen wollte, ob wir im Projekt bleiben wollten oder nicht. Ich antwortete ihm ehrlich, dass Silvia unbedingt wolle, ich aber nicht, dass wir also trotzdem dabei blieben.

Rudi lachte. Ja, so sei das bei ihnen auch oft. Dann erkundigte er sich nach unserer Hauspräferenz. Ich teilte ihm mit, dass wir uns überlegen, ob wir nicht Scheune, Eckhaus, Westen nehmen. Rudi betonte, dass sie daran auch schon gedacht hätten, doch sie wollten um das Filetstück im Haupthaus kämpfen. Notfalls würden sie auch auf andere Lagen im Haupthaus ausweichen, aber darüber solle ich Stillschweigen bewahren.

Dann vertraute mir Rudi an, dass er schon mit Hubert gesprochen habe. Hubert wolle unbedingt ins Haupthaus in den ersten Stock. Alles andere interessiere ihn nicht. Ich unterbrach. Ob das hieße, dass Hubert und Margot aussteigen würden, wenn sie nicht das bekämen, was sie wollen? Rudi bestätigte: Ja, Hubert pokere ein wenig. Er sei sich sicher, dass ihn viele nach seinem Moderatorenjob heute für unabdingbar hielten. Er hätte gute Chancen, damit durchzukommen. Ich spottete: Wenn Oberpsycho Hubert sich mit Schamanin Barbara zusammentäte, bekäme die Gruppe, was sie wolle: eine Führungsmannschaft, der sich alle anderen fügen müssten.

Rudi widersprach. Er hielt den katholischen Friedel für einen geschickten Taktiker. Ich sollte einmal sein Diskussionsverhalten beobachten. Erst warte er ab und streiche sich durch seinen Pfaffenbart, dann spitze er die Situation zu, danach schwenke er um oder lenke ein und zum Schluss verteile er Noten. Nicht ungeschickt, nicht dumm. Sein Verhängnis sei seine Doris. Sie dominiere ihn völlig. Sie sei rücksichtslos und verbohrt. Ich ließ das unkommentiert. Rudi kannte die beiden tatsächlich länger als wir. Silvia mochte Doris nicht und umgekehrt.

Rudi kam dann noch einmal auf die Wohnlagen zu sprechen: Nicht unwichtig sei, was unser Architekt Axel aushecke, aber der sei nicht so heimtückisch. Er spiele mit offenen Karten. Doch der katholische Friedel und die vegetarische Doris seien auf keinen Fall zu unterschätzen. Ihn interessiere nur, wie weit die Freundschaft zwischen unserer Schamanin Barbara und Doris gehe.

Ich lachte, obwohl mir mein Mund dabei höllisch weh tat. Ja, Barbara und Doris hätten viel gemeinsam: Was für Barbara der Schamanismus sei, sei für Doris ihre Kräuterideologie und ihr Brennnesselfimmel. Rudi bestätigte und fragte, ob ich wisse, dass sie ein Buch schreibe mit dem Titel: „ Wie die Brennnessel dein Leben verändert". Und der katholische Friedel betätige sich als Brennnessel-Spitzen-Koch. Er sei ganz stolz auf sein Brennnessel-Soufflé. Schmecke wie Spinat, nur ein wenig muffiger. Sein Muskatnusseinsatz mache das aber mehr als wett.

Wir lästerten noch eine Weile über den partnerschaftlichen Brennnessel-Katholizismus und dann fragte ich, wie man nur so blöd sein könne, in ein solches Projekt einzusteigen. Das sei suizidales Verhalten, zumindest Masochismus. Rudi lachte: Das sähe er auch so. Aber das Leben sei nun einmal ein Abenteuer, das in jedem Fall tödlich ende.

Ich erinnere mich noch sehr deutlich an dieses Gespräch. Es war der Beginn meiner merkwürdigen Freundschaft mit dem anthroposophischen Rudi. Ich schenke mir Rotwein nach, schaue auf den bedeckten Himmel über dem Meer und trinke auf Rudi, der noch immer im Hardenhof lebt, heute allerdings als mein Freund und in angenehmerer Nachbarschaft.

Weil wir uns so gut verstanden, schlug ich an diesem Abend Rudi einen Deal vor: Ich würde ihn mit seinem Wunsch „Haupthaus, Westen, oben" unterstützen, auch gegen Hubert und Friedel. Dabei sei es wohl am günstigsten, wenn wir genau diese Wohnlage auch als erste Präferenz angäben, dann aber einen Rückzieher machten.

Wir wollten in den Scheunenflügel, aber ins Eckhaus, nach Westen hin. Allerdings benötigten wir deutlich mehr als nur 120 Quadratmeter Wohnfläche, sondern mindestens 200. Wenn Silvia und ich das vorschlügen, sollte mich Rudi unterstützen. Sicher schlössen sich dann Friedel und Hubert zusammen. Wenn es zu keiner Einigung käme, würde ich dafür plädieren, zu losen. Rudi und Linde könnten sich dann ja noch seinerseits überlegen, auf ihre zweite Präferenz umzusteigen. Rudi und ich plauderten noch eine Weile und beendeten dann das Gespräch. Später kam alles anders.

Als dann, keine zwei Minuten später, Hubert anrief, war ich nicht einmal sehr verwundert. Auch er erkundigte sich brav nach meinem Befinden. Ich dramatisierte meine Kopfschmerzen und meine Verärgerung über den cholerischen Roland und deutete an, dass für uns natürlich das Projekt zur Disposition stünde. Wir würden uns im Laufe der nächsten Woche darüber klar werden, ob wir einstiegen oder nicht. Nicht unwichtig sei natürlich die Wohnlage. Immer wieder versicherte mir Hubert, dass er das gut verstehe. Ich solle mir aber überlegen, ob dieses Projekt wirklich an diesem lächerlichen Vorfall scheitern sollte. Ich meinerseits regte an, ob es nicht sinnvoll sei, dem prügelnden Bademeister Roland einen Rückzug aus dem Projekt nahezulegen. Ich wolle nicht mit prügelnden Halbaffen zusammen wohnen. Roland hätte mich zweifellos krankenhausreif, vielleicht sogar totgeprügelt ohne das Eingreifen der Gruppe. Wieder beschwichtigte Hubert, versicherte mir, er wolle mit Roland ein paar Sitzungen Antigewalttraining machen. Außerdem sei Rolands Frau Gundi mit Barbara und auch mit Doris befreundet. Man könne Roland nicht einfach hinausschmeißen. Ihm sei das zwar auch das liebste, aber das ginge nun einmal nicht.

Dann kam Hubert so langsam auf das zu sprechen, was ihn brennend interessierte: Haupthaus, Westen, oben. Ich bestätigte, dass auch wir großes Interesse an dieser Lage hätten und dass unser Verbleib im Projekt auch mitbestimmt sein würde von dieser Entscheidung. Am anderen Ende der Leitung gab es zunächst einmal eine Sendepause. Dann stammelte Hubert etwas davon, dass natürlich auch er dort wohnen wolle und ob sich Silvia und ich nicht für eine andere Wohnlage entscheiden könnten. Ich betonte, ich müsse darüber noch mit Silvia sprechen. Hubert fragte, wie es denn mit der anderen oberen Hälfte des Haupthauses aussähe, die werde sicher auch deutlich billiger. Vielleicht sei es möglich auch den Teil des Daches unserer Wohnung zuzuschlagen, der über dem Flur lag. Ich könne mir dort ein sehr schönes Arbeitszimmer bauen mit sehr großer Südfront. Kurzum: Hubert bot mir sehr vorsichtig einen Deal an: Wenn ich ihn unterstütze mit seinem Wunsch Südflügel, Westen, oben, dann könnten wir etwa zwei Drittel des Daches ausbauen. Das schien mir zunächst sehr lukrativ. Doch schon damals regte sich in mir ein immer stärker werdender Widerwillen gegen Hubert.

Das ist heute noch so, wenn ich einen Menschen nicht mag, bin ich außer Stande, mich sachlich und höflich mit ihm auseinander zu setzen. Und wenn ich es versuche, steigert sich mein Widerwillen zu einer energischen Abscheu. Bei Hubert steigerte sich diese Abscheu bis zum Ekel, der auch noch anhielt, als post mortem seine Zunge aus seinem offenen Mund hing.

Ich ging mit Hubert aus zwei Gründen also keinen Deal ein: Erstens, Hubert war einfach zu widerlich, zweitens fühlte ich mich Rudi verpflichtet. So ging ich auf Distanz und versicherte Hubert lapidar, dass wir das alles noch genauer diskutieren müssten. Ich bin nun einmal ein Mensch, dem an verlässlichen sozialen Beziehungen gelegen ist, also kam für mich ein doppeltes Spiel gegen Rudi nicht in Frage. Ich brach das Gespräch sehr höflich ab, bedankte mich für seine gelungenen Interventionen und wünschte ihm eine gute Nacht. Ich schlief in dieser Nacht sehr unruhig. Silvias angedeutete Drohung, sich von mit zu trennen, wenn ich mich nicht auf das Projekt einlasse, machte mir zu schaffen.

Der Anruf vom katholischen Friedel kam erst am nächsten Morgen. Ich bastelte gerade ein wenig unkonzentriert an einer Homepage für ein mittelständisches Unternehmen und stand unter Zeitdruck, doch das Gespräch mit Friedel interessierte mich. Ich hatte bereits vor diesem Telefonat eine Abneigung gegen ihn, doch seine Schleimerei übertraf meine Erwartungen: Er erkundigte sich mitfühlend nach meinen Prellungen im Gesicht. Ich jammerte ein wenig. Er fragte, ob ich das denn psychisch wegstecken könne, das sei doch sicher eine Traumatisierung. Ich versicherte ihm, dass ich derlei Auseinandersetzungen entsetzlich fände. Er bedauerte mehrmals wortreich, dass es dazu gekommen sei. Ich fragte ihn, ob er keine Bedenken habe, mit so jemandem wie Roland in Nachbarschaft zu leben. Friedel wich aus, sprach von einem Unbehagen, betonte aber, dass Roland sich sicher ändern werde. Die Frauen - er meinte damit seine Partnerin Doris, Barbara und auch Rolands Partnerin Gundi - hätten sich schon entschlossen, ihm mitzuteilen, dass so etwas nicht gehe. Ich könne da ganz beruhigt sein.

Dann fragte er mich nach unserer Wohnungs-Präferenz. Wieder betonte ich, dass für uns die sonnige Lage im Süden und Westen wichtig sei. Nach den Vorfällen gestern sei es für mich undenkbar, größere Kompromisse einzugehen. Friedel zeigte Verständnis und wies darauf hin, dass er und Doris trotz der höheren Kosten ins Haupthaus wollten, das Weststück oben. Vielleicht würden sie aber verzichten, wenn sie das andere Obergeschoss bekämen. Ich betonte, es sei gut zu wissen, dass sie auf das Filetstück verzichten würden. Vielleicht käme es ja doch noch zu einer guten Verteilung der Präferenzen. Er widersprach, nein sie verzichteten ganz und gar nicht, doch sie könnten sich auch vorstellen, von ihrer ersten Präferenz abzurücken. Ich versicherte ihm, dass ich seine Flexibilität zu schätzen wisse und beendete das Gespräch mit dem Hinweis, dass ich mit meiner Arbeit unter Abgabedruck stünde.

Damals kam ich mir sehr raffiniert vor, das so in der Schwebe zu lassen und hielt mich für einen großartigen kommunikativ-kompetenten Taktiker. Inzwischen habe ich dazu gelernt: Ich bin ein ebenso mieser Taktiker wie Kommunikator. Darauf trinke ich meinen Schlummertrunk. Es wird kühl hier. Ich hoffe, der Sommer ist nicht vorbei. Ich mag diese lauen, leicht windigen Abende über dem Meer. Ich mag diese Ruhe und das Alleinsein.

9. September

Mir graute vor diesem Abend. Auf der Fahrt zum Treffpunkt im Hinterhausatelier schärfte mir Silvia noch einmal ein, nicht zu provozieren und freundlich zu bleiben. Ich versprach ihr das nahezu Unmögliche. Als wir das Atelier betraten, hatte Barbara bereits den Raum gesäubert - mit reinigendem Salbeirauch. Ich weiß nicht, wie dieser Salbeigeruch auf andere Menschen wirkt, mich macht er aggressiv. Salbei stinkt und Patschuli auch. Und nach Patschuli rochen Barbara, Margot, Gundi und Doris. Barbara begrüßte uns per Umarmung. Ich empfinde das immer wieder als Grenzüberschreitung, vor allem dann, wenn Menschen nach

Patschuli stinken. So eine Umarmung hat man ja schnell hinter sich gebracht. Doch den Geruch wird man so schnell nicht los, vor allem dann nicht, wenn gleich drei Patschuli-parfümierte Frauen eine innige Umarmungssession mit dir veranstalten. Nun ja, die stämmige Sieglinde roch neutral, ihr Germane Johannes roch nach Männerschweiß und Busfahrer Volker nach Plastiksitz. Als mich dann auch Roland umarmen wollte, lehnte ich unhöflich ab. Silvia umarmte ihn um so herzlicher und ich fühlte mich wieder einmal verraten.

Tatsächlich hatte Axel alles detailliert vorbereitet. Jede Partei hatte eine Zeichnung der Wohnlagen mit Preis. Die Preise bewegten sich zwischen 130.000 und 40.000. In der Mitte lag eine große Architektenzeichnung auf dem Boden, daneben Kärtchen mit den Namen der Parteien. Wir warteten alle auf Hubert und Margot. Sie verspäteten sich um etwa 15 Minuten. Hubert genoss seinen Auftritt. Er entschuldigte sich mit zu dichtem Verkehr. Rudi bot sich ironisch an, beim nächsten Mal anzurufen, um ihn zu erinnern. Rudi war heute alleine da. Linde blieb zu Hause bei den Kindern.

Barbara eröffnete die Sitzung. Sie schlug vor, sich an den Händen zu fassen und eine Einstimmungsrunde zu machen. Ich blockte ab und skandierte: „Piep, piep, piep, wir haben uns alle lieb." Sieglinde stimmte ein und schließlich auch Rudi. Doch damit war der Kuschelversuch noch nicht beendet. Silvia, die im Kreis neben mir saß, ergriff meine Hand, kniff fast hinein und Rudi nahm meine andere Hand und flüsterte. „Was sein muss, muss sein." Als der Kreis geschlossen war, fragte Barbara, wer den Anfang mache. Volker fühlte sich nach einem mahnenden Blick Barbaras genötigt, anzufangen und stammelte einige Sätze, in denen mindestens jedes zweite Wort „irgendwie" war.

Franz-Josef redete wie der Erzieher, der er war, beklagte Rolands Gewaltausbruch, der ihn ganz traurig gemacht habe, beklagte vorsichtig meine Provokationen, appellierte an Roland, sich zu verändern und schloss mit der Hoffnung, dass wir sicher in einem Jahr alle sehr nette Nachbarn sein werden. Und so ging es dann weiter. Ein sanfter Tadel in meine Richtung, ein deutlicher in Rolands und dann der Hinweis auf die phantastische Perspektive, die wir auf dem Hardenhof hätten. Sogar Silvia verzichtete nicht auf den kleinen Tadel an mich. Nur Rudi und Sieglinde ersparten mir das. Sieglinde versicherte, dass sie Rolands Mackertum idiotisch fände. Ich war Sieglinde sehr dankbar. Hubert und Friedel schleimten um die Wette. Hubert gab laut damit an, dass er in 5 bis 10 Sitzungen Rolands Gewaltproblem in den Griff bekommen werde. Seine magere Partnerin Margot ergänzte ironisch, dass er bei mir allenfalls zwei bis drei Sitzungen benötige, um meine Überheblichkeit als Unsicherheit zu entlarven.

Seit diesen Sätzen hasste ich sie. Den Gewaltausbruch Rolands in eine Reihe zu stellen mit meinen harmlosen Bemerkungen, das fand ich gänzlich unangemessen. Roland hat mir ins Gesicht geschlagen und viele in der Gruppe relativierten diesen Skandal.

Ich wandte mich Silvia zu und signalisierte ihr, dass ich gehen wolle, dass wir in dieser Idiotentruppe alle unglücklich würden. Silvia hielt mich zurück, raunte mir zu ich solle abwarten und an unsere Beziehung denken. Ich ging trotzdem zum Ausgang, schob die Eingangstür auf und ging in der Hinterhof. Ich brauchte frische Luft, Luft die nicht nach Patschuli und verkokeltem Salbei stank. Mit unserer Tochter auf dem Arm folgte mir Silvia. Ich fragte, ob wir fahren sollten. Sie erinnerte mich scharf an unsere Abmachung. Dann schlug sie einen anderen Ton an und betonte, wie wichtig ihr das sei, mit mir und diesen Leuten zu leben. Wir diskutierten, machten uns Vorwürfe. Die Stimmung war angespannt. Unsere Tochter wurde unruhig. Nach einer Weile kam Hubert heraus. Ich verbat mir sehr unfreundlich eine Einmischung. Silvia begann zu weinen. Ich gab am Ende nach. Und wir gingen zurück, setzten uns zurück in den Kreis.

Drinnen begann nun Germane Johannes mit der Frage, ob wir mit der Verteilung der Häuser weiter machten. Axel unterstützte ihn mit der Aufforderung, jeder solle unverbindlich den Zettel mit seinem Namen auf die Lagezeichnung der Häuser legen. Jeder habe drei Zettel für die Präferenzen eins bis drei. Volker war ein wenig nervös, verstand nicht so recht und Axel erklärte ihm noch einmal, wie das ginge mit den Präferenzen. Klar sei, die billigen Scheunenstücke seien im Ausbau teurer, das teure Haupthaus könne im Ausbau weniger kosten. Für das Land, den Makler und Steuern seien pro Partei zusätzlich 30.000 Euro fällig.

Es gab kurze Diskussionen. Mit der Angabe von drei Präferenzen hatte niemand gerechnet. Doch bald war klar. Außer uns wollten vier andere Parteien das Haupthaus, Westen oben. Unsere zweite Präferenz war das Scheuneneckstück, die dritte Präferenz Haupthaus oben Osten. Doch das waren genau die Stücke, die andere auch bevorzugten. Interessant war, dass sich Barbara und

Volker, Angela und Franz-Josef das Gesindehaus ausgesucht hatten, die eine Partei rechts, die andere links. Für das Eckstück der Scheune im Osten entschieden sich Roland und Gundi. Für „unser" Scheunenstück entschieden sich mit zweiter Präferenz Rudi und Axel. Das Filetstück wollten gleich fünf Parteien. Hubert und Margot hatten nur ihre erste Präferenz angegeben.

Rudi, ansonsten der aggressionsarme Anthroposoph, ging für die meisten völlig überraschend in die Offensive. Er wandte sich an Hubert und Margot und fragte, weshalb sie ihre zweite und dritte Präferenz nicht angegeben hätten. Das fände er unfair. Hubert beschwichtigte: Ihnen sei das so wichtig, dass sie sich überlegen müssten, ob sie in der Gruppe bleiben könnten, wenn sie diesen Teil des Gebäudes nicht bekämen. Rudi fragte nach, ob das hieße: Entweder sie bekämen diese Wohnlage oder sie steigen aus. Und wieder begann Hubert an seinem dünnen Schnäuzer herumzuziehen mit vielen Worten zu erklären, dass das so nicht gemeint sei. Sie wollten nur sehr deutlich machen, wie wichtig Ihnen das sei. Daraufhin nahm auch ich unsere zweite und dritte Präferenz zurück. Barbara versuchte zu beruhigen. Nun hatten auch Rudi und Friedel ihre anderen beiden Präferenzen herausgenommen. Elli, Axels Partnerin, packte daraufhin ihre Sachen, verständigte sich kurz mit Axel. Die beiden verließen mit dem Gruß „schönes Leben noch und viel Glück" den Raum. Ich bewunderte die beiden. Tatsächlich verließen sie so die Gruppe. Ein wirklich gelungener Abgang, ohne Vorwarnung, ohne Drohung, ohne Erklärung. Respekt!

Hubert rief ihnen irgend etwas hinterher und meinte, man müsse doch über alles reden. Ich warf ein, dass man das nicht müsse. Niemand sei rechenschaftspflichtig, aber Hubert solle sich vielleicht überlegen, ob das so klug gewesen sei, auf dem Filetstück zu bestehen. Hubert grinste und pokerte weiter: „Hier stehe ich und kann nicht anders." Nun intervenierte Margot. Sie ergänzte die Namenszettel und setzte sich kommentarlos über Huberts Vorstoß hinweg. Sie legte die Namenszettel zwei und drei auf die Wohnlage Haupthaus, Westen unten und auf Scheune Westen, also das Stück, das wir eigentlich wollten.

Nun trat wieder Barbara in Aktion: Sie schlug ein Losverfahren vor. Der katholische Friedel regte eine Neubestimmung des Preises an. Rudi plädierte dafür, die Präferenzkarten noch einmal zu verteilen. Hubert nahm diesen Vorschlag dankbar auf. Wir einigten uns dann darauf, zuerst noch einmal eine Runde zu machen und dann zu korrigieren. Tatsächlich kam es nun zu ehrlichen Deals. Friedel bot an, dass diejenigen, die das Haupthaus an die erste Präferenz gesetzt hatten und zu seinen Gunsten darauf verzichteten, auch das Dachgeschoss haben könnten und zwar bis über den Mittelteil hinweg. Das war der Vorschlag, den er mir in dem abendlichen Telefonat unterbreitet hatte. Ich schluckte. Wenn ich annehme, würde ich die Absprache mit Rudi unterlaufen. Rudi seinerseits schlug vor, dass im Scheunenflügel ja auch größer gebaut werden könne. Da brauche man sich nicht an die veranschlagten 120 Quadratmeter halten, zumal ja auch Axel und Elli nicht mehr dabei seien. Ein für alle anderen eher unverständlicher Vorschlag.

Der katholische Friedel bot für das Filetstück statt 130.000 dann plötzlich 140.000 Euro. Hubert steigerte mit: 145.000 Euro. Ich bekam so etwas wie einen freudlosen Lachanfall und verlangte von Hubert, doch nicht in Fünftausender-Schritten zu bieten, sondern gleich 150.000. Das sei eine glatte Summe, mit der man besser rechnen könne. Er stimmte zu: 150.000 Euro. Verglichen mit unseren 55.000 Euro für das Scheunenstück war das eine bedeutende Summe für viele von uns Ökosiedlern. Einige verdienten zu schlecht. Sie mussten auf jeden Euro achten. Bei uns war es so, dass es bei mir beruflich immer besser lief. Ich war gut im Geschäft. Trotzdem war ich Freiberufler und entsprechend ungesichert. Ich bot an, unter bestimmten Bedingungen von der Lage Haupthaus, oben, Westen abzusehen. Ich wollte unser Scheunen-Eckstück und wir wollten deutlich größer bauen als die anvisierten 140 Quadratmeter. Ich erklärte das damit, dass ich ein größeres Büro benötige. Rudi lenkte dann auch ein, sie verzichteten auf das Filetstück, wenn sie die Lage Haupthaus oben, Osten bekämen und wenn sie das Dach über den Flur hin ausbauen könnten. Sie benötigten viel Platz für ihre drei Kinder. Damit blieben nur noch Hubert und Friedel übrig.

Barbara plädierte dann dafür, zwischen Hubert und Friedel zu losen. Hubert verwies noch einmal auf sein höheres Gebot und legte noch einmal 10.000 Euro drauf. Dem Germanen-Johannes entfuhr der Ausruf, er sei ein übles Kapitalistenschwein. Hubert wurde erst rot, dann lächelte er sanft. Roland und Sieglinde machten klar, dass sie ins Haupthaus wollten, unten nach Osten hin, wenn sie sich dort eine größere Terrasse anlegen könnten. Alle stimmten zu. Frei waren jetzt noch das Filetstück und das eher uninteressante Haupthaus unten Westen. Friedel zögerte bei Huberts Steigerung des Preises. Und fragte dann, was für sie denn dann noch übrig bliebe. Alle schauten auf den Plan: Barbara resümierte: Frei seien noch Haupthaus unten Osten und auch Scheune Mitte wäre noch möglich. Es sei sowieso die Frage, ob wir für Axel und Elli noch Ersatz anwerben sollten.

Silvia unterstützte dann Barbara mit ihrem Vorschlag, das Filetstück zu verlosen und zwar auf der Basis von 150.000 Euro. Ich wandte ein, wir waren ja schon bei 160.000 - mit dem Weggang von Axel und Elli würde sowieso alles um knapp 15 Prozent teurer werden. Friedel beriet sich kurz mit Doris, warf dann einen verbissenen Blick auf Hubert und akzeptierte: Das hieße also sie würden jetzt darum losen: Entweder das Filetstück oder Haupthaus unten Westen. Hubert bestätigte.

Es herrschte eine sehr angespannte Stimmung in der Runde. Wir saßen immer noch im Kreis. Rudis und Lindes Kinder spielten in der Ecke. Unsere Tochter schlief im Arm von Silvia. Sechs Parteien schienen zufrieden mit der Hauslage und dem Preis. Friedel rückte mit zittrigen Fingern seine runde Brille zurecht und fummelte an seinem Bart herum. Doris setzte ihr künstliches Lächeln auf. Hubert umfasste Margots faltige Hand. Friedel tuschelte mit Doris. Ich hörte so etwas wie „Das können wir uns doch leisten. Außerdem kriegen wir billiges Geld von der Kirche. Die Zinssätze sind sehr niedrig. „

Dann erhob Projektmutter Barbara noch einmal ihre Stimme und fragte, ob wir alle einverstanden damit seien, dass wir losen. Sechs Parteien waren dafür, Johannes und Sieglinde enthielten sich, wir waren dagegen. Mir hatte der Überbietungswettkampf gefallen. Barbara zählte und meinte. Das ist ein klares Votum. Ich protestierte, dass wir vielleicht dort weitermachen sollten, wo Hubert und Friedel aufgehört hatten, beim Steigern. Das käme der Gruppe finanziell zu Gute, außerdem hätte ich den Eindruck, Friedel und Doris falle es dann leichter, das Filetstück aufzugeben. Hubert und Margot scheinen ja das dicke Geld zu haben, warum also sollten sie nicht damit das Projekt unterstützen. Ich argumentierte, das unterstreiche auch den sozialen Charakter unseres Projekts. Also schlug ich vor, Hubert und Margot zahlen 180.000 Euro und Friedel und Doris ziehen zurück, kriegen Haupthaus, unten, Osten und können dann auch das Land um ihr Haus herum privat nutzen als Garten. Friedel schaute mich dankbar an. Doris schüttelte ablehnend den Kopf. Als Hubert gequält nickte, wusste ich, dass ich zu niedrig gepokert hatte. Nach einer kurzen Verständigung mit Doris stimmte Friedel zu. Ich war dennoch zufrieden mit mir. Das bin ich heute noch. Hubert habe ich in kurzer Zeit 20.000 Euro aus den Rippen geleiert. Friedel bekam die wenig attraktive Lage, allerdings für weniger Geld und wir hatten das Stück, das uns am liebsten war. Was wollten wir mehr?

Rudi übernahm den Job, alles noch einmal sorgsam zu protokollieren. Hubert macht mit dem Makler einen Termin für den Vorvertrag und kontaktiert einen Notar. Alle sollen sehen, dass sie das Geld flüssig machen. Für uns hieß das: 50.000 Euro für das Land und 45.000 Euro für die Scheune. Das ließe sich auftreiben. Bei den anderen war das problematischer.

Wenn ich zurückdenke, muss ich mich schon wundern. Heute wäre das alles kein Problem. Ich musste in den folgenden Jahren zwei Leute anstellen, um die vielen Aufträge abarbeiten zu können und hatte immer noch Werkverträge mit anderen. Heute gehört mir die Hälfte des Hardenhofes. Die Wohnungen der so plötzlich Verblichenen habe ich günstig gekauft, renoviert und vermietet. Das alles hatte aber Nerven gekostet und nicht zu vergessen: Menschenleben.

10. September

Nach dem „Häuserkampf" lief alles erstaunlich unkompliziert. Jeder zahlte seine Summe auf ein Konto ein, der frühere Eigentümer bekam sein Geld, auch der Makler und der Notar. Eine kurze Recherche führte uns zu einem Architekten, der in einer Anarchokommune in der Nähe von Braunschweig lebte. Er wohnte selbst in einer denkmalgeschützten Burg und hatte reichlich Erfahrungen mit der Sanierung alter Bausubstanz. In der Kommune lebten und arbeiteten auch zwei Tischlerinnen, die den Trockenbau erledigen wollten. So bekamen wir eine Planung nach unseren Vorstellungen. Klar war, dass wir ökologisch sanieren wollten. Die Wärme sollte über erneuerbare Energien ermöglicht werden. So entschieden wir uns für eine Pelletheizanlage. Ein Pelletsilo war geplant gleich in der Einfahrt zum Hof. Es gab erste Proteste vom Germanen Johannes und seiner Freundin Sieglinde. Sie wollten dieses ca. 8 Meter hohe Silo nicht vor ihrem Fenster stehen haben. So entschieden wir uns für ein etwas entfernter liegenden Ort und sicherten zu, es zu bepflanzen, so dass alles in ein paar Jahren schön grün sei. Diese Lösung gefiel ihnen nicht, wurde aber nach langen Diskussionen durchgesetzt.

Den ersten größeren Streit gab es um das Land. Wir hatten immerhin 50 Hektar Land gekauft. Davon war die Hälfte Wiese, die andere Hälfte Ackerland. Barbara, Angela und Gundi wollten das Land bewirtschaften. Um verlässlich planen zu können, sollte ihnen die Gruppe das Land kostenlos für zunächst 7 Jahre zur Verfügung stellen. Die Begründung für diese Übertragung des Landes: Sie benötigten Maschinen für das Land, müssten die Ställe sanieren und Tiere anschaffen. Das koste Geld und verlange eine gewisse Planungssicherheit.

Hubert protestierte: Nein, mit ihm sei das nicht zu machen. Er wollte das Land bis auf 4 Hektar verpachten an Biobauern. Außerdem sei er zu einem Achtel Eigentümer des Landes und werde nicht einfach so auf seine Eigentümerrechte verzichten. Rudi und Linde stimmten Hubert zu. Ich hielt mich deutlich zurück.

Nun kam wieder die große Stunde von Roland. Er beschimpfte Hubert als Psychowichser. Er solle sich nicht querstellen, sonst gäbe es Ärger. Erst jetzt stellte ich mich auf die Seite Huberts mit der Bemerkung, dass hier also jeder mit Gewalt bedroht werde, der Roland und der Landwirtschaftsfraktion nicht zustimme. Denn klar sei ja wohl, wenn Roland jemandem Ärger androhe, meine er Prügel. Nun ja, dass ich ihn in diesem Zusammenhang ein primitives Arschloch nannte, trug nicht zum Frieden bei. Als sich Roland mir näherte um mich endgültig platt zu hauen, wie er sagte, standen bereits Gundi, Barbara und Angela zwischen uns. Er stieß seine Frau Gundi grob zurück. Sie stürzte und lag bald auf dem Fußboden. Dann bremsten ihn Barbara und Angela. Roland bekam einen hochroten Kopf und verließ schimpfend den Raum. Einige wollten sogar den Ausruf gehört haben, er wolle uns alle umbringen. Das war es jedenfalls, was die Anwesenden später der Polizei erzählten, als sich Angela und Gundi nicht ganz freiwillig aus ihrem Dasein verabschiedet hatten.

Als sich nun Roland vor der Tür beruhigte, begann Barbara auf mich einzuschreien: Ich trage die Schuld daran, dass die Stimmung so mies sei. Meine Provokationen machten alles kaputt. Ich reagierte: Roland drohe mit Gewalt und Prügel und trage die Schuld, dass die Stimmung schlecht sei. Ich murmelte etwas davon, dass ihr Schamanen-Wahnsinn wohl das letzte bisschen Verstand weggeblasen hätte. Vielleicht sei es aber auch der Fliegenpilz-Sud. Barbara jaulte auf, dann griff sie nach ihrer Schamanenrassel und fuchtelte mir damit unter der Nase herum und sang irgendetwas indianisches. Ich beruhigte mich, schüttelte den Kopf und zeigte ihr einen Vogel.

Mit Volker hatte ich bis dahin nicht gerechnet. Er sprang auf mich zu und schrie mich an, ich solle - Zitat - „die heilige Frau nicht beleidigen". Ich lachte und sagte irgend etwas wie: „Geh zu Frauchen, du kernloser Pudel." Der zuvor in der Silofrage unterlegene Johannes feuerte nun Volker an: „Sei ein Mann, hau ihm eine rein." Volker schien das einen Moment lang beherzigen zu wollen. Doch dann war Rudi zur Stelle, wollte ihn festhalten und bekam tatsächlich von Volker einen Schlag ins Gesicht und ging zu Boden. Volker war kräftig, ein wenig zu fett, aber kräftig. Rudi ist eher schmal. Offensichtlich war er eben so wenig wie ich in der Lage, mit körperlicher Gewalt umzugehen. Er blieb liegen. Ich stieß Volker grob beiseite und beugte mich zum armen Rudi hinunter. Er war sehr bleich, blutete aus der Nase, aber lächelte. Ich lächelte ihm zu und tröstete ihn, dass wir unbedingt trainieren müssten, immer gingen wir zu Boden. Dann begannen wir laut zu lachen und die Restgruppe starrte uns an.

Barbara begann nun wieder mit ihren Rasseln Krach zu schlagen. Ich bemerkte betont sachlich, dass sie mit diesen Kindereien aufhören solle. Sie baute sich vor mir auf, zeigte mit den Rasseln auf mich und rief: „Ich verfluche dich, du widerlicher Teufel." Ich entgegnete, sie solle mit dem Krach aufhören und die Klappe halten. Dann brachen wir die Sitzung ab und verabredeten uns für den nächsten Samstag auf dem Hardenhof.

Lange Zeit ging mir diese Szene nicht mehr aus dem Kopf. Welcher Hass mir dort entgegenschlug: Johannes, Volker, Roland, Barbara schienen mich wirklich zu hassen. Und ich begann mir langsam auszumalen, wie ich es ihnen heimzahlen könnte. Das begann tatsächlich schon in der Bauphase. Belastend war es für mich auch, dass ich nur wenig Unterstützung von Silvia erhielt. Ihr Kommentar war, dass ich sehr nun einmal sehr arrogant wirke und dass ich das endlich kapieren solle. Ich begann bereits an meiner Selbstwahrnehmung zu zweifeln. Unterstützt fühlte ich mich nur von Rudi, der mir als Eurhythmie-Lehrer eigentlich fern stand und seltsamerweise von der stämmigen Sieglinde, mit der ich kaum ein privates Wort wechseln konnte, weil ihr germanischer Freund nicht von ihrer breiten Seite wich.

Die nächsten Treffen verliefen dann weniger aufregend. Es ging um Planungsfragen: Welche Fenster wir wollen, welche Türen. Dann: Wie groß die einzelnen Häuser werden würden. Der Architekt Udo mit einem Tischler und einer Tischlerin erklärten uns die Vor- und Nachteile der Varianten. Silvia und ich zeichneten viele Grundrisse. Die gemeinsame Zukunft brachte uns wieder näher zusammen, obwohl ich meinen Groll nicht ganz überwinden konnte.

Unangenehm war auch, dass Silvia mit der Schamaninnen-Fraktion kollaborierte: Barbara, Angela und Gundi kümmerten sich rührend um Silvia und halfen ihr gerne mit dem Baby. Dabei war Helena ein sehr ausgeglichenes Kind. Margot interessierte sich für Silvias Bücher und Aufsätze zur Geschlechterphilosophie und zur Matriarchatsforschung. Diese Freundschaften taten mir weh, vor allem als ich merkte, dass sich Silvia nicht bemühte, mich vor den Attacken von Barbara zu schützen. Barbara grüßte mich kaum noch. Wenn sie den Raum von bösen Energien reinigte, rasselte und räucherte sie besonders in meiner Umgebung. Mich motivierte das dazu, mich ironisch zu beteiligen, indem ich laut in ihre schamanischen Gesänge einstimmte oder laut meinen Schutzengel - er heißt übrigens Kolonko - um Beistand gegen die bösen Geister anflehte. Rudi, Friedel und Sieglinde lachten zustimmend, Silvia wandte sich ärgerlich ab und Angela, Margot und Gundi starrten mich feindselig an.

Margot forderte mich mehrfach auf, mich doch einmal auf den Schamanismus einzulassen. Ich versicherte, nichts wünsche ich mir mehr, als schamanische Reinigung der Atmosphäre. Silvia raunte mir von der Seite zu, dass ich mich nicht lustig machen solle über Dinge, von denen ich nichts verstünde. Ich widersprach mit der Bemerkung, dass ich in meinem letzten Leben Chef-Schamanin in der Mongolei gewesen sei. Mir könne in schamanistischer Hinsicht deshalb niemand etwas vormachen. Als dann Barbara uns allen einen schamanischen Kräutertrunk servierte, versicherte ich ihr, sie solle meine Portion übernehmen, da sie eine ausgiebige Bewusstseinserweiterung dringend benötige. Das brachte nun wieder Busfahrer Volker in Rage, der mich aggressiv fragte, ob mir denn nichts heilig sei. Ich antwortete, nur meine Frau und mein

Kind und vielleicht ein guter Rotwein. Silvia zischte mir ins Ohr, dass ich mit meinem eitlen Geschwätz aufhören solle. Wieder ein Verrat, der mich sehr kränkte.

Angeschlagen nahm ich einen Becher vom schamanistischen Kräutertrank zu mir. Mir wurde schlagartig schlecht. Mir brach kalter Schweiß aus und ich begann zu zittern. Die anderen schienen ihn besser zu vertragen. Silvia begann rhythmisch zu schaukeln, Gundi verdrehte die Augen und summte ein Liedchen, Johannes murmelte irgend etwas wie „Ich spüre die Götter". Angela stand auf und tanzte verzückt, während Franz-Josef in hohem Bogen auf den Betonfußboden kotzte. Mir war auch sehr übel, doch ich schaffte es so gerade noch bis zur Toilette. Als ich nach 10 Minuten wieder in den Raum kam, roch es stark nach Erbrochenem. Franz Josef hatte mit der zweiten Ladung einige Sitzkissen erwischt, vor allem das von Barbara. Er war Entschuldigungen stammelnd dabei, den Raum zu wischen. Barbara zeigte sich erbarmungslos und nötigte ihrem Partner Volker den letzten Rest der Brühe auf. Sie erklärte, wer den Trank nicht vertrüge, sei spirituell minder begabt und müsse dringend an sich arbeiten. Jetzt aber sollten wir uns doch an den Händen fassen und einige Atemübungen machen. Tatsächlich spürte ich etwas: Die Farben wurden intensiver und die Stimmen eindringlicher. Dann legte Barbara eine CD ein und es ertönten merkwürdige Gesänge. Gegen meinen Willen begann es mir zu gefallen. Wie ein guter Joint. Ich legte mich auf den Boden und schlief ein. Später erfuhr ich von Silvia, dass Barbara mit Fliegenpilzen experimentierte und die Dosierung noch nicht so richtig im Griff hatte. Das brachte mich später auf die Idee, beim Schwitzhüttenritual die Dosis ein wenig zu erhöhen. Volker war ein Zwei-Zentner-Mann. Der braucht einiges, um endgültig auf die große Reise zu gehen.

Ich genehmige mir ein großes Glas Brandy und erinnere mich, dass ich mich zu dieser Zeit ernsthaft darum bemühte, cool zu sein, mich nicht aufzuregen, sondern nett und freundlich an allem Gemeinschaftlich-Spirituellen teilzunehmen und taktisch geschickt meine oder unsere Interessen durchzusetzen. Ich war damit wenig erfolgreich. Ich bin nun einmal kein Taktiker. Ich hasse es aufrichtig, Menschen zu verarschen oder zu pädagogisieren. Ich denke, es ist ein Gebot der Humanität, Menschen ernst zu nehmen.

11. September

Unser nächstes Treffen fand auf dem Hardenhof statt und nicht mehr im Hinterhofatelier in Hannover-Linden. Es sollte ein motivierendes Wochenendmeeting werden. Am Freitag reisten wir an. Samstags sollte der Architekt und seine Crew dazu kommen. Das Wetter war günstig. Einige übernachteten in den noch unsanierten neuen Wohnungen. Da unser Scheunenstück noch völlig unsaniert war, zelteten wir im Westen hinter unserem Hausstück. So hatten wir unsere Ruhe, obwohl wir die eigentlich damals nicht mehr brauchten.

Es war ein warmer Juniabend. Barbara empfahl ungeachtet der zurückliegenden Kotzattacken ihren um einige harmonisierende Ingredienzien modifizierten Kräutertrunk. Ich hatte Rotwein mitgebracht, andere Bier und Obstbrände. Zusammen mit Rudi, Friedel, Johannes und Sieglinde tranken wir vor dem geplanten gemeinsamen veganen Abendessen Wein und Bier. Auch der Obstschnaps wurde nicht verschmäht. Johannes erzählte etwas von seiner Germanen-Gruppe. Wer noch in einer christlichen Kirche sei, könne da nicht mitmachen, erklärte er, weil das Christentum nichts anderes sei als eine jüdische Sekte, also artfremd. Rudi bestätigte: Genau so habe das auch Rudolf Steiner gesehen. Das Christentum müsse abgelöst werden von der Anthroposophie. Der Glaube an ein ewiges Himmelreich sei längst obsolet. Wahr sei die uralte Lehre von der Wiedergeburt. Johannes pflichtete ihm bei. Auch die Germanen seien davon ausgegangen, dass die Helden nach ihrem Tod nach Walhalla kämen, aber nach einer kurzen Erholungspause noch einige Male reinkarnierten, bis sie endgültig in den Heldenhallen Odins und Wotans bleiben könnten.

Ich wurde unruhig, gab einige lästerliche Bemerkungen von mir, blieb aber ein netter Mensch und trank vor dem Essen mindestens eine halbe Flasche des schweren chilenischen Cabernet Savignon. Sieglinde trank mit, schien aber deutlich mehr zu vertragen als ich. Mich irritierte es, dass ich die stämmige Sieglinde zunehmend sympathisch fand. Sie hatte einen feinen Humor. Lachte, wenn ich meine skeptischen Bemerkungen einwarf. Ich wunderte mich zuerst, wie sehr mir das schmeichelte. Johannes, ihr deutlich jüngerer Lebensgefährte, legte auffallend häufig seinen Arm um Sieglinde, streifte wie zufällig mit seiner Hand Sieglindes massiven Busen und hielt sich an das noch kühle Bier.

Silvia war inzwischen mit Helena und den anderen Kindern zur benachbarten Wiese gelaufen. Sie sammelten alle zusammen Kräuter für den Salat. Doris kümmerte sich um die Brennnesseln. Barbara sammelte Erdbeeren in dem verwilderten Garten. Franz-Josef trug das Holz zusammen, damit es am Abend in einer Feuerschale verbrannt werden konnte. Volker hatte bis 20 Uhr Dienst, wie er es nannte, das heißt, er musste Busfahren. Er wollte danach Hubert aus seiner Praxis abholen und dann zu uns stoßen. Margot vermaß inzwischen den Innenhof zusammen mit Gundi. Sie wollten demnächst einen Vorschlag zur Innenhofgestaltung vorlegen. Friedel plädierte schon vorab für einen großen Platz in der Mitte, eine Art „Agora", auf dem wir Versammlungen abhalten könnten. Ich ergänzte, ein Hexentanzplatz oder eine Landebahn für Engel wäre auch nicht schlecht. Mannsgroße Engel hätten schließlich eine Flügelspannweite von 30 Metern. Ornithologen hätten das ausgerechnet. Für solche Brummer brauche man Platz und eine ausreichend lange Landebahn. Friedel schaute mich irritiert an. Sieglinde lachte und Rudi versicherte ernsthaft, dass Engel zum Fliegen keine Flügel benötigten. Schließlich seien sie feinstofflich. Ich widersprach und protzte ein wenig mit meinen Bibelkenntnissen. Wenn starke Engel Erdentöchtern Kinder machen könnten, dann seien sie sicher nicht feinstofflich. Von der guten Stimmung angezogen kam Barbaras 15-jährige Tochter Shiva-Regina und nahm sich ein Bier, öffnete gekonnt mit ihrem Schlüssel die Flasche und trank einen riesigen Schluck. Friedel gab zu bedenken, dass sie als Kind ja eigentlich keinen Alkohol trinken solle, doch Shiva-Regina meinte, dass Bier sicher gesünder sei als der Kräutertrunk, den sie seit ihrer Geburt eingeflößt bekäme.

Zum Essen trugen wir einen großen Tisch in die Sonne. Platz nahmen wir auf den Klappbänken. Silvia und Helena setzten sich weit entfernt von mir zwischen Angela und Linde. Ich freute mich, dass Helena bei mir auf den Arm wollte. Da ich schon reichlich angetrunken war, musste ich mich sehr konzentrieren, sie korrekt zu halten. Silvia hielt es damit sehr genau. Nachdem sie gegessen hatte, gab ich ihr Helena und aß die spärlichen Reste des kalorienarmen Mahls. Es gab zunächst Spargelcreme-Suppe ohne überflüssiges gesundheitsschädigendes Salz. Danach Rosmarinkartoffeln, Zucchini-Schnetzel mit Sojaburgern. Dazu einen gemischten Wald- und Wiesensalat mit Brennnessel, Huflattich, Spitzwegerich und Löwenzahn. Das Dressing basierte auf einer unreifen Avocado und einem billigen Balsamico-Essig. Als Dessert gab es frische Waldbeeren mit Soja-Joghurt. Nach dem Essen schlich ich mich hungrig zu unserer Kühltasche im Zelt und aß ein riesiges Stück alten Gouda.

Der Abend endete mit einer Runde vor einer Feuerschale. Der Einsatz der Feuerschale ist so etwas wie ein ritueller Akt. Volker und Franz-Josef stellten den Metallbehälter auf einen Dreifuß, füllten die etwa im Durchmesser ein Meter messende Feuerschale zunächst mit Papier und Kleinholz, dann mit morschen Holzbalkenstücken. Als Volker sich dem Papier mit einem Feuerzeug näherte, um es anzuzünden unterbrach ihn die aufgeregte Stimme Barbaras. So ginge das ja nicht. Feuer anzuzünden, das sei ein heiliger Akt, der mit der nötigen Ehrfurcht und Demut zelebriert werden müsse. Als sie sich zu ihrer Schamanentasche umwandte, nahm Sieglinde ihr Feuerzeug aus der Tasche ihres weiten Kleides und zündete kommentarlos das Papier an. Rudi füllte Rotwein in einige Gläser und prostete uns zu. Shiva-Regina fragte in die Runde, ob jemand Shit dabei hätte und schaute mich dabei an. Ich verneinte und bot ihr Rotwein an. Ihre Mutter Barbara sprang auf und wies mich darauf hin, dass das Kind erst 15 sei und kein Alkohol trinke. Ich reagierte mit der Bemerkung, dass ihr fliegenpilzhaltiger Kräutertrank zweifellos gesundheitsschädlicher sei als Rotwein. Ich tat später alles, um meine Behauptung zu beweisen.

Die Situation wurde an diesem Abend von Gundi und Doris gerettet, die vorschlugen, gemeinsam zu singen. Der katholische Friedel holte seine Gitarre und sang „We shall overcome“. Doris, seine Frau, stimmte ein und gab sich reichlich, aber vergeblich Mühe, ihrer Stimme das Timbre von Joan Baez zu geben. Silvia beteiligte sich diesen Versuchen und unsere Tochter Helena, die sanft in ihrem Arm eingeschlafen war, fing plötzlich an zu weinen. Ich nahm Helena und verschwand mit ihr in unserem Zelt. Als sie eingeschlafen war, machte ich mich wieder auf zur Feuerschale. Dort diskutierten die Ökosiedler über Seelenwanderung. Gerade hielt Friedel einen kleinen Spontanvortrag über Lessings Äußerung zur Seelenwanderung in seiner Schrift „Die Erziehung des Menschengeschlechts.“ Ich nahm mir eine halbe Flasche Rotwein und verabschiedete mich mit der wenig qualifizierten Bemerkung, dass auch große Aufklärer ab und an einen Sockenschuss hätten. Als Silvia ins Zelt kam, zeigte sie sich merkwürdig aufgeräumt und leicht angetrunken. Sie gab Helena einen Kuss auf die Stirn und wandte sich dann mir zu. Es wurde eine sehr entspannter Beischlaf. Ich schlief versöhnt mit ihr und der Welt ein.

Das könnte ich nun auch gebrauchen. Doch ich muss mich mit einem Blick über das Meer begnügen. Außerdem liegt das Ganze nun einige Jahre zurück und die Libido soll ja im Alter nachlassen. Ich kann das leider nicht bestätigen und trinke noch ein Glas Roten bevor ich den aufgehenden Mond anheule oder zum Lyriker werde.

12. September

Nach dem gemeinsamen Frühstück in der Morgensonne - es gab natürlich Müsli mit einer scheußlich schmeckenden Sojamilch - kam unser Architekt Udo zusammen mit weiteren vier Leuten aus seiner Kommune. Der Architekt Udo ist ein alter Anarchist und lebt seit über 30 Jahren in einer Anarchokommune. Er wirkte immer ein wenig ungewaschen. Sein spärliches mittellanges Haar hing ihm in fettigen Strähnen auf die Schultern. Mit dem Rasierer hatte sein Gesicht nur sporadisch Kontakt. Seine Brille hatte zu 100 Prozent die Krankenkasse bezahlt, wenn er denn in einer Krankenkasse war. Er trug eine schlabbrige Turnhose. Sein kleiner Bauch unter dem Sweatshirt mit Ringelmuster gab ihm etwas Bodenständiges. Er stammte hörbar aus Norddeutschland. Als Hubert Udo entgegeneilte, um ihn zu begrüßen und ihn ironisch als unseren anarchistischer Stararchitekten bezeichnete, ignorierte ihn Udo ohne Begrüßungshandschlag - ganz zu schweigen von der immer üblicher werdenden Begrüßungsumarmung - ging an Hubert vorbei und warf seine Zeichnungen auf den Esstisch. Der Anarchist Udo war zweifellos der Chef seiner Anarcho-Handwerker. Er strahlte die natürliche Autorität eines Menschen aus, der sich Jahrzehnte lang erfolgreich durch basisdemokratische Entscheidungsgremien gekämpft hatte.

Er stellte seine Genossen und Genossinnen vor. Da war Rita und Frauke, beide ausgebildete Tischlerinnen, sowie Robert und Clemens, handwerkliche Alleskönner, die sogar das Gewerk Dachdecken und Dachklempnern beherrschten. Der von den muskulösen Armen über die Schultern bis hoch an den Hals tätowierte Alleskönner Ralle drehte sich zuerst einmal eine Zigarette und steckte sie sich an. Als Doris sich reckte, um das Rauchen zu untersagen, schnitt Rudi ihr das Wort ab und fragte Ralle, ob er sich auch eine drehen dürfe. Hubert hatte sich inzwischen von der Abfuhr des Architekten Udo erholt und kommentierte grinsend, dass jeder seine Laster und Lüste habe und dazu stehen müsse.

Udo nahm die Tasse mit dem Kräutertee an und begann zu erklären. Mit den Wohnungen aus dem Haupthaus sei eigentlich alles klar. Die Substanz sei in Ordnung. Die Balken belastbar. Von der Statik her gäbe es keine Probleme. Die Fußböden seien in Ordnung. Die alte Heizung müsse raus. Die Fenster, wenn möglich auch. Robert und Rita würden neue bauen. Kurzum: Er gab eine präzise Übersicht über den Zustand der alten Wohnungen und die notwendigen Umbauten. Da ihm jede Partei bereits einige Zeichnungen angefertigt habe, habe er sie versucht planerisch umzusetzen. Im Einzelnen müsse man das mit den jeweiligen Bauherren diskutieren.

Dann kam er zum Scheunenflügel. Das sei eine besonders interessante planerische Aufgabe. Die tragenden Balken seien zwar in Ordnung. Um einzelne Stockwerke zu ziehen, brauche man aber einige Stahl- oder Holzträger zur Verstärkung. Die müsse man mit einem Kran durch das geöffnete Dach einlassen. Hier ließen sich dann schöne große Wohnungen realisieren. Dass Silvia und ich etwa 220 Quadratmeter benötigen, sei aber nur dann möglich, wenn nicht alle drei Parteien so groß bauen. Ich unterbrach mit dem Hinweis, dass es reiche, zwei Parteien dort unterzubringen. Wir seien zur Zeit nur 8 Parteien. Die Suche nach weiteren Interessenten hätten wir eingestellt.

Nun kam die Stunde von Gundi, Doris, Margot und Friedel. Sie versicherten den Anwesenden, dass wir ja noch suchen könnten. Vielleicht fänden sich noch weitere Interessenten. Dann müssten wir, Johannes und Sieglinde ein wenig kleiner bauen. Ich protestierte: Wir würden so viel Platz benötigen, weil ich mein Büro dort unterbringen müsste. Das hätten wir deutlich mehrfach gesagt. Das sei die Bedingung gewesen, in diesen Teil des Hofes zu ziehen. Sieglinde - Johannes spielte in der folgenden Diskussion keine Rolle - bestätigte meine Ausführungen und versicherte, Johannes und sie bräuchten nicht mehr als gut 140 Quadratmeter. Dann bliebe ja immer noch eine Scheibe übrig für eine weitere Partei.

Barbara sprang jetzt Margot, Gundi und Doris bei, dass wir nicht ausgemacht hätten, dass wir so viele Quadratmeter haben wollten. Silvia bemühte sich um Sachlichkeit. Ich hätte von 5 oder 6

Zimmern gesprochen und es sei ja wohl klar, dass ich damit keine 1960er Jahre Mietskasernenkinderzimmer gemeint hätte. Friedel wartete bis sich die Stimmung ein wenig hochgeschaukelt hatte, setzte sich dann auf und resümierte dann mit Blick auf Margot und Barbara: Mit einer großen Wohnung meine man gewöhnlich eine von 150 Quadratmetern, nicht von 220. Die meisten begnügten sich mit 120 Quadratmetern, höchstens, wir wollten fast das Doppelte. Auch Rudi und Linde mit ihren 3 Kindern benötigten nur 140 Quadratmeter. Das sei anmaßend von uns, so viel haben zu wollen. Kein Mensch benötige so viel Platz, außer man wolle repräsentieren.

Dieser anklagend-moralisierende Ton machte mich sauer: Dieser widerliche Pfaffe! Dieser eklige Heuchler! Dieser Katholik! Vorher war es nur eine heftige Abneigung. In diesem Moment schlug die Abneigung um in Hass, der Friedel schlussendlich jene gänzlich unbekömmlichen Gartenkräuter bescherten. In Friedels Vorgehen zeichnete sich ein System ab: Warten bis sich die Diskussion emotionalisiert hat. Wenn das nicht automatisch geschieht, ein wenig sticheln und stänkern und anderen die Zuspitzung übernehmen lassen. Dann setzte er sich gerade auf, strich sich über seinen Pfaffenbart und begann, sich mit der ruhigen Stimme des Überlegenen zur Entscheidungsinstanz aufzuschwingen - das ganze mit dieser bräsig-moralisierenden Pfaffenstimme. Oft rundete er das Ganze mit irgendwelchen Pseudofakten ab.

Ich wandte mich zu Silvia um und deutete ihr flüsternd an, dass wir hier nichts zu suchen hätten. Sie zuckte kurz mit den Schultern, schüttelte dann den Kopf und drückte unsere inzwischen eingeschlafene Tochter an sich. Das Signal war eindeutig: Sie wollte bleiben - mit Helena. Also versuchte ich, den Spieß umzudrehen: Die Abmachung sein gewesen, eine große Wohnung für uns mit Büro für mich und einem Arbeitszimmer für Silvia. Hinzu kommt der notwendige Wohnraum. Wenn er, Friedel, sich nicht an Abmachungen halten wolle, habe er hier eigentlich nichts zu suchen. Er solle sich doch verpissen. Geld habe er ja genug, um sich alleine etwas Hübsches zu bauen.

Die Wellen der Empörung schlugen hoch: Wie käme ich dazu, ihm den Austritt aus der Eigentümergemeinschaft nahezulegen. Das sei eine Frechheit, zeterte die klapprige Margot. Gundi schüttelte angewidert den Kopf. Roland meinte, ich solle doch verschwinden, wenn es mir hier nicht passe. Und Friedel? Friedel begann zu weinen. Er schluchzte. Tränen rannen aus seinen Augen und nicht zu knapp. Doris, nahm ihn in den Arm und küsste ihn. Trost wurde ihm berufsbedingt auch durch Hubert zuteil. Ich hatte damit wieder einmal auf ganzer Linie verloren. Das war mir schlagartig klar - jedenfalls so lange, bis Sieglinde laut zu lachen begann. Sie kriegte sich nicht mehr ein. Tränen rannen ihr die wohlgenährten Backen hinunter. Alle starrten sie irritiert an. Friedel vergaß sein Schluchzen. An Friedel gewandt und immer noch lachend wandte sich Sieglinde an Friedel: „Tolle Inszenierung, Friedel. Alle Achtung. Du bist ein noch tolleres Opfer als dein Jesus."

Udo rettete an diesem Samstagmorgen die Situation: Nun ja, meinte er, ein Teil der 220 Quadratmeter würden ja im Dachgeschoß verschwinden. Für eine dritte Partei blieben bei ähnlicher Bauweise auch noch 150 Quadratmeter. Das reiche ja wohl, wenn man im Haus kein Büro einrichten wolle. Friedel versuchte es noch einmal mit dem Kompromissvorschlag, dass wir dann auch mehr für das Hausstück zahlen müssten. Das sei ja nur gerecht. Silvia widersprach: Nein, das sei nicht gerecht, weil unsere Baukosten erheblich höher lägen als die der anderen Parteien. Am besten würden die Leute abschneiden, die im Gesindehaus und im Haupthaus ihre Wohnungen hätten. Rudi pflichtete ihr bei und auch Sieglinde. So bremste ich meinen Zornesausbruch, atmete tief durch und schwor mir, es Friedel irgendwann heimzuzahlen, dieser widerlichen katholischen Ratte, irgendwann.

Nun beklagte sich Doris über den aggressiven Ton in der Runde. Gundi pflichtete ihr wie immer bei: Ja, das sei immer so unentspannt und negativ emotional. Daran sollten wir arbeiten. Der Architekt Udo versicherte uns, sie hätten in ihrer Anarchokommune auch solche Phasen. Da müsse man sich jemanden von außen holen, der die Kommunikationsprozesse analysiere und Hilfestellung gebe. Das war das Stichwort für Hubert. Er erklärte sich bereit, Kommunikationsübungen anzubieten. Gut seien auch Familienaufstellungen. Er habe da einige Kurse gemacht, die verblüffende Einsichten in Beziehungsstrukturen lieferten. Außerdem hätte er Erfahrung mit psychoanalytischen Verfahren. Auch durch Tantra-Massagen sei liebevolle Nähe herstellbar. Da unterbrach Bademeister Roland die emphatischen Darlegungen Huberts mit dem lakonischen Hinweis, es gehe hier nicht ums Ficken, sondern ums Bauen. Johannes stimmte lachend zu, nein, mit Hubert wolle er nicht ficken, auch nicht mit Franz-Josef. Rudi warf lachend ein, dass auch die Germanen, wenn sie allein durch die Wälder geschweift sind, sich mit ihren Kameraden sexuell vergnügt hätten. Der homophobe Hubert beendete die Diskussion mit dem Ausruf, das reiche jetzt aber. Tantra habe nichts mit plumper Sexualität zu tun, schon gar nichts mit Homosexualität, sondern mit Liebe. Ich widersprach: Als Psychoanalytiker müsse er doch wissen, dass es immer nur um das Eine ging, dass alles andere nur dazu diene, das allzu Offensichtliche mit klebriger Liebessoße zu überschütten.

Udo unterbrach das Gespräch mit der Bitte, jetzt fortzufahren, denn es gäbe eine Menge zu besprechen. Souverän erklärte er die notwendigen Sanierungsarbeiten und die anfallenden Kosten. Er präsentierte seine Zeichnungen und Vorschläge für einen Zeitplan, Förderanträge und Ausschreibungen für die Gewerke, die notwendig seien, von ihm und seinen Anarcho-Handwerkern aber nicht bewältigt werden könnten. Kurzum: Udo machte einen äußerst kompetenten Eindruck. Hinzu kam, dass er mit Gruppen umzugehen verstand. Kurzum: Udo war der archetektonische Garant in der wilden, gruppendynamischen Brandung. Spätestens zu diesem Zeitpunkt wurde mir klar, dass in den Entscheidungen der Gruppe Rationalität keine Rolle spielten, sondern geschickte Manipulationen. Und darin - das musste ich mir immer wieder eingestehen - war ich nicht sonderlich geschickt. Und was ich auch lernte: Die Gruppe, die Menschheit und zweifellos Friedel selbst wären besser dran, wenn der katholische Friedel seine Szenen nicht mehr auf dieser Erde, sondern im Himmel oder in einem anderen Leben aufführte.

Heute habe ich eine längere Wanderung auf dem Kraterrand der Caldera gemacht und bin rechtschaffen müde. Statt des Rotweins sorge ich für meinen Flüssigkeitshaushalt mit Hilfe dieses wässrigen spanischen Bieres. Der Gedanke, detailliert die Entwicklungen in der Gruppe aufzuzeichnen, ermüdet mich zusätzlich. Bezeichnend ist, dass kaum eine Entscheidung auf Grund rationaler Überlegungen getroffen wurde. So haben wir diese klobigen Hauseingangstüren, weil Friedel, Barbara und Roland sich in irgend einer Frage zu irgend einem Zeitpunkt durchsetzen mussten, weil Hubert und Rudi meinten, sie müssten auch mal etwas „haben“. Silvia stimmte dem auch zu.

13. September

Nach dem für uns siegreich entschiedenen Häuser- und Quadratmeterkampf kam es immer wieder zu eskalierenden Konflikten, die mit wüsten gegenseitigen Beschimpfungen endeten. Ich muss gestehen, dass ich mich zu diesem Zeitpunkt noch nicht sehr zurückhielt, sondern immer noch kräftig verbal austeilte. Ich war damals noch nicht so weit. Meine spirituelle Entwicklung stand noch ganz am Anfang. Und so hatte Roland vielleicht ein wenig recht, als er mich ein zynisches Arschloch nannte. Ich erklärte ihm, dass ich alles andere sei, nur kein Zyniker. Ein Zyniker würde sich mit einem schwachsinnigen Steinzeitmacho wie ihm nicht solche Mühe geben.

In solchen Konflikten gerate ich tatsächlich immer in die Position des Arroganten, der häufig seine Argumente wiederholt und es einfach nicht fassen kann, dass seine Darlegungen nicht verstanden werden. Dieses Diskussionsverhalten ist - das muss ich selbstkritisch einräumen - weder besonders intelligent noch kommunikationssensibel. Besser ist es, cool zu bleiben, nicht sofort zu reagieren, sondern mit der nötigen Distanz zurückzuschlagen. Damals setzte ich noch auf befreiende Spontanreaktionen. Etwa als mich Angela in einer dieser Diskussionen - ich glaube es ging einmal wieder um ihre geplanten Hühnerställe - fragte, warum ich sie nicht leiden könne. Ich antwortete, sie habe mit ihrer Vermutung recht, sie solle es sich aber ersparen, mir meine Gründe anzuhören. Sieglinde grinste, Rudi lachte, Barbara zuckte zusammen, Franz-Josef sah mich erstaunt an, Hubert schaute auf, wartete und strich sich über seinen schlecht wachsenden Schnurrbart und wartete, Gundi nahm Angela in den Arm, Linde wandte sich ihren Kindern zu und der germanische Johannes hatte nichts davon mitbekommen.

Silvia raunte mir zu, dass ich mich entschuldigen solle. Ich entschuldigte mich dann tatsächlich dafür, dass ich ihre Frage nicht beantwortet habe. Klar war mir damals, Angela war zumindest, was die Gemeinschaftskommunikation anbelangte, nicht dumm und nicht ungeschickt. Sie hatte, bevor sie mit dem schwächlichen aber erbberechtigten Franz-Josef zusammenkam, in diversen Wohngemeinschaften und Kommunen gelebt, hatte an sozialen Experimenten teilgenommen im Schwarzwald und in Portugal, hatte wenig gearbeitet, viel herumgevögelt und hatte so die ersten 33 Jahre ihres kurzen Lebens angenehm verbracht. Ich zählte sie, wie auch den Germanen Johannes, zur Kategorie der Szene-Schmarotzer.

Ich lehne mich zurück, beobachte eine Weile den Esel meines Nachbarn, höre aus der Ferne das Krähen eines Hahnes und stelle fest: Ich schreibe über Angela nicht ohne einen Anflug von Neid, ja Bewunderung: Es gibt Leute, die schaffen es, sich leicht und locker durchs Leben zu bringen. Das sind Anpassungsleistungen, die jeder kleine Bankangestellte auch erbringen muss, aber damit erheblich schlechter lebt. Angela interessierte sich, wie ihre soziale Mitwelt, für Reinkarnation, ökologische Landwirtschaft, Tantra, Hühnerhaltung, Engel, Feminismus und Schamanismus. Das interessierte alle und sie auch. So blieb sie anschlussfähig, ohne im engeren Sinne opportunistisch zu sein. Man mochte sie irgendwie in ihren diversen Esoterik- und Alternativgruppen. Aber wenn sie weg war, vermisste sie auch niemand. Auch sie selbst - davon bin ich überzeugt - vermisste niemanden. Es kommen neue Menschen und neue Gruppen. Sie wurde - von Franz-Josef abgesehen - von niemandem wirklich vermisst als sie ging, beziehungsweise von mir gegangen wurde. Das Leben geht weiter mit jener unerträglichen und zugleich bewundernswürdigen Anpassungsfähigkeit von Menschen wie Angela. Was ich meine, ist: Wenn man den Wert des Lebens an Menschen wie Angela misst, drängt sich die traurige Erkenntnis auf, dass alles absolut gleichgültig ist. Menschen wie sie kommen, verschwinden und hinterlassen keine Spuren. Wer über sie meditiert, der vergisst es, sich nach dem Nirwana zu sehnen. Da ich heute zum Tiefsinn neige, mache ich mir einen Kaffee und pusche mich in Kämpferstimmung.

Jetzt also zum Fenster- beziehnungsweise Sprossenfensterkampf. Hier mussten wir eine ernsthafte Niederlage einstecken. Eine Fraktion wollte unbedingt Sprossenfenster. Die Begründung: Historische Gebäude hätten immer Sprossenfenster gehabt. Deshalb sei es doch selbstverständlich, dass auch wir uns Sprossenfenster einbauen müssten. Zur Sprossenfraktion gehörten folgende Pärchen: Barbara und ihr Mann, der busfahrende Volker, dann die spätere Hühnerzüchterin Angela und der Kinderladenerzieher Franz-Josef, schließlich der Bademeister Roland sowie seine Frau, die spirituelle Engelchannlerin Gundi. Auch der vollbärtige Katholik Friedel und die Bioladenbesitzerin und Brennnesselexpertin Doris entpuppten sich als eifrige Kämpfer für die Sprossenfenster. Sie versuchten sich wieder einmal mit allen möglichen Mitteln durchzusetzen.

Gundi setzte sich während der Sprossenfensterdiskussion im Schneidersitz auf die Bank, legte die Hände in Meditationshaltung auf die Knie und bat mit kaum sichtbaren Lippenbewegungen um Unterstützung aus der Engelwelt. Barbara nutzte ihre schamanischen Beziehungen zu den Ahnen, die zweifellos Sprossenfenster präferierten. Und Friedel wartete mit einer kostenlos verfügbaren Palette alter Sprossenfenster aus einem abgerissenen Pfarrhaus in der Nähe von Hildesheim auf und verkündete, dass genau so wie die alten Gratisfenster auch die neuen aussehen müssten.

Roland flirtete ein wenig mit Linde, berührte sie lächelnd und wie zufällig am Arm, um sie für sich und die gemütlichen Sprossenfenster einzunehmen. Linde zeigte sich bei derlei erotischen Bemühungen auch in der Zukunft durchaus angreifbar, lächelte nett und drohte die Fraktion der sprossenlosen Fenster aufzuweichen. Rudi, Lindes stets aufmerksamer Gatte, drückte sie daraufhin einige Male unvermittelt an sich. Neben Rudi und seiner unsicheren Gattin gehörte zunächst auch der Germane Johannes seiner inzwischen geheirateten Lebensgefährtin Sieglinde zur Fraktion der Sprossenlosen. Silvia und ich bildeten den extremen Rand der Sprossenlosen-Fraktion. Der reinkarnationstherapeutische Hubert hielt sich zunächst aus gruppendynamischen Gründen zurück, ebenso seine Gattin, die dünne Ethnologin Margot.

Es kam zu heftigen - allerdings gewaltfreien - Diskussionen. Klar war: Die Denkmalschutzbehörde würde nicht auf Sprossenfenstern bestehen. Entscheidende Punkte machten die Sprossenfreien, als der anthroposophische Rudi den Esoterikerinnen aus der Sprossenfraktion versicherte, dass Sprossenfenster mit der Ästhetik Rudolf Steiners nicht übereinstimmten. Silvia unterstützte ihn und führte aus, dass in der Lehre des Feng-Shui die Qi-Energie frei ein- und ausfließen müsste. Sprossen in den Fenstern würden die eintreffenden Energien teilen und zerspalten und die abfließenden Energien am harmonischen Austritt hindern. Und dann käme es zu Missstimmungen zwischen den Menschen, zu unzufriedenen Kindern, zu heftigen Depressionen und zu einem kommunikativen Chaos. Und letzteres könnte - da seien wir uns ja alle einig - sogar Beziehungen zum Scheitern bringen. Klar müsse bei der Gebäudeplanung sein: Die Qi-Energie müsse feinfühlig gesteuert werden und dazu gehörten zweifelsohne sprossenfreie Fenster, die sich zudem auch besser putzen ließen.

Für die Sprossenfraktion brachte sich nun Gundi in Stellung: Sie halte überhaupt nichts von dieser chinesischen Qi-Lehre. Das komme aus der taoistischen Ecke und die sei mit unserer Kultur unvereinbar. Wir seien nun einmal germanischen Ursprungs und damit ganz anderen kulturellen Traditionen verbunden. Roland unterstützte sie mit dem Hinweis, dass Blut nun einmal dicker als Wasser sei. Dem müsse man Rechnung tragen. Diese Argumentation hatte ich Gundi nicht zugetraut. Sie war strategisch außerordentlich geschickt. Gundi versuchte einen Keil in unsere Fraktion zu treiben. Der Adressat war Johannes, der asthmatische Germane. Gundi wiederholte: Feng Shui möge ja für den asiatischen Kulturkreis schön und richtig sein, für uns Nordleute treffe das alles nicht zu. Klar war: Der Germane Johannes würde sich entschieden gegen Artfremd-Chinesisches einsetzen. Tatsächlich begann er unruhig zu werden, nickte sogar zustimmend bevor seine Frau, die kräftige Sieglinde, ihm den ersten warnenden Blick zuwarf.

Gundi machte unverdrossen weiter: Ebenso wie Feng-Shui seien nun einmal Fenster ohne Sprossen irgendwie artfremd. Artgerecht sei eine Freundlichkeit gegenüber allem Fremden, aber auf der Basis des Eigenen. Und dieses Eigene müsse man verteidigen. Und zu diesem Eigenen, um nicht zu sagen Ur-Eigenen, gehöre auch eine gewisse Privatheit, die in Sprossenfenstern ihren symbolischen Ausdruck fänden. Sprossenfenster öffneten zwar den Blick nach Außen, respektierten aber auch die Intimität des Inneren und das entspreche unserer deutschen Wesensart.

Ein prüfender Blick auf Johannes bestätigte ihre Argumentation. Der Germane nickte derart zustimmend, dass er seine dickglasige Brille zurechtrücken musste. Doch damit war Gundi mit ihrem Sprossenfenster-Plädoyer noch nicht am Ende. Sie versicherte, sie spüre ganz deutlich, dass auch die Engel Sprossenfenster befürworteten und zwar aus dem Grunde, weil Sprossenfenster das Innen vom Außen auch spirituell trennten. So bleibe der Mensch im Haus auf sich und seine ureigensten Gefühle fokussiert. Genau das sei doch heute die Gefahr, dass sich die Gefühlslandschaften defokussierten und gleichsam fruchtlos verwehten. Damit ginge wertvolles Potential verloren. Dieses Potential erlösche gleichsam energetisch, es entfleuche aus den unbesprossten Fenstern.

Dem katholischen Friedel schien diese Argumentation einzuleuchten. Er berief sich mehrfach auf Gundis tiefschürfende Äußerungen und rundete sie mit einem kleinen Exkurs über Fenster in gotischen Kathedralen ab. Schon im Mittelalter habe man angeordnet, dass die Energien der Gläubigen echohaft in der Kirche widerhallen, also sich von dort spirituell nach oben richteten und sich nicht über die Fenster im Freien verteilten. Außerdem, so Friedel, sei das Gotische wesensmäßig nordisch, um nicht zu sagen, germanisch, weil eben nach Außen kontrolliert und nach Innen hin belebend. Die moderne Quantenphysik würde genau dies bestätigen: Alles sei durchlässig. Deshalb müsse man symbolische und physische Barrieren schaffen, damit die Menschen in ihren Gebäuden nicht energetisch austrockneten. Aus diesem Grunde seien Sprossenfenster spirituell notwendig.

Barbara beantragte nun eine Abstimmung. Margot protestierte. Wir sollten im Konsens entscheiden. Niemand solle niedergestimmt werden. Barbara modifizierte ihren Vorschlag. Eine Abstimmung, um ein Meinungsbild herzustellen. Alle waren einverstanden und wir stimmten ab: Die Sprossenfensterfraktion erhielt 9 Stimmen, auch vom Germanen Johannes, bei 5 Gegenstimmen und zwei Enthaltungen. Hubert und Margot enthielten sich. Hubert machte den Vorschlag, die Fenster nicht allzu kleinsprossig zu versprossen, sondern eher großsprossig, so etwa 4 Abteilungen pro Fenster. Den Kompromissvorschlag lehnte die siegreiche Sprossenfraktion ab. Die folgenden Diskussionen endeten damit, dass der Sprossenbefürworter Roland laut klatschend aufsprang und „Sieg" rief. Barbara holte ihre spirituellen Rasseln hervor und begann mit schamanischen Dankgesängen, während Gundi ihr Engelspray herausholte und in meine Richtung sprühte. Warum blieb mir unklar. Franz-Josef, der sanfte Kinderladenerzieher, bedeckte die Augen mit seinen Handwerkerhänden und schien den Freudentränen nah. Johannes wandte sich von Sieglinde ab und strahlte Angela an, opferte Wotan oder Odin einen Schluck Bier, indem er ihn neben sich auf den Boden spuckte, während Rudi in meine Richtung schaute und meinte, dass wir erst einmal einen trinken sollten. Das taten wir dann auch.

In der nächsten Sitzung entschieden wir uns dann endgültig für die Sprossenfenster. Die Konsensregelung wurde aufgelöst. Hubert und Margot traten der Sprossenfraktion bei und so unterlag die Antisprossenfront deutlich mit 11 gegen 5 Stimmen. Schuld an dieser Niederlage hatte eindeutig der bornierte Germanen-Johannes. Wäre er nicht umgekippt, hätten wir wahrscheinlich die Sprossenfenster verhindern können. Und die folgenden Jahre ärgerte ich mich tagtäglich über diese schwachsinnigen Sprossenfenster. Beim zeitaufwändigen Fensterputzen überkam mich immer wieder kalte Wut, vor allem dann, wenn ich Germanen-Johannes mit seinem Schwert im Garten Kampfspiele übte oder zusammen mit Barbara seine Sonnwendfeiern zelebrierte.

In den ersten Jahren bin ich bei den Sonnwendfeiern noch zusammen mit Silvia und Helena aufgetaucht. Wir saßen dort vor der Feuerschale, starrten ins Feuer und langweilten uns. Die Kinder bekamen selbstgemachte Kinderbowle, die Erwachsenen Met oder einen nichtalkoholischen Kräutertrunk, der nicht allen gesundheitlich gut tat. Unerträglich wurde dann, als Doris begann, deutsche Volkslieder zu singen und Johannes mit seiner Pieps-Stimme einstimmte. Hubert, der sich sehr um Harmonie und Ausgleich bemühte, begann dann mit „Die Gedanken sind frei", woraufhin ich mich an der „Internationale" versuchte. Die Erinnerung an den Text versagte allerdings bei mir bereits nach „zum letzten Gefecht". Als dann Friedel mit einem christlichen Jazz-Song begann, fragte ich Rudi, ob er nicht Lust hätte, Skat zu spielen. Sieglinde war unser „dritter Mann" und gewann meistens. Für mich war das nicht immer leicht, da ich - sagen wir es einmal so - gern gewinne. Aber besser beim Skat verlieren als „O Herr, wir rufen alle zu dir" zu trällern.

Während des Fensterkampfes hatten Silvia und ich Seite an Seite gestanden und mit uns die in mancher Hinsicht kompakte Sieglinde. Dass Silvia oft den Kontakt zu feindlichen Gruppenmitgliedern suchte, empfand ich als schmählichen Verrat. Wir sollten uns auf keinen Fall trennen lassen. Teile und herrsche, war die Strategie von Barbara und sie verstand es geschickt, Silvia durch kleine Aufmerksamkeiten auf ihre Seite zu ziehen und uns damit zu trennen. Dass Silvia das nicht verstand, verletzte mich sehr. Ich werde Silvia, wenn sie in zwei Wochen mit Helena nach La Palma kommt, darauf ansprechen, schon allein deshalb, um meinen Groll im Zaum zu halten. Bei dieser Erinnerung wird mir plötzlich kalt hier draußen vor dem Haus, obwohl die Sonne noch nicht untergegangen ist. Ich werde mich ins Haus setzen und noch einige Mails schreiben, vor allem an meine Auftraggeber. Ich habe mir vorgenommen, in 8 Wochen wieder selbst zu arbeiten. Meine Software-Bude auf dem Hardenhof läuft aber auch ohne mich gut. Ich habe drei wirklich fähige Angestellte, denen ich zum Teil auch meine Wohnungen auf dem Hardenhof sehr günstig vermieten konnte.

14. September

Inzwischen machten die Umbauarbeiten am Hardenhof Fortschritte. Im Haupthaus wurden bereits die Wandstrahlungsheizungen verlegt. Udos handwerkelnde Anarcho-Kommunarden übten sich in der Wohnung von Friedel und Doris mit Lehmputzen. Uns aus dem Scheunenflügel war das sehr recht. Sie hatten offensichtlich wenig Erfahrungen, experimentierten damit, Kuhdung beizumischen, damit der Lehm dehnbarer würde und weniger Risse beim Trocknen hinterließ. Bei Hubert und Margot roch die ganze Wohnung monatelang nach Kuhscheiße und Fliegen fühlten sich besonders wohl bei ihnen. Bei uns verarbeiteten sie später erheblich weniger Kuhdung und sie hatten ihre Kenntnisse so weit perfektioniert, dass wir sehr schöne gleichmäßige Putze hatten in freundlichen, hellen Farben.

Ich selbst verzichtete auf allzu viel Eigenleistung. Mit meiner Arbeit konnte ich inzwischen mehr und schneller Geld verdienen. Ich wundere mich heute noch, wie es mir gelang, die Betreuung von Helena, das Bauen und den anstrengenden Job unter einen Hut zu bekommen. Ich konnte mich bald vor Aufträgen nicht mehr retten. Große Firmen wollten sich ihre Homepages von mir einrichten lassen. Andere ließen mich interaktive Lösungen auf Betriebsebene entwickeln. Aus Holland und Österreich erhielt ich Anfragen. So stellte ich zunächst zwei Studenten ein, die mir halfen und die ich sehr gut bezahlte - einer bekam so viel, dass er sein Studium abbrach und sich dauerhaft von mir anstellen ließ. Da war natürlich an Eigenleistung beim Bau nicht zu denken. Ich ließ alles vom Architekten Udo organisieren. Er hatte gute Kontakte zu einer Tischlerei aus Polen - alle organisiert in einer anarchistischen Gewerkschaft. Sie bestanden nicht auf Rechnungen und den damit verbundenen Mehrwertsteuern. Schließlich wolle man den Staat abschaffen und das sei am besten durch eine Revolution erreichbar. Da man diese aber vertagt hatte bis das Volk soweit sei, ließe sich der Staat am besten durch seine Ignorierung schädigen, versicherte mir Udo. So blieb der Ausbau unseres Hauses durchaus bezahlbar. Doch unser Einzugstermin lag zuerst im Mai, dann im August. Silvia kümmerte sich hauptsächlich um unsere Tochter. Ich betreute Helena etwa zwei Tage in der Woche, an denen Silvia sich ihrer Habilitation und ihren Buchprojekten widmete. Abgelenkt wurde ich auch von den wöchentlichen Eigentümerversammlungen im Hardenhof.

Die Haupthausbewohner verlangten eines Tages im Oktober allen Ernstes, dass der Eingangsteil des Haupthauses von allen bezahlt werden sollte, weil es mit seinem großen Kamin ja auch so etwas wie ein Gemeinschaftsraum sei. Roland trug das ganz ernsthaft vor, Friedel assistierte ihm. Hubert und Margot unterstützen ihn zunächst nur schweigend. Ich wurde bereits unruhig, als Roland stammelnd mit seinen Ausführungen begann. Er trug das alles zunächst sehr defensiv vor, endete dann aber doch sehr deutlich damit, dass das so etwa 40.000 bis 60.000 Euro seien, die gleichmäßig auf uns acht Parteien aufzuteilen seien. Im Preis inbegriffen sei eine Aufarbeitung der alten Treppe und der repräsentativen Haustür und die Erneuerung des Bodens durch alte Eichendielen und durch Fliesen. Auch der Kamin müsse neu gemauert werden. Außerdem sei es doch nett, so einen gemütlichen Raum zu haben, in dem wir auch im Winter zusammensitzen könnten. Platz wäre da auch für die Kinder und für gemeinsamen Besuch, für Engel-Channelings zum Beispiel, für schamanische Rituale oder für Kommunikationstrainings.

Ich unterbrach ihn: Großartig, alle zahlen für einen Raum, mit dem einige Geld verdienen. Dann gibt es auf dem Hardenhof täglich Tantra- Sessions, Engel-Channelings und Germanen-Things, vielleicht auch Lesungen aus dem Brennnesselbuch von Doris mit Harfenbegleitung. Das sei eine tolle Idee. Vielleicht könne man auch ein kleines Café einrichten. Nein, besten Dank, die Häuser müssten schon von denen bezahlt werden, die darin wohnen. Wenn ihnen das Geld ausginge, weil sie zu viel Geld für die Filetstücken geboten hätten, sollten sie es doch bei den Banken versuchen. Die Zinsen seien relativ günstig.

Ich erinnere meine Auftritte sehr ungern. Weshalb diese unnötige Schärfe. Damit ist niemandem gedient. Derlei Polarisierungen schaffen nur Unfrieden. Mich wundert im Nachhinein, wie viel ich in den folgenden Jahren kommunikationstechnisch dazu gelernt habe. Mit wachsender Spiritualität bin ich cool und clever, um nicht zu sagen, erwachsen geworden.

Mit kluger Zurückhaltung wäre ich deutlich weiter gekommen, denn die vier Parteien, die nicht im Haupthaus wohnten, hatten selbstredend kein Interesse an einer Kostenbeteiligung. Vom Gemeinschaftsraum war allerdings oft die Rede gewesen. Zu einem

Beschluss waren wir nicht gekommen. Die Frage lautete immer: Wozu brauchen wir das? Einen Boxring, den hätten wir benötigt. Tatsächlich hatte Busfahrer Volker und der katholische Friedel empfohlen, einen einzurichten. So könne man am besten seine Aggressionen loswerden. Roland und Johannes stimmten ihnen zu. Ich reservierte mir die Rolle des Schiedsrichters. Ein Kampf zwischen Volker und dem asthmatischen Germanen Johannes - das wäre lustig geworden.

Doch die Fraktionen waren im jetzt folgenden Gemeinschaftsraum andere als beim Kampf um die Wohnungslage und um die Fenstersprossen. Auf der einen Seite standen der katholische Friedel und die Brennnesselfreundin Doris, der psychotherapeutische Hubert und die ethnologische Margot, Bademeister Roland und die Engelchannlerin Gundi, sowie mein Vertrauter, der anthroposophische Rudi und die Hebamme Linde. Auf der anderen Seite standen wir, also Silvia und ich, der asthmatische Germanen-Johannes und die Biologielehrerin Sieglinde, die schamanische Barbara und ihr busfahrender Volker sowie Hühner-Angela und Erzieher-Franz-Josef.

Als Hauptsprecherin entfaltete im Folgenden die dünne Margot die Geldforderung. Sie wiederholte ein wenig eloquenter Rolands Appell an die Gemeinschaft. Margot war damals mit Ende 30 schon reichlich klapprig wegen ihrer Rückenprobleme. Sie ließ sich Kortisonspritzen verpassen von unfähigen Orthopäden, ließ ihre Seele und ihren kaputten Rücken streicheln bei ganzheitlichen Osteopathinnen, und sie machte bei einfühlsamen Bodybildern Kiesertraining, um, wie sie einmal sagte, sich und der Welt den Rücken zu stärken. Sie färbte ihr Haar regelmäßig mit Henna und trank jeden Tag ein Glas Wasser, in dem sie uraltes tibetanischen Salz auflöste. Wenn es ihre Krankheiten zuließen, las sie feministische Illustrierte wie Emma oder Brigitte, schrieb an ihrer Dissertation über Klitorisbeschneidungen in aller Welt oder half Mädchen aus türkischen Einwandererfamilien bei ihren Hausaufgaben.

Letztere Tätigkeit verschaffte ihr als Ethnologin Einblicke in die patriarchalen und gewalttätigen Seelen von männlichen Muslimen und in die zerstörten Seelen türkisch-"stämmiger" Kopftuchträgerinnen. Ebenso wie sie „den Türken" als vorzivilisatorischen Patriarchen verabscheute, so sehr bemitleidete sie die unterdrückten Kopftuchtürkinnen. Kurzum: Margot war eine jener feministisch sekundärsozialisierten, antimuslimischen Rassistinnen, die sich als Krone der Schöpfung ihrer selbst ungeheuer gewiss waren, sich ihr Haar mit Henna färbt und ohne ihren morgendlichen „Latte" nicht aus dem Bett kamen. Gut, dass sie auch Barbaras schamanischen Kräutertränke nicht verschmähte, die ihr später nicht so gut bekommen sollte. Doch leider verging bis dahin noch einige Zei,t und so konnte sie so im Tone inbrünstiger Überzeugung für den Gemeinschaftsraum im Eingangsbereich des Haupthauses plädieren.

Margots Beitrag stützte sich auf einen kurzen Rückblick über die Evolution des Menschen in gemeinschaftlichen Kleingruppen. Hier, versicherte Margot, lägen die sozialen Wurzeln des Menschen. Gemeinschaft bedeute gegenseitige Hilfe und Kooperation. Das sei die wirksamste Waffe im Kampf ums Dasein gewesen - auch bei den Germanen - und ist bei Naturvölkern etwa bei den Hopi-Indianern noch immer eine Überlebensgarantie. Der Mensch sei biologisch nun einmal ein Gemeinschaftstier. Wer das verkenne, verkenne die wahre Bestimmung des Menschen. Aus diesen quasi anthropologischen Gründen, sei ein von allen gemeinsam finanzierter Gemeinschaftsraum notwendig.

So etwas wie eine Gegenrede versuchte dann Johannes. Er meinte, echte Germanen hätten keinen Gemeinschaftsraum benötigt, vielmehr hätten sie sich in freier Natur bei einem wärmenden Feuer unter einer Eiche versammelt. Barbara unterstützte ihn: Ja, auch andere Naturvölker zögen die freie Natur vor. Dort seien die Elementarkräfte deutlicher zu spüren und erheblich wirkungsvoller. Wahre Gemeinschaftserlebnisse habe man nicht in geschlossenen Räumen, sondern unter freiem Himmel oder in der Schwitzhütte. Franz-Josef unterstützte Barbara mit einer Leidenschaft, die seine Frau Angela mit einem irritierten Kopfschütteln quittierte. Auch er, Franz-Josef, erinnere sich an frühere Leben, in denen er im Lendenschurz frei durch die Natur gestreift sei und in der sein Clan unter freiem Himmel ihre Gemeinschaftsrituale vollzogen hätte. Franz-Josef berichtete von unheimlich intensiven Trancen. Er sei als Krieger über glühende Kohlen gelaufen, habe die Stimmen der Vögel verstanden, sich bei getöteten Bären entschuldigt und in heiligen Hainen gefastet. Angela gingen diese Äußerungen ihres Mannes offensichtlich ein wenig zu weit. Sie unterbrach seine Erinnerungen früherer Leben mit dem Hinweis, dass sie einfach kein Geld hätten für einen Beitrag zum Gemeinschaftsraum. Die stämmige Sieglinde pflichtete ihr bei: Kein Geld für den Gemeinschaftsraum, feiern könne man auch im Freien und ihren Wein tränke sie sowieso lieber mit netten Leuten zu Hause. Silvia unterstützte sie mit dem Hinweis, dass die Kinder lieber im Freien spielten oder sich von anderen Kindern nach Hause einladen ließen. Bei Helena zeichne sich das ganz deutlich ab.

Hubert pflichtete nun den Ausführungen seiner Gattin Margot bei durch Zuhilfenahme der Psychologie. Psychologisch sei der Mensch ein Gemeinschaftswesen. Und Gemeinschaftswesen benötigten einen gemeinsamen Ort, an dem sie sich zuhause fühlen könnten. Ein Gemeinschaftsraum sei unbedingt von Nöten. Hier könne man sich treffen, austauschen oder nur Zeitung lesen. Wer den Gemeinschaftsraum nicht wolle, wolle keine Gemeinschaft. Und wer diese Gemeinschaft nicht wolle, sei hier fehl am Platze.

Das war mein Stichwort. Da vor einigen Wochen Friedel in Tränen ausgebrochen war, als ich ihm bei einem Streit einen Austritt aus der Ökogemeinschaft empfohlen hatte und er damit große Zustimmung fand, versuchte ich es nun auch. Jetzt sei ich aber sehr betroffen und traurig, schluchzte ich, dass man nun alle ausschließen wolle, die kein Geld für einen Gemeinschaftsraum hätten. Das sei unmenschlich und antigemeinschaftlich. Die reichen Haupthausbewohner wollten also die ärmeren Bewohner der Scheune und des Gesindehauses ausschließen. So weit sei es schon gekommen mit uns. Das kapitalistische Denken habe auch hier die Köpfe verseucht und Solidaritätsgefühle getötet. Alle zeigten sich beeindruckt, nur Sieglinde grinste mich breit an, und ich musste meinen ergreifenden Beitrag abbrechen.

Friedel hatte die Inszenierung durchschaut und warf mir vor, ich trample auf den Gefühlen meiner Mitmenschen herum. Margot pflichtete ihm eifrig bei, lies nun auch einige Tränen fließen. Hubert tätschelte ihren krummen Rücken und strich ihr über das hennagefärbte Haar. Daraufhin fuhr mich Margot aggressiv an, beschimpfte mich als gefühlskalten Zyniker und als pseudointellektuellen Hirnwichser. Sie nannte mich auch einen üblen Soziopathen. Dass sie mit diesen Äußerungen ihrem rückenschmerzenden Dasein ein schmerzfreies Ende machen sollte, wusste sie damals ebenso wenig wie ich. Beides - den Zyniker und den Soziopathen - wies ich natürlich empört zurück.

Heute beschleicht mich manchmal der Gedanke, dass der Mensch - jedenfalls der differenziert denkende und fühlende, kein Gemeinschaftswesen ist, sondern ein Gesellschaftswesen. Das Leben in Gruppen ist problematisch. Beim Philosophen Ortega y Gasset habe ich einmal gelesen, dass in der Menschenmasse das kulturelle Niveau sinkt und zwar auf den Stand des dümmsten Mitglieds. Unsere esoterische Ökogemeinschaft sank auf das intellektuelle Niveau von Roland und Franz-Josef. Nach kurzem Durchatmen und einem Schluck Rotwein muss ich mir ehrlicherweise eingestehen: Der kultivierte Mensch ist kein Gemeinschaftstier - allen Gemeinschaftsbedürfnissen zum Trotz. Mit diesem Paradox muss er leben und auf der Basis dieses Paradoxes muss er sich seine Gemeinschaft gleichsam kreativ schaffen durch eine aktive Gestaltung seiner unmittelbaren sozialen Mitwelt.

Zurück zum Kampf gegen den Gemeinschaftsraum: Sieglinde sprang mir bei. Die Sache sei doch ganz einfach: Die finanziell besser gestellten Haupthausbewohner brauchen einen netten Vorraum und wollen sich diesen von Nachbarn finanzieren lassen. Die Gemeinschaftssoße sollte das nur ein wenig schmackhaft machen. Sie schlage vor, dass die Haupthausbewohner ihre Treppe selbst bezahlen. Den Rest des Eingangsbereichs finanzieren sie zu 80 Prozent, die anderen 20 Prozent die Gemeinschaft. Schnell einigten wir uns auf 70 zu 30 Prozent.

Schon zu dieser Zeit fühlte ich mich zur dicken, damals noch mit Johannes zusammen lebenden, Sieglinde merkwürdig hingezogen. Sie hat Humor, Biss und hat einen Hang zum Pragmatischen. Was sie an Johannes fand, blieb mir unklar. In zwei Wochen kommt die inzwischen verwitwete Sieglinde zusammen mit Silvia und Helena zu mir nach La Palma. Ich freue mich auch auf sie.

15. September

Unser nächstes Treffen fand bereits im Gemeinschaftsraum statt. Der Kamin musste nicht neu gemauert, sondern nur saniert werden. Ein wärmendes Feuer brannte dort. Der Boden war noch nicht abgeschliffen und geölt, die Wände waren noch nicht isoliert und mit Lehmputzen ansehnlich gemacht. Es war trotzdem fast gemütlich und angenehm warm. Einige Kerzen brannten. Wir tranken einen Kräutertee, den Barbara mit der Bemerkung ausschenkte, es sei nur ein wenig Johanniskraut in der Mischung. Der Rest sei grüner Tee aus Japan. Gut, dachte ich, Johanniskraut hellt die Stimmung auf und meine Stimmung hatte eine Aufhellung nötig. Silvia war mit unserer Tochter zu ihrer Mutter nach Süddeutschland gefahren. Ich war alleine und fühlte mich unwohl.

Als Tagesordnungspunkt stand der Hühnerstall auf dem Programm, den Angela benötigte, um ihre Hühnerzucht, wie sie es nannte, betreiben zu können. Und Gundi wollte irgendwann Schafe und Ziegen haben, weil sie die Viecher so niedlich fand. Da wir rund um den Hof ca. 50 Hektar Land besaßen, war ich bislang davon ausgegangen, dass die Ställe irgendwo weitab von den Häusern angelegt werden sollten. Dagegen hatte ich nichts. Im Gegenteil: Frische Eier sind lecker und Schafs- oder Ziegenkäse mag ich auch. Doch als Angela dann einen Plan vorlegte, wurde mir klar, was uns blüht. Sie wollte ihren stinkenden Hühnerstall keine 10 Meter vor unserem Haus aufstellen, genau in unserer Blickrichtung nach Westen, dort wo wir abends nach getaner Arbeit sitzen und uns den Sonnenuntergang ansehen wollten.

Es brauchte eine Weile, bis ich das realisierte. Doch dann besann ich mich auf meine guten Vorsätze. Ich wollte überlegt und nicht zu emotional reagieren. Ich zwang mich zur Ruhe, atmete langsam und tief ein und aus. Dann meldete ich mich zu Wort, sagte zuerst etwas Nettes über die Viehzucht im Allgemeinen und die Hühnerhaltung im Besonderen und verkündete ihr dann sachlich und höflich, dass ihre Pläne so nicht umgesetzt werden könnten: Hühnerställe, so nah am Haus, an unserem Haus, an unserer Terrasse, das sei sehr ungünstig. Hühner stinken und krähende Hähne seien eine Plage. Angela schien meinen Protest geahnt zu haben. Sie erklärte, sie wohne direkt neben uns und ihre Hühner müsse sie in ihrer Nähe haben. Sie wolle keine artfremde und unpersönliche Hühnerhaltung, sondern eine liebende Pflege der Hühner und dazu gehöre nun einmal der Augenkontakt zu den Tieren. Das ginge nur in der Nähe ihres Hauses. Leider seien wir nun einmal Nachbarn. Das müsse ich akzeptieren. Hühner, erklärte sie, seien sensible Tiere, klug und einfühlsam und sie benötigten den Schutz und permanente Zuwendung durch eine Beziehungsperson.

Ich vergaß meine guten Vorsätze, gab die mir selbst auferlegte Zurückhaltung auf und empfahl Angela, doch gleich selbst in den Hühnerstall einzuziehen. Ein Fernseher würde die Hühner sicher nicht stören, im Gegenteil, als intelligente Tiere würde ihnen ein netter Krimi am Abend sicher gefallen und durch Nachrichtensendungen seien sie dann gut informiert, und Angela könne dann mit ihnen auf Augenhöhe kommunizieren. Ich erinnere mich deutlich, dass ich ihr das alles weitgehend nett mitteilte.

Angela schaute sich hilfesuchend nach Franz-Josef und Barbara um, doch auch Barbara, Angelas unmittelbare Nachbarin, schien von einer so intimen Nachbarschaft mit Hühnern wenig zu halten. Franz-Josef unterstützte als ihr Ehemann Angela nun mit wahrer Hingabe. Er fragte mich, ob ich Massentierhaltung und Hühner-KZs wolle. Ich verneinte das, verwahrte mich jedoch gegen die Bezeichnung Hühner-KZ. Das sei antisemitisch und widerlich. Johannes fragte, wieso er nicht von Hühner-KZs reden solle. Hühner seien Lebewesen wie Menschen und die dürfe man nicht in KZs sperren. Franz-Josef stimmte zu und legte beim Lächeln seine hervorstehenden Zähne blank. Johannes versuchte sich erneut an einem Mensch-Huhn Vergleich, doch Sieglinde bedeutete ihm, seinen Mund zu halten. Franz-Josef entschuldigte sich, dass er niemandem zu nahe treten wolle und kein Nazi sei, fuhr dann aber damit fort, dass Hühner den menschlichen Kontakt benötigten, sonst würden sie seelisch verwahrlosen. Hühner seien immer in der Nähe des Menschen gehalten worden. Hühner und Menschen - das sei eine perfekte Symbiose.

Shiva-Regina, Barbaras Tochter, die mit in der Runde saß, unterbrach Franz-Josef mit der lakonischen Bemerkung „Hühnerficker, wah". Barbara bedeutete ihr, sich zu benehmen. Shiva Regina, die ausnahmsweise Cola und nicht Bier trank, war an diesem Abend mit zum Hardenhof gekommen, um sich ihr neues Zimmer im Dach des Gesindehauses anzusehen. Auch sie schien wenig von Hühnergestank und krähenden Hähnen zu halten. Rudi nutzte die Unterbrechung mit der scherzhaften Vermutung, dass Franz-Josef in seinem letzten Leben sicher ein Huhn gewesen sei und ich kalauerte: Zweimal dasselbe geht nicht. Doch Franz-Josef ließ sich nicht aus der Ruhe bringen: Ja, vielleicht sei er früher tatsächlich ein Huhn gewesen, ein Dschungelhuhn vielleicht. Sieglinde mutmaßte daraufhin, vielleicht habe er sein letztes Leben sogar als Brathähnchen beendet.

Sieglindes bisweilen doch sehr pietätlose Äußerungen empfand ich damals noch als sehr wohltuend. Inzwischen habe ich mich für eine ganzheitlichere und spirituellere Sicht entschieden. Es geht mir besser damit. Klar ist jedenfalls, dass Tiere auch spirituelle Wesen sind. Mit meinem

Nachbarn hier auf La Palma habe ich mich heute auf dem Rückweg von der Badestelle darüber unterhalten. Er betreibt eine Art Hundehospiz auf seinem Grundstück und berichtete mir davon, dass Hunde genau wissen, wann sie sterben. Vor ihrem Tod hätten sie eine besonders warme Aura.

Barbara verteilte erneut Johanniskrauttee. Vielleicht war ihr die Stimmung ein wenig zu aggressiv. Nun begann der katholisch-vollbärtige Friedel - ausgewogen und freundlich, wie immer - mit einer Nachfrage: Wie viele Hühner Angela denn halten wolle, wie groß der Stall und der Auslauf sein solle. Angela erklärte, so hundert bis hundertfünfzig Hühner habe sie geplant. Hinzu kämen dann vielleicht noch einige Gänse und Puten. Sie habe schließlich vor, damit Geld zu verdienen. Hubert meldete auch Bedenken an, signalisierte aber zunächst Anteilnahme mit Franz-Josef. Er verwahrte sich dagegen, den Reinkarnationsgedanken lächerlich zu machen. Schließlich sei das ein wesentlicher Bestandteil der religiösen Überzeugung vieler Menschen, auch vieler Menschen hier im Raum, und dem solle man doch den nötigen Respekt zollen. Rudi bestätigte: Ja, auch er als Anthroposoph glaube an Samsara, den verhängnisvollen Kreislauf der Wiedergeburten. Ich unterbrach mit dem Hinweis, dass der Religionsgründer Rudolf Steiner in früheren Leben Jesus und Goethe gewesen sei und räumte ein, dass ich vor Goethe selbstverständlich Respekt habe. Aber vielleicht hätte ja Goethe auch schlechtes Karma angehäuft und sei heute ein Huhn. Doch dann dürfe man Hühner nicht als Eierlegerinnen funktionalisieren und schlachten wolle Angela die potentiellen Ex-Goethes auch.

Rudi fuhr fort, dass wir hier selbstverständlich die religiösen Gefühle anderer Menschen nicht verletzen dürften. Sieglinde ergänze kichernd, von Ex-Dschungelhühnern und Ex-Brathähnchen. Ihr schien das Johanniskraut gut zu tun. Sie kicherte fröhlich immer wieder vor sich hin und brachte damit ihr beträchtliches Doppelkinn zum Zittern.

Hubert warf sich nun in seine Psychologenpose, sein Gesicht verwichtigte sich und er erklärte, Reinkarnationen seien nun einmal Bestandteil allen lebendigen Seins. Er, als Psychotherapeut, stoße immer wieder darauf, dass Traumatisierungen früherer Leben die Kommunikation in diesem Leben beeinträchtigen. Mit seiner psychoanalytisch ergänzten Reinkarnationstherapie bewirke er oft verblüffend schnelle Heilungen. Wer einmal erlebt habe, wie rasch und umfassend eine Seele sich an vorangegangene Leben erinnere, der werde ihm recht geben müssen.

Als Katholik lehnte Friedel das kopfschüttelnd ab, resümierte aber die Pläne Angelas: Mindestens 150 Hühner plus Gänse plus Puten 10 Meter entfernt von den Häusern. Das müsse man sich gründlich überlegen. Angela lenkte ein, es könnten auch 20 Meter sein, aber die Nähe zu ihrem Haus müsse gegeben sein, auch Sichtkontakt. Barbara, Angelas Nachbarin, fragte skeptisch, ob das nicht auch mit größerer Geruchsentwicklung verbunden sei. Angela räumte das ein, meinte aber, dass man sich schnell daran gewöhne.

Ich hielt mich dezent zurück, atmete zwecks Beruhigung achtsam in meine Extremitäten, blieb aber hochkonzentriert. Nun meldete sich auch Busfahrer Volker. Er versicherte, an den Geruch von Hühnerscheiße werde er sich nicht gewöhnen. Für ihn sei klar. Kein Hühnerstall vor seinem Fenster. Friedel stimmte ihm zu. Das Gelände sei groß genug. Für Landwirtschaftliche Gebäude bekomme man problemlos eine Bauberechtigung. Angela solle doch ihre Hühnerfarm weit weg vom Hause bauen. Angela wehrte sich nach Kräften, wie wäre es denn, den Hühnerstall 50 Meter versetzt nach Nordwesten zu versetzen? Sie packte eine Skizze des Geländes aus und wies auf ein Gebiet, das sehr nah an unserem Haus lag und unsere Aussicht auf die Landschaft behinderte. Jetzt reichte es mir, doch ich hielt mich weiterhin zurück, argumentierte, gab mich tief besorgt, erkannte das Recht der Hühner auf persönliche Betreuung ausdrücklich an etc. Schließlich versicherte ich allen Beteiligten, dass mir an dem Land nichts liege, jeder könne es nutzen, nur, bitte, solle man mir nicht die freie Aussicht auf die Landschaft verbauen, schon gar nicht mit stinkenden Hühnerställen. Angela erklärte sich bereit, die Ställe - plötzlich war es nicht mehr nur ein Stall, sondern mehrere - noch weiter nördlich zu versetzen, so dass sie knapp 50 Meter entfernt lägen, also weit ab von den Häusern.

Ich protestierte nun etwas energischer: Bei Westwind weht uns der Hühnergestank ins Haus. Außerdem wäre uns damit der Ausblick versaut und zwar wenn wir nach Norden aus dem Fenster sähen und auch wenn wir nach Westen aus dem Fenster sähen. Und wenn wir abends auf der Terrasse sitzen, hätten wir dieses Stink-Ding vor Augen. Und Krach machten die Viecher auch. Kurzum, ich wehrte mich nach Kräften, blieb aber im Ton verbindlich und freundlich. Rudi unterstützte mich. Ebenso die an diesem Abend sehr fröhliche Sieglinde. Trotzdem verlor ich die nun folgende Abstimmung: Silvias Stimme hatte ich, Sieglinde stimmten gegen die Hühnerställe an dem Ort, ihr Lebensgefährte Johannes enthielt sich, Rudi und Linde stimmten mit mir. Shiva-Regina stimmte gegen ihre Eltern, wurde aber barsch darauf hingewiesen, dass sie kein Stimmrecht habe. Sie erwiderte, das sei mies und unfair. Ich stimmte ihr zu. So wurde ich von den anderen überstimmt: Mit zwölf zu fünf Stimmen bei einer Enthaltung wurden die Hühnerställe nördlich versetzt hinter unser Haus gebaut. Die Hühnerhalterin selbst hatte noch einen freien Blick auf die Landschaft. Wir nicht. Ich war geschockt. So hatte ich mir das Landleben nicht vorgestellt. Ich bat die Gruppe darum, das bitte noch einmal zu überdenken. Platz hätten wir auf dem Gelände genug. Es sei nicht nötig, so nah am Haus und in so exponierter Lage Ställe zu bauen.

Roland und Friedel erfüllte das Abstimmungsergebnis mit sichtbarer Genugtuung. Und Angela sah mich strahlend an, meinte befriedigt, die Ställe kämen also in einem Abstand von 50 Metern hinter unser Haus. Jetzt drohte mir die selbst auferlegte Contenance ins Rutschen zu geraten. Ich kochte vor Wut, blieb aber dennoch erstaunlich ruhig. Ich kündigte - wahrscheinlich wenig überzeugend an - das juristisch anzufechten.

In diesem Augenblick schwor ich Rache. Die Hühner würden in diesen Ställen nicht glücklich werden und die Hühnerhalterin eben so wenig. Rudi intervenierte noch einmal zu meinen Gunsten, Sieglinde auch, doch die restlichen Ökosiedler schienen mit dem Abstimmungsergebnis zufrieden. Ich prägte mir die Situation genau ein, die Gesichter, die Worte. Als ich mich zwei Jahre später tatkräftig mit Angelas Scheitelchakra beschäftigte, hatte ich genau den Gesichtsausdruck vor Augen, mit dem sie mich an diesem Abend ansah.

Auch jetzt noch, nach all den Jahren, spüre ich die Hilflosigkeit, mit der ich nach dieser Abstimmung auf meinem Stuhl saß. Ich hätte heulen können. Ich empfand das als demütigend. Dieses dumme Pack – das über mich und meine Wünsche einfach so abstimmte. Ich war starr und handlungsunfähig, doch der Gedanke, es ihnen eines Tages heimzuzahlen, machte mich wieder lebendig. Ja, ich würde es ihnen allen heimzahlen.

Der Schafstall, darüber wurde nun mit dem gleichen Abstimmungsergebnis entschieden, solle westlich hinter den Hühnerställen liegen. Und Schafe, das war mir damals noch nicht klar, stinken zwar weniger als Hühner, machen aber Lärm.

16. September

Nach der Abstimmungsniederlage rief ich Silvia an. Enttäuschend war es für mich, wie wenig sich Silvia über die Hühner- und Schafställe aufregte. Ich wollte unseren Anteil schleunigst verkaufen, Silvia war strikt dagegen. Dieses Stück Lebensperspektive sei für unsere gemeinsame Zukunft existenziell wichtig, betonte sie drohend. Vater, Mutter, Kind oder Kinder zusammen mit vielen netten spirituellen Menschen und anderen Kindern auf einem Ökohof – das sei unsere Zukunft. Tatsächlich visualisierte ich mir eine solche Zukunft, wenn ich mich mit Hilfe meiner Atemübungen in den Alpha-Zustand versetzte. Einer solchen gemeinschaftlichen Zukunft muss man sich tatkräftig öffnen. Doch dieses mit feinstofflicher Hilfe imaginierte Idyll käme nicht ohne gravierende personelle Veränderungen, das wurde mir klar, als in meinen Visionen einige Personen nicht vorkamen. Ich verstand das als Hinweis wohlmeinender Kräfte. So musste die Geschichte ihren Lauf nehmen.

Rückblickend ist mir immer noch unklar, wann sich der Entschluss festigte, zu jenen moralisch gewissermaßen zu rechtfertigenden, aber doch trotzdem illegalen, also nicht ungefährlichen, Mitteln zu greifen. Es war – so sehe ich es heute - ein Prozess: Immer deutlicher wurde mir: Ich wollte ein schönes, behagliches Leben auf dem Hardenhof mit Silvia und Helena, ein Leben in einer spirituellen, ökologischen und harmonischen Umgebung: Weihnachten mit einem hübsch geschmückten Tannenbaum, Ostern mit Ostereiersuche im Garten, Pfingsten mit kleinen Grillfesten, im Sommer Fahrradtouren zum Badesee, gemeinsame Apfelernte im Herbst und das gemeinsame Schneemenschbauen im Winter mit Kindern und Schneeballschlacht.

In der Bauphase glätteten sich für das erste die Wogen. Gemeinsam gestalteten wir den Gemeinschaftsbereich im Eingangsbereich des Haupthauses. In zwei, drei Wochenenden war das Zentrum des künftigen Gemeinschaftslebens fertig. Es war eigentlich ein sehr schöner, großer Raum. Der Kamin reichte ein wenig in den Raum hinein. Daneben lagerten wir das Holz. Die hellen abgezogenen Eichendielen waren nur geölt und rochen gut. Nur die Lehmwände verdarben mir die Freude. Die Abstimmungsmehrheit setzte einen orangefarbigen Lehmputz durch: Ein knalliges Orange. Die Putze wurden in großen runden Bewegungen aufgetragen. Alle waren begeistert, selbst der katholische Friedel und mein Anthroposophenfreund Rudi. Als Shiva-Regina den fertigen Raum betrat, meinte sie, das sähe hier aus wie ein Tantra-Puff, es fehle nur noch das Regal mit dem Massageöl und diese pseudoindische Idiotenmusik. Shiva-Regina verfügt über eine besondere Begabung, Sachen auf den Punkt zu bringen.

Shiva-Regina konnte ihre schamanische Mutter ebenso wenig ausstehen wie ihren Stiefvater Volker, von dem sie sich immer angekelt abwandte und nicht die kleinste Berührung duldete. Schon damals ahnte ich, weshalb sie ihn abwies, weshalb sie den Raum verließ, wenn er hinzu kam. Nach dem späteren Ableben von Barbara und Volker unterstützte ich Shiva-Regina, wo ich nur konnte. Sie begann wieder zur Schule zu gehen, machte ein passables Abitur und begann mit ihrem Psychologiestudium. Ihr ging es ohne Mutter und Stiefvater definitiv besser.

Bereits während der Bauphase gab es diverse Gemeinschaftsrituale. Die schönsten waren die sogenannten Meditationsabende. Sie begannen damit, dass unsere Schamanin in diversen Schälchen irgendwelche Reinigungskräuter verbrannte. Meistens war es – wie sie betonte – gesegneter Salbei, den sie als Direktimport von den Hopi-Indianern aus den USA bezog und dafür einen kleinen Obolus von allen Teilnehmenden verlangte. Nach der Räucherei gab es scheußlich schmeckende Heilungstees. Dafür wurde mehr und mehr Angela zuständig, die als Barbaras folgsame Assistentin fungierte. Um nach dem Geruchs- und Geschmackssinn auch das Gehör zu beleidigen, begann Gundi mit ihrer brüchigen Mädchenstimme ihre infantilen Engellieder zu singen. Dazu tanzte sie mit ihrem weiten Kleid, offenem Haar und leuchtenden Augen im Raum umher. Es war einfach nur peinlich. Einige Male geriet sie dabei in Trance - oder sie tat nur so. Dann brach sie irgendwann zuckend zusammen, erstarrte, verdrehte die Augen und stammelte irgend etwas. Dann unterhielt sie sich mit ihrem Engel Saint German, beziehungsweise nahm seine Anweisungen entgegen. Wenn sie nicht so offensiv drauf war, ließ sie ihren Engelsgesang von einer CD unterstützen, was auch nicht besser war.

Nach diesen und anderen Präliminarien begann Hubert mit seiner Meditation. Es begann mit einer Traumreise an einen schönen Strand. Man reiste auf einer Meditationsmatte liegend dorthin, indem man mit diversen Rolltreppen in Kaufhäusern in die Bettenabteilung kam, sich es in einem Bett bequem machte, tief atmete und dann sanft weggebeamt wurde zu einem weißen Karibikstrand, mit warmer Sonne und leichtem Wind. Und dann atmete man, mit dem lauen Wind ein und aus. Man hörte sanft die Kokosnüsse in den Sand fallen, sah, wie sich die Faultiere mit langsamen Bewegungen von Ast zu Ast schoben und konnte beobachten, wie kleine Affen Wasser aus den großen Dschungelblättern schlürften.

Bereits während dieser Meditations-Vorbereitung begann der stumpfe Busfahrer Volker regelmäßig stoßweise zu schnarchen. Die innere Ruhe, zu der ich nach einiger Anstrengung kam, war dahin. Schnarchende Männer – mein alter Freund Walter meinte einmal, ich sei latent homophob, was nicht stimmt - ... also dicke schnarchende Männer kann ich nicht ausstehen. Noch etwas scherzhaft erwog ich damals schon, Volker zur ewigen Ruhe zu verhelfen.

Hubert intervenierte dann und ließ uns - alles innerhalb des Tagtraumes - aufsitzen und im Schneider- oder Yogasitz Platz nehmen. Volker schnarchte kräftig weiter und machte mich wütend. Nicht einmal eine entspannende Meditation gönnten einem die Nachbarn, ganz zu schweigen von der inneren Ruhe, die mich angeblich als Geschenk des Universums innerlich ganz ausfüllen sollte. Ich hätte diesem schnarchenden Proleten am liebsten eine aufs Maul gehauen. Er wurde nun liebevoll geweckt, und wir begannen mit einer weniger einschläfernden Bewegungsmeditation, in der wir uns mit der Sonne, der Erde und dem Himmel verbanden. Wahrscheinlich auch mit dem Wasser, aber so sehr interessierte mich diese Übung auch nicht. Ruhige Meditationen liegen mir mehr.

An einem dieser Abende regte Franz-Josef eine kleine Berührungsmassage an. Er begründete das damit, dass sanfte Berührungen Nähe und Vertrauen schaffen könnten. Massieren sollten sich diejenigen, die sich sonst eher aus dem Wege gingen. Ich bekam an diesem Abend zuerst die knochige Margot und den sportlichen Bademeister Roland. Erstere traute ich mich kaum anzufassen. Sie roch trotz Salbei-Einsatzes nach staubigen alten Büchern. Ihr Rücken fühlte sich an wie die rustikale Eckbank, die wir als Kinder in einer Ferienwohnung im Schwarzwald hatten. Als dann Franz Josef neckisch anregte, doch auch unter der Kleidung zu massieren, kam ich dieser Aufforderung nicht nach. Dann gab es einen von Franz-Josef angeregten Partnerwechsel und ich geriet an Bademeister Roland.

Roland drückte auf mir herum, dass mir die Luft wegblieb. Ich bat ihn flüsternd und sehr höflich darum, doch weniger grob zu sein und genau das spornte ihn zu größeren Brutalitäten an. Im unteren Lendenwirbelbereich knackte es verdächtig. Ich schrie laut auf und ich nannte ihn - die weihevolle Stimmung unterbrechend - einen brutalen Schwachkopf. Schmerz und Ärger ließen mich die Zurückhaltung, die ich mir verordnet hatte, vergessen. Die ganze Runde unterbrach ihre sanfte Massage. Silvia, die sich von Friedel massieren ließ, fauchte mich an, doch ein wenig Rücksicht zu nehmen. Meine Wut hatte ich bald wieder unter Kontrolle. Die im Hintergrund säuselnde ekelhafte Pling-Plong-Esoterik-Musik wurde etwas lauter gestellt. Ich bat Roland nun sehr deutlich, doch ein wenig vorsichtiger mit meinem untrainierten, kaputten Rücken zu sein. Er lächelte süffisant und versicherte, ich bekäme jetzt eine echte Mädchenmassage. Einige aus der Gruppe lächelten Roland zu.

Wir wechselten erneut die Partner. Nun grabschten Rolands Hände auf dem nackten Rücken Silvias herum. Deutliche Ausflüge über ihren Hintern und über die Seiten bis zu ihren Brüsten ließen meine Anspannung wachsen. Wieso ließ sich Silvia das alles gefallen?

Ich massierte den katholischen Friedel, wahrscheinlich ohne größeres Engagement. Dann Friedel mich. Roland forderte ihn lachend auf, es ordentlich zu tun. Friedel nickte opportunistisch lächelnd. Er presste und drückte auf meinem Rücken herum. Ich bat nun wieder darum, vorsichtig zu sein. Daraufhin presste er zwei Fäuste direkt auf meine Lendenwirbelsäule und drückte ruckhaft zu. Ein heftiger Schmerz durchzuckte mich. Ich schrie auf. Friedel lachte. Ich konnte mich kaum noch rühren, in meinen Zehen machte sich eine unangenehme Taubheit breit. Ich konnte mich nur unter großen Schmerzen aufrichten. Nach etwa einer Stunde befand ich mich in der Notaufnahme eines Krankenhauses. Die nun folgenden drei Tage Krankenhaus gaben mir Zeit, Pläne zu schmieden.

Für mich war klar, dass ich mich jetzt als verständnisvolle und alles verzeihende Jesusfigur inszenieren musste. Ich nahm Friedels Entschuldigung großmütig an, überstand auch den Krankenbesuch Rolands ohne emotionale Eruptionen und ließ mich von Silvia sanft streicheln, als sie mich besuchen kam. Ihre plötzliche Zugänglichkeit machte mich auch misstrauisch. War da etwas mit Roland? Nein, Silvia mochte solche Typen nicht. Damals war ich noch sicher, dass Gundi gut auf ihren Roland aufpasste. Die nächsten zwei Jahre belehrten mich aber eines besseren. Roland versuchte es bei allen Frauen unserer spirituellen Ökogemeinschaft – und zwar äußerst unspirituell. Ich hatte sogar die knochige Margot in Verdacht, an seinem Proletencharme Gefallen gefunden zu haben. Silvia hingegen schien sich mit Rolands Avancen zufrieden gegeben zu haben. Sicher bin ich mir aber bis heute nicht. Damals quälten mich noch diese Gedanken. Heute bin ich deutlich gelassener geworden. Kein Wunder, meine Interventionen hatten die Situation gründlich verändert.

Heute Abend ziehen Wolken auf. Die Sonne versinkt nicht stimmungsvoll im Meer, sondern verblasst gelb in den tiefstehenden nebelartigen Wolken. Vor dem Haus raschelt es in den Pflanzen. Ein merkwürdiges Geräusch. Wenn es hier nicht so trocken wäre, würde ich auf Kröten oder Frösche tippen. Der palmerische Rotwein schmeckt mir nicht mehr. Die Eichenfässer schmecken zu deutlich heraus. Ich versuche es demnächst mit Weißwein.

17. September

Etwa ein halbes Jahr nach meinem Krankenhausaufenthalt saß ich wieder einmal mit schmerzendem Rücken in der Bahn. Die Sitze des ICE sind zwar einigermaßen bequem, aber spätestens nach zwei Stunden weiß ich nicht mehr, wie ich sitzen soll. Die von Friedel verursachte Stelle im Lendenwirbelsäulenbereich schmerzte. Es war spät. Ich fuhr von einem Vertragsabschluss in Frankfurt zurück nach Hause. Eigentlich hatte ich allen Grund zufrieden zu sein. Ich hatte einen dicken Auftrag an Land gezogen. Mindestens 30.000 Euro würde ich verdienen, Anschlussaufträge nicht mitgerechnet. Inzwischen hatte sich mein kleines Softwareprojekt zu einem sehr einträglichen Softwareunternehmen mit zwei gut bezahlten Teilzeitangestellten entwickelt. Ich war beruflich sehr erfolgreich und verdiente mehr Geld als wir ausgeben konnten. Unser Haus war bereits abbezahlt. Ich hatte also nicht den geringsten Grund, schlechte Laune zu haben.

Auf der Rückfahrt nach Hause blätterte ich lustlos und desinteressiert in einem Krimi. Wenn ich mich recht erinnere war es eine schwarzhumorige Erzählung von Ingrid Noll. Das Buch hatte wohl ein Fahrgast auf dem Platz neben mir vergessen. Ich las mich schnell fest, als mir klar wurde, welch hervorragende Informationen hier auf mich wartete. Es ging um einen Mord mit heimischen Pflanzengiften – in diesem Fall mit der Herbstzeitlosen. Ich recherchierte sogleich im Internet, wie diese Pflanze aussieht. Mein Verdacht bestätigte sich erfreulicherweise. Im verwilderten Garten des alten Hardenhofs wuchs und gedieh die Herbstzeitlose. Tatsächlich glich sie sehr dem Bärlauch. Die gegenüber gestellten Fotos belegten das eindrucksvoll.

Ich erhob mich von meinem Sitz, ging einige Schritte im Gang auf und ab, reckte meinen schmerzenden Rücken und dachte an Friedel, an Doris und ihre Liebe zur Brennnessel und zu anderen Wildkräutern. Nach der vierten Auflage ihres Buches „Wie die Brennnessel dein Leben verändert" begann Doris nun in der Praxis Kombinationsmöglichkeiten zu erkunden. Passte die Brennnessel zur Pfefferminze? Passte zur Brennnessel der heimische Bärlauch? Brennnessel passt zu fast allem, hatte Doris uns Ökosiedlern versichert und bei unseren gemeinsamen Essen immer wieder zu demonstrieren versucht. Bärlauch, versicherte sie uns einige Tage zuvor, sei die perfekte geschmackliche Ergänzung zur jungen Brennnessel. Ein Blick auf den Krimi in meiner Hand, ein Stich meines durch den katholischen Friedel nachhaltig ramponierten Rückens bescherten mir einen Gedankenblitz: Warum sollte nicht die Brennnessel das Leben von Friedel und Doris nachhaltig und sozusagen endgültig verändern - zusammen mit der bärlauchähnlichen Herbstzeitlosen?

Viel Zeit konnte ich mir nicht lassen. Friedel und Doris planten nicht mehr nur mit Brennnesseln, sondern auch mit Hilfe eines adoptierten Kindes ihr Leben zu verändern. In Deutschland konnten sie kein Kind mehr adoptieren. Beide waren über 40 Jahre alt und schieden deshalb aus. In Deutschland würde ihnen keine Stelle ein kleines Kind mehr zur Adoption überlassen. Nun hatten Friedel und Doris von Adoptionsmöglichkeiten von noch sehr kleinen russischen Kindern gehört. Ein deutsches Vermittlungsbüro mit besten Kontakten zu russischen Behörden gab diesen Adoptionen einen seriösen Anstrich. Die künftigen Adoptionseltern mussten sich härtesten psychologischen Tests und medizinischer Gesundheitskontrollen unterziehen. Es gab keine Beanstandungen. Doris und Friedel wurden nun während des Adoptionsprozesses geschult und psychologisch betreut. Die Organisation ließ ihre Wohnverhältnisse begutachten. Auch die Gespräche mit Nachbarn und Freunden bestätigten ihre Eignung. Diese Prüfungen kosteten einiges, doch wenn Paare zeugungstechnisch weniger potent sind als finanziell, dann darf es ruhig schon ein wenig mehr kosten. Die Organisatoren wussten das und bedienten sich großzügig.

Nach der Vorbereitungsphase hatten Friedel und Doris dann zunächst Fotos einer süßen blonden Zweijährigen bekommen. Sie hieß Katja. Dazu aus dem russischen übersetzte Angaben zu ihrer Herkunftsfamilie. Die kleine Katja war, den Fotos zufolge, wirklich sehr hübsch. Wegen der harten kindlichen Früherziehung sei sie aller Voraussicht nach pflegeleicht und „lieb". Kurzum: Katja war ein Erste-Klasse-Adoptivkind. Doch die Zustände in den Kinderheimen waren grausam: kaum genug zu essen, kein eigenes Bettchen, schlechte Kleidung, zugige Räumlichkeiten. Katja, da waren sich Doris und Friedel sicher, gehörte dort nicht hin, sondern zu ihnen und zu uns auf den Hardenhof. Dem von den Organisatoren als etwas abwegig empfundene Wunsch Friedels, die leiblichen Eltern des Kindes kennen zu lernen, habe man „dort unten", hinter dem Ural, allerdings nicht entsprechen wollen. Friedel versicherte, das sei eigentlich auch besser so. Wenn Katja erwachsen sei, könne sie ja seine biologischen Eltern besuchen, wenn sie das dann wolle. Bis dahin hätten die Behörden ihnen empfohlen, keinen Kontakt aufzunehmen, weil das immer wieder zu Komplikationen geführt habe. Die leiblichen Eltern wollten oft ihr Kind zurück oder aber Geld.

Aus den Unterlagen ging hervor, dass die leibliche Mutter der Zweijährigen Alkoholikerin sei, der Vater prügle im Suff Mutter und Kind. Die Kleine sei den Eltern weggenommen worden und lebe seit einem viertel Jahr in einem auf Adoptionen spezialisierten Kinderheim in einer Stadt östlich des Urals. Katja sei aber nicht verhaltensauffällig, habe sich trotz widriger Umstände ganz normal entwickelt und sei auch nicht intelligenzgemindert. Das bescheinigten ihr ein kinderpsychologisches Gutachten. Ein ärztlicher Attest bestätigte der zweijährigen Katja, dass sie zwar dünn aber gesund sei. Tuberkulose liege nicht vor. Friedel und Doris waren begeistert. Unbedingt wollten sie sich die so positiv begutachtete Katja anschauen. Sie flogen nach Russland und konnten die Kleine während zwei mehrstündiger Treffen kennenlernen. Etwas still, fast apathisch, sei das Kind gewesen, berichtete Doris. Als sie die Kleine auf den Arm genommen und ihm eine Bio-Karotte gereicht habe, hätte sie geweint. Doch das sei auch alles ganz normal. Bei den mitgebrachten veganen Gummibärchen sei sie dann etwas zugänglicher geworden. Aber ihr Entschluss stand fest: Sie wollten Katja haben, unbedingt. Und die Gruppe unterstützte Friedel und Doris. Silvia verhielt sich etwas reserviert.

Die deutsche Vermittlungsagentur führte mit ihnen noch zwei nicht ganz billige Wochenseminare durch. Danach ließ man während eines informellen Gesprächs durchblicken, dass eine großzügige Spende an das Waisenhaus - man dachte so an 18.500 Euro - den Adoptionsvorgang beschleunigen würde. In einem viertel Jahr wäre Katja bei ihnen, wenn alles perfekt laufe.

Ich hatte das Vorhaben damals so zusammen gefasst, dass Friedel und Doris also gespendet hätten, damit korrupte Beamte den leiblichen Eltern ihr Kind wegnähmen, damit sie es adoptieren konnten. Ich betonte damals, dass ich diesen Kinderkauf nicht in Ordnung fände. Das sei Menschenhandel. Alle fanden meine Bewertung des Vorhabens für – wie Friedel es nannte absolut unangemessen. Psychologe Hubert bestätigte ihn und analysierte meine Bewertung als Abwehrreaktion. Was ich warum abwehren wollte, ließ er auch auf Nachfragen im Unklaren und leckte sich statt dessen über seinen lächerlichen Oberlippenbart.

Barbara, Franz-Josef, Gundi und Margot bestätigten Friedels Argumentation, dass ein Kind, zumal ein Mädchen, es bei ihnen erheblich besser haben würde als im rückständigen Russland, in kaum beheizten Kinderheimen, in denen die Kinder nicht ausreichend zu essen bekämen, dafür aber täglich Prügel. Außerdem sei es nun einmal so, dass Friedel und Doris keine Kinder bekommen könnten. Alles medizinisch Mögliche habe man schließlich versucht. Um ein Kind in Deutschland adoptieren zu können, seien sie nun einmal zu alt. Da gäbe es eine starre Regel: Wenn ein Partner älter als vierzig Jahre sei, gäbe es keine kleineren in Deutschland geborenen Kinder mehr zur Adoption. Diese unsinnigen Regelungen rechtfertigten solch ungewöhnliche Maßnahmen, meinten sie.

Ich blieb dabei: Wenn sie unbedingt mit Kindern leben wollten, dann sollten sie doch eins in Pflege nehmen. Was sie vorhätten, sei eine perfide Form des Menschenhandels. Mit dieser Auffassung stand ich wieder einmal alleine da.

Damals fragte ich mich oft, ob meine Abscheu über die Modalitäten der Adoption nichts anderes war als eine Legitimation des bereits geplanten Einsatzes der Herbstzeitlosen. Tatsächlich war es so, dass meine von Friedel verursachten Rückenschmerzen nur ein Grund waren, zu diesem zugegeben drastischen Mittel zu greifen. Hinzu kam, dass ich mir ein Kind beim bräsigen Friedel und bei der ökodogmatischen Doris nicht vorstellen konnte. Es wäre der kleinen russischen Katja nicht gut gegangen bei Friedel und Doris – da bin ich mir sicher. Außerdem: Ich mochte die beiden wirklich nicht.

Erst nach dieser kontroversen Unterhaltung in der Gruppe gab Rudi meinen moralischen Bedenken recht und überraschenderweise auch Silvia, Sieglinde und Johannes. Johannes zeigte sich jedoch, wie nahezu immer, germanisch motiviert. Er betonte, asiatische Kinder sollten in ihrem eigenen Volk aufwachsen. Östlich vom Ural sei Asien. Asiaten hätten immer schon abweichende Mentalitäten und könnten sich in unseren germanischen Gefilden unmöglich wohl fühlen, einmal ganz abgesehen von der unguten Vermischung des Blutes, die dann später wahrscheinlich erfolgen würde.

Folgendes war also die Situation vor jenen Ereignissen, die ich inzwischen als Initialzündung verstehe. Erstens: Mein Rücken tat höllisch weh, weil der katholische Friedel mir den Wirbel mutwillig beschädigt hatte. Zweitens: Doris und Friedel wollten sich ein Kind kaufen, das korrupte russische Beamte den leiblichen Eltern weggenommen hatten. Drittens: Doris und Friedel waren verantwortlich für die hässlichen Sprossenfenster und für den stinkenden Hühnerstall. Viertens: Silvia konnte sich der Brennnesselpropaganda nicht entziehen und verlangte von mir den regelmäßigen Konsum jenes muffigen Unkrauts. Fünftens: Herbstzeitlose ähneln Bärlauch (der auch ohne Brennnessel den schönsten Salat verdirbt). Sechstens: Im verwilderten und vom Haus kaum einsehbarem alten Garten wuchsen Herbstzeitlose.

In den nächsten Tagen erkundete ich den alten, wild aufblühenden Garten des ursprünglichen Hardenhofs und fand dort reichlich Herbstzeitlose. Gleich hinter dem verwilderten Garten begann nun das Brennnesselfeld, das von Doris liebevoll gepflegt und abgeerntet wurde. Ich grub an regnerischen Frühsommertagen zunächst einige Exemplare der Herbstzeitlosen aus und rückte sie näher an das Brennnesselfeld. Diese ökologisch unbedenkliche Umpflanzaktion war unbeobachtet möglich, wenn die Bewohner des Haupthauses beruflich unterwegs waren. Vom alten Dienstbotentrakt und vom Scheunenflügel hatte man keinen Blick auf das Brennnesselfeld und auch nicht auf die sich im Folgenden als sehr effektiv erweisenden Herbstzeitlosen. So war die Umpflanz-Transaktion gänzlich risikolos.

Das Brennnesselfeld deckte den Bedarf von Doris und Friedel. Da sie aber sehr darauf bedacht waren, die Qualität der Brennnessel zu erhöhen, düngten sie regelmäßig ihr Feld. Dazu begab sich Friedel, bevor er zu seinem Arbeitsplatz, dem Dommuseum in Hildesheim aufbrach, zu seinem Brennnesselfeld und pinkelte hinein. Er machte das keineswegs unsystematisch. Auch wenn es Friedel offensichtlich heftig zum Brennnesselfeld drängte, unterließ er es nicht, die jeweils vorgesehene Stelle anzusteuern. Im Abstand von etwa zwei Metern sah man ordentlich niedergetretene Pfade im Brennnesselfeld. Einmal ertappte ich ihn dabei, wie er auf einem dieser Pfade seine Schritte zählte, seine Hose öffnete und seinen morgendlichen Urinstrahl im Halbkreis in die Brennnessel ergoss. Ich konnte es nicht lassen, sprach ihn während einer dieser schwungvollen Aktionen an und riet ihm, seine Pisse doch gleich direkt zu sich zu nehmen. Den ersten Strahl abfließen lassen, dann schnell einen Becher in den Strahl halten und: Prost. Eigenurintherapie hieße das, klärte ich ihn auf. Wenn der Produzent oder die Produzentin hinreichend Brennnessel zu sich genommen hätten, sei das sicherlich ganz wunderbar gesundheitsförderlich. Friedel packte schnell seinen Pimmel ein. Ihm war das sehr peinlich.

Ich pflanzte in den nächsten Wochen vorsichtig und unauffällig Herbstzeitlose am Rande des Brennnesselfeldes an, ganz in der Nähe des in diesen frühen Sommertagen ebenfalls prächtig sich entwickelnden Bärlauchs. Zuerst sagte ich mir, einfach schauen, was passiert. Ich wurde neugierig. Derlei Experimente - und als solches verstand ich die diskrete Verlegung der Herbstzeitlosen - sind ja nicht ganz uninteressant. Ich wusste, bei Friedel und Doris gab es häufig Bärlauch-Brennnessel-Salat mit Schafskäse. Doris schwärmte von der verdauungsförderlichen Wirkung einer solch wunderbar grünen Kombination. Ich beobachtete die beiden in den nächsten Tagen, erkundigte mich verbindlich nach ihrem Befinden und beobachtete sie aufmerksam während unserer Treffen im hübschen Gemeinschaftsraum. Doris schien mir schon bald ein wenig blass um die Nase und sie fror, obwohl die Temperaturen angenehm waren. Ich fragte sie mitfühlend, ob bei ihr nicht eine kleine Erkältung im Anmarsch sei.

Doris wies das zurück: Sie sei durch ihre gesunde Ernährung bestens geschützt. Bei unseren Treffen erläuterte sie wiederholt die raffinierte, aber dennoch einfache und bodenständige, Zubereitung von Bärlauch und Brennnessel: Beides – Brennnessel und Bärlauch - müssten zunächst kurz mit heißem Wasser übergossen, dann zu etwa einen Quadratzentimeter großen Stücken geschnitten und schließlich mit Soja-Soße und Zitronensaft oder Balsamiko-Essig übergossen werden. Lauwarm müsse die knackige grüne Pracht serviert werden. Vorzüglich passe ein unkomplizierter Vino Verde dazu.

Meine Sorge, dass der Einsatz des heißen Wassers die Wirkung der Herbstzeitlosen beeinträchtigen würde, erwies sich als unbegründet. Doris wandte sich bald an ihren Homöopathen. Ihr Stuhlgang, erklärte sie ihm und anschließend uns, sei noch sämig und nicht sonderlich übelriechend und von kräftig brauner, nahezu rotbrauner Farbe. Der Homöopath tippte auf eine leichte Magen-Darm-Grippe – zumal nun auch Friedel über ähnliche Symptome berichtete. Friedels Exkremente seien farblich ähnlich markant, allerdings von der Konsistenz her eher grobsämig, sie röchen aber ausgesprochen unangenehm. Doris teilte das der eher besorgten als an derlei Details interessierten Gruppe mit. Ich lobte die von Doris vorgenommenen „exkrementellen" Analysen und gab zu bedenken, dass man auch das, was bei ihr und Friedel hinten herauskomme, ganzheitlich wenn nicht spirituell sehen müsse: Die Scheiße Friedels sei wie sein Produzent katholisch und wohl deshalb ein wenig zäher und würziger. Auch von den Reliquien, die er beruflich verwalte, ginge ja oft ein würziger Geruch aus, der wohl daraus resultiere, dass die heiligen Knochenstücke entsprechende morphogenetische Geruchsfelder erzeugten. Doris ließ meine Erläuterungen unkommentiert, nur Franz-Josef leuchteten sie ein. Er nickte jedenfalls zustimmend.

Der von Doris aufgesuchte Homöopath diagnostizierte also eine Magen-Darm-Grippe und empfahl als Therapie, neben Kügelchen und Schüsslersalz, viel Flüssigkeit, am besten Brennnesseltee und fettarme, aber salzige Kost. Doris und Friedel aßen also forciert ihren selbstproduzierten Brennnessel-Bärlauch-Salat, nun aber ohne den fettigen Schafskäse. Das Scheißen nahm bald kein Ende mehr. Hinzu kamen sukzessive heftige Kotzattacken. Als ich Doris eines Tages in die Brennnessel wanken und dann wohl zwecks Toilettenbesuchs ihre Brennnesselernte unterbrechen sah, sammelte ich eine gute Portion Herbstzeitlose und fügte sie dem Brennnessel-Bärlauch gefüllten Weidenkorb hinzu. Ich konnte es einfach nicht länger mit ansehen, wie die beiden litten. Außerdem nahte der Tag, an dem die beiden ihr gekauftes Kind aus Russland abholen konnten.

Die beiden hielten mit einer wahrhaft gläubigen Entschlossenheit an ihrer Brennnessel-Bärlauch-Kur fest. Nur Friedel gönnte sich heimlich doch ein chemisches Anti-Durchfall-Mittel. Auf der Fahrt zu seinem Arbeitsplatz im Dommuseum war ihm trotzdem ein kleines Missgeschick passiert. Nach den umfangreichen und von vielen Unterbrechungen erledigten Reinigungsmaßnahmen sowie dem großzügigen Einsatz von Anti-Geruchs-Spray müffelte sein neu geleaster Kombi immer noch äußerst würzig.

Die zunehmend eskalierende Magen-Darm-Grippe ließ langsam nun doch das Vertrauen in die homöopathische Therapie schwinden. Ein konventioneller Allgemeinmediziner wurde ins Haus bestellt. Er schloss sich der Diagnose seines homöopathischen Kollegen an, verschrieb aber Medikamente, nach deren Einnahme es beiden umgehend besser gehen würde. Das war ein Irrtum.

Als der Krankenwagen am Abend in den Hof rollte, gehörte ich zu denen, die interessiert auf die beiden abtransportierten Gestalten schauten. Nach dem Ableben der beiden im Abstand von nur einem Tag – Friedel erweis sich als etwas robuster als Doris, vielleicht aber hat Doris auch nur energischer an ihrer Brennnessel-Bärlauch-Kur festgehalten – … also etwa zwei Tage nach dem Dahinscheiden des katholischen Friedels wurden Obduktionen angeordnet, die einwandfrei ergaben, dass die beiden einem Pflanzengift erlegen seien. Die Kriminalpolizei untersuchte die Wohnung der Verstorbenen und fand dort den hübschen Weidenkorb mit der tödlichen Salatmischung. Der von einer Biologin unterstützte Gerichtsmediziner fand schnell die Ursache des parallelen Ablebens. Die Nachforschungen der netten Kriminaloberkommissarin bestätigten den Eindruck der Gerichtsmedizinerin: Die Herbstzeitlose habe die beiden ins bessere Jenseits geschickt. Es war ein bedauerlicher Unfall. Doris und Friedel hätten die Herbszeitlose mit dem Bärlauch verwechselt.

Nachforschungen in der hübschen Wohnung mit dem perfekt eingerichteten Kinderzimmer ohne Kind bestätigten: Sie haben gewaltige Mengen Brennnesseln eingelagert in getrockneter Form, als Sirup und als eingewecktes Blattgemüse. Doris hatte bis zum Schluss genau Buch geführt, wie sie die Brennnessel kombiniert und konsumiert hatte. Denn Doris war vom Ehrgeiz getrieben, die gesundheitlichen Effekte des Brennnesselverzehrs statistisch plausibel zu machen. An der Küchenwand hingen Tabellen zur Menge des Brennnesselverzehrs in Gramm, dann in welcher Form: Als Smothie, Salat, Soufflé, mit Zwiebel und Knoblauch gedünstet, als Tee, Suppe, Sonstiges. Dann gab es eine Tabelle zur Häufigkeit und Menge des Stuhlgangs – ergiebig, wenig ergiebig, unergiebig - sowie Angaben zur Qualität des Stuhlgangs - fest, breiig, halbflüssig, flüssig. Dann folgten noch Angaben zur Farbe des Stuhlgangs - kräftig braun, graubraun, grünbraun, mittelgrün, hellgrün. Vor ihrer Krankenhauseinlieferung häufte sich in der Zeile „Zusätzliches" ein Hinweis zur Farbe, nämlich zunächst „rotbraun", dann sogar blutig-braun. Hinzu kamen Angaben zur Menge des Bärlauchs. Signifikant war die mit dem Bärlaucheinsatz kontinuierlich steigende Stuhlgangfrequenz sowie die Zunahme der farblichen Intensität. Auf dem ordentlich aufgeräumten Schreibtisch von Doris lag das ausgedruckte erste Kapitel ihres neuen Buches. Das Buch hatte den Arbeitstitel: „Bärlauch und Brennnessel – ein Dreamteam, das Körper und Seele zusammen hält."

Die feierliche Trauerfeier fand etwa zwei Wochen später in einer beschaulichen Kapelle des Hildesheimer Doms statt. Der Prälat erinnerte an den gütigen und sanften Friedel, der mit wahrer Hingabe den Domschatz mit seinen vielen Reliquien gehütet habe und mit sanftem Spott selbst das Präputium Jesu aufgespürt und archiviert habe. Der rundliche Geistliche erinnerte auch an seine liebe Frau Doris, die Ökoaktivistin, die Gottes ebenso schöne wie zweckdienliche Natur mit ihrem Bestseller „Wie die Brennnessel dein Leben verändert" rühmte. In der jenseitigen Welt, so bemerkte der Prälat humorvoll, werde sie zweifellos den himmlischen Garten hüten und pflegen.

Die anschließende Beerdigung fand auf einem Friedhof mit alten Bäumen in Hildesheim statt. Das Wetter war kühl, doch die Sonne schien vom vormittäglichen Himmel. Ein lauer Wind strich über die Gesichter der Trauergäste. An diesem stimmungsvollen Ort hatte die Familie Friedels eine Familiengrabstätte. Zwei Plätze waren noch frei. Sie waren für Friedels noch rüstige und gefasst wirkende Eltern bestimmt. Sie verzichteten nun zu Gunsten ihres Sohnes und seiner Frau. Tatsächlich schien das Familiengrab auf Friedel und Doris gewartet zu haben. Einige Meter neben dem Grab hinter dem Friedhofszaun wucherten üppig die Brennnessel. Ein steinerner Engel wachte auf einem kleinen Podest auf dem Grab über die leiblichen Überreste der Verblichenen. Gundis Blick fiel auf den mit ausgebreiteten Armen wartenden Engel und begann sogleich mit ihrem naiv-ergreifenden Engelsgesang. Andere spirituelle Ökosiedler stimmten mit ein. Auch ich summte zunächst leise mit. Dann ergriff mich die Stimmung und ich sang mit meiner zwar ungeübten, aber doch ganz passablen Tenorstimme. Die anderen Trauergäste wirkten ein wenig irritiert, waren dann aber so angerührt, dass sie ihren Tränen freien Lauf ließen. Auch ich schluchzte am Arm der lautlos aufweinenden Silvia. Der katholische Prälat unterbrach freundlich die spontanen Gesänge mit einem nicht minder ergreifenden Lied: „O Haupt voll Blut und Wunden, voll Schmerz bedeckt mit Hohn ..." Es folgten die üblichen katholischen Rituale. Alle waren sehr ergriffen. Das war die bei weitem schönste Beerdigung, an der ich in den folgenden Jahren teilgenommen habe. Und das will etwas heißen. Es folgten schließlich noch einige Trauerfeiern, die auch über nicht unbeträchtliches Trauerpotential verfügten.

Bezeichnend war es, dass Friedels Bruder – er war katholischer Pfarrer in Bayern - sich beim gemeinsamen Kaffeetrinken sogleich an Barbara wandte und fragte, ob er den Verkauf von Friedels Wohnung einem Makler übergeben könne. Er habe sich mit der Familie von Doris bereits ins Benehmen gesetzt. Barbara versicherte ihm, dass es seitens der Ökosiedlung ein vertraglich fixiertes Vorkaufsrecht gäbe. Allerdings, fügte sie sogleich hinzu, habe sicher niemand die nötigen finanziellen Reserven, dieses Vorkaufsrecht wahrzunehmen. Da sollte sich Barbara irren. Wenn der Preis stimmte, würde ich zuschlagen und die Wohnung von Friedel und Doris kaufen. Dank meines beruflichen Erfolgs verfügte ich über hinreichend Mittel.

Dieses doppelte von mir beschleunigte Ableben machte mir mehr Mut als Gewissensbisse. Es lief alles wunderbar unkompliziert. Die Trauerfeier hatte die Würde, die dem Leben der Betroffenen fehlte. Und so konnte ich auch in Zukunft diese schönen Möglichkeiten der Lebensveränderung nicht mehr länger ignorieren. Ich erlaubte mir aber nicht, willkürlich auf diese Möglichkeit zurückzugreifen. Ausnahmslos prüfte ich, ob nicht weniger endgültige Interventionen angemessener wären. Beim germanischen Johannes musste ich das ausschließen. Er war ein gewissenloser Mensch und übler Rassist. Doch mit ihm beschäftige ich mich morgen Abend. Heute ist es überraschend kühl geworden. Wolken zogen sehr nah am Haus vorbei. Nichts als ein roter Streifen zwischen dunkelblauen Wolken lässt die Sonne erahnen.

18. September

Leiden konnte ich diesen Schmarotzer Johannes eigentlich nie. Seine panische Angst vor Insekten fand ich amüsant. Sein Geruch nach Insektenschutzmitteln trug ihn so manche Spöttelei ein. Seine lupendicke Brille, sein Bierbauch, vor allem aber seine Allergie und die ständige Gegenwart seines Asthmamittels machten ihn als martialischen Germanen ein wenig unglaubwürdig. Sieglinde hingegen, seine Partnerin, wurde mir immer sympathischer. Hinter ihrer walkürenhaften Erscheinung verbarg sich ein bissiger Humor und ein empfindsames Herz. Letzteres floss in Rotz und Tränen über, als sie eines Tages bei Silvia und mir anklopfte und mit uns reden wollte. Sie berichtete über ihre Ehe mit Johannes, darüber, dass er sie nur ausgenutzt habe, sie hintergangen habe und von Anfang an geplant habe, sie finanziell auszunehmen. Nun verlangte er von ihr, umgehend die gemeinsame Wohnung zu verlassen. Das war empörend. Schließlich hatte Sieglinde die Wohnung finanziert. Er hatte lediglich beim Innenausbau geholfen und das auch nur äußerst unprofessionell.

Johannes, so berichtete die verstörte Sieglinde, habe sich einen Rechtsanwalt genommen, der bereits ein entsprechendes Schreiben an sie formuliert habe. Darin war angekündigt, dass Johannes sie mit der Summe von 60.000 Euro auszahlen werde. Wie er diese Summe aufbringen wolle, blieb unerwähnt. Als ich den Namen des Rechtsanwaltes im Internet recherchierte, war schnell klar, dass dessen Kanzlei mit großer Regelmäßigkeit Rechtsradikale vertrat und als Strohmann fungierte beim Erwerb von Immobilien, in denen sich dann rechte Schulungszentren etablierten oder rechte Buch- und Musikverlage ihre Niederlassung hatten. Ich hörte alle Alarmglocken schrillen. Sollten sich hier, auf unserem schönen Hardenhof, völkische Idioten festsetzen? Wollten Nazis unsere Ökosiedlung übernehmen? So abwegig war diese Befürchtung nicht.

Ich ließ damals die Menschen Revue passieren, die eine solche Übernahme kaum bemerkt hätten, die sogar gewisse ideologische Affinitäten erkennen ließen. Immerhin zeigten unsere Schamanin Barbara und auch die Ethnologin Margot eine Nähe zur Weltanschauung des germanischen Johannes. Auch die engelchannelnde Gundi – sie nannte ihre Engel lieber Schutzgeister und verstand sie als Teil des Ahnenkultes - und die radikalökologische Angela brachten dem öko-völkischen Denken einiges Interesse entgegen. Bademeister Roland und Busfahrer Volker waren autoritär strukturiert, politisch völlig indifferent, hätten also einer Übernahme der völkisch weichgespülten Nazis kaum etwas entgegenzusetzen. Sie waren anfällig und fanden es – wie sie sagten – geil, wenn sie als Germanen verkleidet mit Schwertern aufeinander einschlagen konnten oder Met aus Kuhhörnern tranken. Volker als leidenschaftlicher Handwerker bastelte gleich nach dem Besuch der Germanentruppe am Modell eines germanischen Langhauses.

Der erste Besuch der völkischen Kameraden fand an einem wunderschönen Septemberwochenende statt. Es rückten etwa 30 Germanen an. Sie fuhren bevorzugt Geländewagen und ausgebaute Lieferwagen. Einige brachten ihre Hunde und Kinder mit. Die Kinder waren in Tuniken gekleidet und mit Holzschwertern bewaffnet, tobten völlig distanzlos durch die Gebäude unserer Ökosiedlung und nahmen den Kampf gegen Rudis Kinder auf, die sie als „Kanacken" und „Neger" beschimpften – vermutlich, weil sie ihnen und ihren Eltern nicht blond und blauäugig genug waren.

Die Erwachsenen legten nach dem Aufbau ihrer Zelte auf unserer Obstwiese ebenfalls ihre germanische Freizeitkleidung an. Kleidung und Bewaffnung, erklärten sie, seien originalgetreue Nachbildungen von Funden, die in frühmerowingischen Gräbern gefunden worden seien. Dass sie die Merowinger großzügig den Germanen zuschlugen, irritierte niemanden. Doch schließlich wurde mir klar, dass die Staffage weniger wichtig war als die Gesinnung.

Die mitgereisten Frauen und Maiden – sie nannten die jungen Frauen und Mädchen tatsächlich so - bereiteten das Essen für ihre Familien vor. Die Männer legten sich ihre Kampfkleidung an, packten ihre Waffen aus und trainierten eine Schlachtsituation, die sie beim nächsten öffentlichen Reenectment vor großem Publikum aufführen wollten. Tatsächlich wurde die Germanen-Reenectment-Truppe oft für Mittelaltermärkte gebucht. Sie kämpften dort zum Beispiel mit den Wikingern. Mit diesen inszenierten Massenschlägereien ernteten sie viel Applaus. Auch das Zielwerfen mit germanischen Äxten war sehr beliebt. Als einer der Axtwerfer allerdings einmal seinen Oberkörper entblößte, auf dem der SS-Slogan „Meine Ehre heißt Treue" zum Vorschein kam, protestierte ein Abgeordneten der Linken. Aber bald war dieser Vorfall vergessen und die Germanen behielten ihre Tuniken auch dann an, wenn ihnen vom Kampf Mann gegen Mann warm wurde.

Auf ihrer Homepage verweist die Reenectment-Truppe, der sich Johannes angeschlossen hatte, darauf, dass sie engagiert wurden von ARD, ZDF und von diversen privaten Sendern. Die Reenectment-Truppe hatte einen Chef, der von den Honoraren leben konnte. Er konnte an Wochenenden bis zu 60 Freizeit-Germanen mobilisieren. Einige Germane konnten sogar ganz passabel reiten. Andere verfügten über muskulöse Oberkörper, über blonde Bärte und schulterlanges Haar. Die germanischen Frauen wirkten kräftig und kleideten sich so germanisch wie sie konnten. Tatsächlich wurden die Germanengruppe von rechtslastigen Historikern beraten. Sie traten dann in der Langen Nacht der Museen auf, zelebrierten ihre Axtwürfe und natürlich ihre Kämpfe.

Dabei gingen sie nicht zimperlich miteinander um. Ein dicker ganzkörpertätowierter Germane humpelte mit einer Knieverletzung und einem dicken Auge vom Schlachtfeld. Einem anderen wurde derart heftig auf seinen Helm geschlagen, dass ihm dieser nur mit Kameradenhilfe wieder vom Kopf zu entfernen war. Raue Burschen, diese Germanen, und mitten unter ihnen der kurzsichtige und bierbäuchige Johannes. Was er im Kampf an Körperkraft und Gewandtheit vermissen ließ, glich er durch sein feuriges Kampfgeschrei aus. Auch bemühte er sich rührend um seine Kameraden. Er reichte ihnen in den Kampfpausen Wasser, rühmte ihre Kampftechnik, ihre wilde Entschlossenheit und die Schönheit ihrer Waffen.

Während dieser Germaneninvasion auf dem Hardenhof bot auch unsere Schamanin Barbara mit ihrer netten Assistentin Angela ihre Dienste an. Sie versorgte die Kämpfer mit Tee, unterhielt sich mit den Germanenfrauen über germanische Heilmethoden und improvisierte am Abend eine Schwitzhütte. Sie versicherte, Schwitzhütten seien auch im alten Germanien üblich gewesen. Sie waren quasi mobile Saunen. Dazu ließ sie Volker, Roland und Hubert ein Geflecht aus Weiden erstellen, das mit Holzplanken verstärkt wurde. So entstand eine runde Hütte, die etwa einen Meter hoch war und im Durchmesser knapp zwei Meter betrug. Über dieses Geflecht ließ Barbara „Felle" legen – ersatzweise Zeltplanen. Barbara entschuldigte sich bei den Germanen für diese nicht ganz stilechte Improvisation. Selbst ich beteiligte mich am Bau der Schwitzhütte. Von solchen Gemeinschaftsaktionen wollte ich mich nicht ausschließen. Am Nachmittag war die Hütte fertig. Am Abend sollte das Schwitzhüttenritual unter Leitung unserer Schamanin Barbara zelebriert werden.

Barbara schätzte die Situation allerdings ein wenig falsch ein. Von den Schwitzhüttenaktivisten forderte sie ein striktes Einhalten eines von ihr verordneten Fastengebots: Keine Nahrungsaufnahme vor dem Schwitzhüttenritual, kein Alkohol. Den Germanen schien die Notwendigkeit dieser Einschränkungen nicht plausibel zu sein. Sie tranken in den Kampfpausen bereits kräftig Bier. Die mitgebrachten Germaninnen hielten sich genderkonform an Obstwein und Eierlikör. Am frühen Abend wurde dann das mitgebrachte Fass Bier angezapft und ein großer Grill in Betrieb genommen.

Barbara hielt trotz bierseliger Stimmung eisern an ihrem Schwitzhüttenritual fest. Zuerst wurde der vorbereiteten Holzstoß angezündet. In diesem Feuer sollten die Findlinge erhitzt werden, die dann in die Schwitzhütte transportiert wurden, um für die nötige Erwärmung zu sorgen. Die Germanen waren zu diesem Zeitpunkt bereits deutlich bezecht und begannen, germanische Lieder zu singen. Johannes grölte lautstark den Hit einer Nazi-Band: „Allvater Wotan soll unser Herrgott sein".

Das Schwitzhüttenritual begann bei Sonnenuntergang. Einige der Germanen versammelten sich gut gelaunt in Unterhosen eines deutschen Herstellers und T-Shirts der Marke Lonsdale vor der Schwitzhütte, die Frauen im Nachthemd oder T-Shirt. Auf Barbaras Kommando krochen wir in die enge Hütte und drängten uns aneinander. Neben mich drängte sich – wie sollte es anders sein - Bademeister Roland. Ihm schien der Körperkontakt zu gefallen.

Ich fand ihn widerlich. Dann trugen Volker und Barbara die heißen Steine in die Hütte.

Barbara drängte Volker hinein, schloss dann hinter ihm die Öffnung mit einer alten Wolldecke und griff zu ihren Rasseln. Sie rasselte – nur mit einem schmalen Slip und einem dünnen Unterhemd bekleidet – und sang ein offensichtlich improvisiertes Schamanenlied. Das schien einen weiteren Germanen zu interessieren. Auch er drängte sich noch in die Schwitzhütte, in der Hand ein biergefülltes Kuhhorn. Er trank einen kräftigen Schluck und redete lallend irgend etwas von germanischem Gruppensex. Barbara wies ihm einen Platz zu, erlaubte es aber nicht, dass er nach ihren unter dem Hemd baumelnden Brüsten grapschte. Dann murmelte sie eindringlich etwas von den Geistern der Erde, den Geistern der Luft und den Geistern des Feuers, die uns durchdringen sollten und goss eine vorbereitete Flüssigkeit über die heißen Steine. Als die Flüssigkeit zischend verdampfte, bemerkte der Germane kurz „Aufguss, keiner darf raus“ und kicherte beim erneuten Versuch nach Barbaras Brüsten zu fassen. Dieses Mal intervenierte ihr Mann Volker mit der Bemerkung, dass er doch darum bitte, die Würde unserer Schamanin zu achten und ihr Ritual nicht zu behindern. Der Germane murmelte so etwas wie eine Entschuldigung, trank aus seinem Kuhhorn und bot den Anwesenden davon an. Da es stickig heiß wurde, nahm ich dankend einen Schluck. Barbara kritisierte das mit der Bemerkung, ich unterminiere die Würde des Rituals.

Dann wurden neue Steine hereingetragen und mit dieser stinkenden Flüssigkeit begossen. Mir wurde ganz übel. Nun forderten Barbara und Angela im Chor unter energischer Betätigung ihrer Schamaninnenrasseln die bösen Geister auf, die Schwitzhütte zu verlassen. Im Einzelnen waren es die Geister der Zwietracht, des Neides, der Begierde und der Unduldsamkeit, die herauskomplimentiert werden sollten.

Inzwischen war es sehr heiß und das Atmen wurde schwer. Es wäre unerträglich gewesen, hätte nicht der anwesende Germane den Eingangsverschluss ein Stück beiseite geschoben. Nach der lautstarken Verabschiedung der unreinen Geister mit Ausrufen wie „gehet hinweg“ erklärte Barbara, wir könnten nun einen schamanischen Seelentrank zu uns nehmen, der uns heilsame Visionen bescheren würde. Sie reichte reihum jedem einen Schluck einer scheußlich schmeckenden Flüssigkeit mit einer hölzernen

Suppenkelle. Ich schluckte ein wenig von dem Sud und wartete. Zunächst einmal geschah nichts. Doch dann begann der spirituell leicht erregbare Franz-Josef zu zittern und zu jaulen. Ich war sehr beeindruckt. Barbara erläuterte, dass sich das Krafttier von Franz-Josef zu regen beginne. Daraufhin begann Franz-Josef erneut laut aufzuheulen. Zweifellos sollte das ein Wolfsheulen sein. Ein etwas originelleres Krafttier ist ihm zweifellos nicht eingefallen. Barbara sprach das Krafttier feierlich mit o, du Seelenwolf an. Ich vermutete, es sei eher eine Maus mit Sprachstörung.

Der Germane begann wieder zu kichern und grapschte dieses Mal nach den Brüsten von Sieglinde, die diesbezüglich deutlich mehr zu bieten hatte als Barbara. Doch Sieglinde fauchte ihn an, dass er es lassen solle, sonst würde er eins auf seine Germanennase bekommen. Der Germane trank und kicherte. Franz-Josef jaulte weiter und begann mit einer Art Singsang. Dann begann Angela etwas zu stammeln, dass sie Wunderbares rieche. Gundi stammelte etwas über Engel, die sie deutlich sähe. Die magere Margot glaubte sich von Toten umgeben, von den Seelen von Friedel und Doris. Auch Silvia begann sich im Takt der Rasseln rhythmisch hin und her zu wiegen. Alle außer mir schienen also von einer Art spiritueller Hochstimmung erfasst zu sein. Der böse Geist des Neides zerrte an mir und ich fragte mich, wann ich endlich einmal die Kontrolle über meine nörgelnde linke Gehirnhälfte verlöre. Meine inneren Kämpfe wurden unterbrochen, als der Germane einen riesigen Schwall Bier mit halbverdautem und schlecht zerkautem Schweinekotelett auf die heißen Steine kotzte. Der sich ausbreitende Geruch in der aufgeheizten und engbesetzten Schwitzhütte provozierte im Folgenden einen weiteren Magen zur spontanen Nachahmung und machte unmissverständlich klar, dass Barbaras schamanisches Fastengebot wenig Beachtung geschenkt worden war. Das feierliche Schwitzhüttenritual endete unschön. Allein Franz-Josef schien davon unbeeindruckt. Er heulte ekstatisch weiter und beruhigte sich erst wieder, als ihm der leergekotzte Germane den restlichen Inhalt seines halbvollen Kuhhorns über den Kopf kippte.

Ekel macht es mir noch heute schwer, an meine erste Schwitzhütte zurück zu denken. Mit dem nächsten Schwitzhüttenritual wartete Barbara dann auch ein knappes dreiviertel Jahr. Sie bestand nun darauf, dass nur wirklich spirituell begabte Männer und Frauen daran teilnähmen. Ich gehörte zu den Auserwählten, da ich schließlich über reichlich Schwitzhütten-

erfahrung verfügte und vor keinem bewusstseinserweiternden Kräutertrank mehr zurückschrak. Schließlich forcierte ich das Schwitzhüttenritual und überlebte nur knapp. Diese Erinnerung begieße ich heute Abend mit einem Brandy minderer Qualität.

19. September

Der allergische Germane Johannes betätigte sich sehr engagiert bei dieser völkischen Reenectment-Truppe. Er organisierte Treffen mit befreundeten Wikingern und mit verfeindeten Römern. In Nauen, in der Nähe von Berlin, half er seinen Kameraden beim Aufbau eines Germanen-Museumsdorfes. Dieses Museumsdorf sollte dort entstehen, wo 1934 die SS die Ausgrabung einer angeblich germanischen Siedlung betrieben hatte. Selbstverständlich distanzierten sich die Organisatoren entschieden und voller Abscheu vom Nationalsozialismus und von Neonazis, die dieses Museumsprojekt unterstützten. Ihr Ziel sei es lediglich, Schulklassen und Jugendgruppen anschaulich zu machen, wie unsere Vorfahren gelebt hätten. Von ahnungslosen oder germanophilen Kommunalpolitikern flossen ihnen Unterstützungsgelder zu. Schließlich würden diese engagierten jungen Menschen wissenschaftlich fundiert das Leben unserer Vorfahren erlebbar machen. Johannes schien auf dem besten Weg zu sein, eine Art Germanenfunktionär zu werden. Er fuhr mit seinem alten Jeep durch die Republik und unterstützte die Germanen, wo er nur konnte.

Bei uns im Hardenhof trat er als Mitglied einer Reenectment-Gruppe mit dem Namen „Slepnir“ auf. Auf ihrer Homepage gab sich „Slepnir“ seriös und moderat. Die Rede war von Kultur- und Heimatpflege und von Informationen über die früher in Deutschland ansässigen Bevölkerungsgruppen. Doch mit wenig Spürsinn ließ sich eine deutliche rassistische Grundhaltung erkennen. Sehr pluralistisch gehe es bei ihnen zu, offenbarten die allgemeinen Teile der Homepage. Doch die anschließenden persönlichen Passagen einzelner Mitglieder machten klar, dass sie „unsere“ germanische Götterwelt und das dazu gehörige Volk sehr lieb hatten. Also lauter stolze Deutsche, die einen Zusammenhang konstruierten zwischen vermeintlichen Germanen und ihnen selbst und die sich echten deutschen Werten und alten deutschen Tugenden verpflichtet fühlten.

Die Reenectment-Gruppe „Slepnir", in der Johannes so engagiert mitwirkte, unterhielt eine Zentrale im Sauerland, wurde mit ihren Reenectment-Darbietungen regelmäßig von Fernsehanstalten und sogar von Museen gebucht und hatte sich eine seriöse und politisch unverdächtige Fassade errichtet. Doch die Museumsauftritte fanden auf Veranlassung politisch höchst verdächtiger germanophiler Historiker statt. Einer hatte sich Initiativen konservativer Wissenschaftler angeschlossen, die sich seit den 1990er Jahren wiederholt gegen „Überfremdung" ausgesprochen hatten. Andere waren Mitglied von Burschenschaften, die von Antifaschisten als rechtsradikal eingestuft wurden. Einige hielten Vorträge in Veranstaltungen dubioser Bürgerinitiativen gegen den Bau von Moscheen oder Flüchtlingsheimen. Kurzum: Trotz aller Tarnung handelte es sich bei „Slepnir" um eine völkisch-rassistische Organisation mit besten Kontakten zum organisierten Rechtsradikalismus.

Johannes selber wandte sich vehement gegen diese Bewertung seiner Reenectment-Gruppe als rassistisch. Er sei kein Nazi, seine Freunde ebensowenig. Es sei so, dass wir als Deutsche nun einmal ein Volk bildeten, einen gemeinsamen Ursprung hätten, gemeinsame Sitten und Gebräuche und auch ein gemeinsames Ehrgefühl. Als der dickliche, halbblinde und insektenphobische Johannes uns das auf einer unserer Gemeinschaftsversammlungen zum ersten Mal erläuterte, musste Rudi noch laut lachen. Auch Hubert grinste. Doch der kräftige Bademeister Roland, die Ethnologin Margot und natürlich Schamanin Barbara hörten ihm ständig sehr aufmerksam zu und versicherten der Gruppe, dass es doch selbstverständlich sei, dass unterschiedliche Völker, die sich in unterschiedlichen Regionen entwickelt hätten, auch unterschiedlich dächten, fühlten und handelten. Deshalb sei es nun einmal so, dass wir uns vor Überfremdungen, vor allem vor der muslimischen, hüten müssten.

Margot hielt einmal sogar einen kleinen Vortrag. In ihrer Magisterarbeit habe sie einwandfrei nachgewiesen, dass es zu kulturellen Instabilitäten führe, wenn ein Volk mehr als 5 Prozent Kulturfremder dauerhaft dulde. Exemplarisch sei das in der östlichen Mongolei nachweisbar. Dort seien die traditionellen Naturreligionen und der heimische Schamanismus ausgelöscht worden von chinesischen Einwanderern, die nur kapp 20 Prozent der Gesamtbevölkerung ausmachten. Barbara traten Tränen in die Augen und Johannes versicherte, dass sie nicht zulassen würden, dass das bei uns auch so weit komme.

Hubert lenkte daraufhin ein: Ja, meinte er, das bedeute schließlich nicht, dass man die anderen als minderwertig betrachte. Es gäbe Unterschiede zwischen den Völkern. Schließlich entwickelten sich auch Pflanzen und Tiere in unterschiedlichen Gebieten unterschiedlich. Das müsse jeder ökologisch denkende Mensch auch einräumen. Das räumlich getrennte Zusammenspiel der Unterschiede bewirke eine weltweite Harmonie, nicht die gewaltsame und willkürliche Gleichschaltung aller Ökosysteme, zu der schließlich auch der Mensch gehöre.

Johannes fühlte sich bestätigt: Ja, so und nicht anders sei es. Und wenn jemand das als Nazi-Ideologie verunglimpfe, der habe von Anthropologie keine Ahnung und auch nicht von Humanökologie. Aus diesem Grunde sei eine Rückbesinnung auf unsere germanischen Ahnen auch so wertvoll. Wir müssten doch einsehen, dass wir mit der Kultur und Religion unseres Volkes aufs Innigste verwachsen seien. Alles, was wir von den Germanen wissen, deutet darauf hin, dass sie sehr gastfreundlich, naturverbunden und spirituell gewesen seien. Ihre Götter seien pluralistisch gewesen. Der autoritäre monotheistische Wahn sei orientalischer Herkunft und sei unserem Wesen völlig unangemessen. Deshalb müssten wir uns vom Christentum, das nichts weiter sei als eine jüdische Sekte, verabschieden und ebenso selbstverständlich von den Kirchen und ihrer naturzerstörerischen Ideologie, dass wir uns die Erde Untertan machen sollten.

An diesen Diskussionen versuchte ich mich nicht zu beteiligen, doch es gelang mir nicht so ganz. Es war einfach zu komisch, dass ein dickliches Männlein, das kaum einen Meter siebzig maß und ohne seine Brille nichts sah, sich als germanischer Volksgenosse aufbaute, seinen Göttern von jedem Glas Bier einen Schluck opferte und völkische Ideologien absonderte. Seine Kritik am Christentum und den Pfaffen konnte ich verstehen. Das war dann aber auch alles. Ich fragte behutsam, woher er und seine Genossen denn so viel wüssten über die Germanen. Die Germanen hätten schließlich ihre rudimentären Schriftzeichen nicht dazu genutzt, über ihre Religion und ihre Lebensgepflogenheiten zu berichten. Was wir über die Germanen wüssten, das hätten wir vom Römer Tacitus oder von den Pfaffen. Johannes ließ sich auf diese Diskussion nicht ein und versicherte: Archäologische Funde und intuitives Wissen ermöglichten es, uns über die germanischen Denk- und Gefühlswelten Aufschluss zu verschaffen. Schließlich seien wir selbst Germanen und hätten Zugang zur Welt unserer Ahnen.

Beim Wort „Intuition" brachte sich Barbara in Stellung. Sie hatte ihre Schamanenrasseln bei der Hand und rasselte, was die Erbsen in den Holzbehältern hergaben. So unterbrach sie Rudis spöttischen Ausruf, dass gegen Johannes Schrumpfgermanenideologie natürlich argumentativ nicht anzukommen sei. Barbara rasselte und räucherte und bat Johannes, ob er uns nicht mitnehmen könne auf eine Traumreise ins alte Germanien. Johannes stimmte freudig zu. Er bat uns alle, uns doch einzulassen auf diese unsere ureigenste Welt. In diesem Augenblick surrte ihm eine Biene um seine aufgeregt gestikulierenden Hände. Da der Germane Johannes, mit heftigen Asthmaanfällen auf Bienen- und Wespenstiche reagierte, geriet er in Panik, schlug mit den Händen um sich und rannte aus dem Gemeinschaftsraum. Ich gab meine mir selbst verordnete Zurückhaltung auf und rief ihm hinterher, es sei eindeutig eine germanische Biene, die Respekt hätte vor einem germanischen Herrenmenschen. Er brauche also wirklich keine Angst zu haben.

Dieser germanische Herrenmensch Johannes plante also, seine Frau aus der gemeinsamen Wohnung zu drängen. Sieglinde zeigte Silvia und mir das Schreiben des Rechtanwaltes. Johannes selbst hätte auf Nachfrage versichert, dass er sehr wohl mit Hilfe von Freunden in der Lage sei, Sieglinde auszuzahlen. Sieglinde weinte. Ihr ging es schlecht. Sie ließ sich krank schreiben, versank zeitweise in Depressionen. Doch bald erwachte ihr Kämpferherz: Sie konsultierte einen auf Trennungs- und Scheidungsfälle spezialisierten Rechtsanwalt und war nun fest entschlossen, Johannes und seinen Kameraden nicht kampflos das Feld zu überlassen. In der Ökosiedlung selbst schien allerdings Johannes die Mehrheit der Bewohner auf seiner Seite zu haben: Barbara und Volker, Angela und Franz-Josef, Hubert und vor allem Margot, Roland und Gundi stellten sich auf die Seite von Johannes. Nach dem Ableben von Friedel und Doris waren nur noch wir auf Sieglindes Seite und der Waldorflehrer Rudi und seine Frau Linde. Linde war empört darüber, dass Johannes nichts dagegen unternommen hatte, dass die Kinder seiner germanischen Kameraden ihre Kinder als „Kanacken" oder „Neger" beschimpft hätten, obwohl diese doch gar nicht so ausländisch aussähen.

Nach diesen Vorkommnissen kam nun Sieglinde zu uns und erwartete Hilfe. Für mich stand fest, dass etwas geschehen müsse. Als ökologisch denkender Mensch hatte ich bereits dem katholischen Friedel und seiner Brennnessel-Doris ein so anrührendes christliches Begräbnis verschafft, warum sollte ich nicht für Johannes ein germanisches Begräbnis in die Wege leiten? Mit den Giften der heimischen Flora musste ich mich vorerst zurück halten, um keinen Verdacht zu erregen – und wer weiß, wann es dieser Mittel noch einmal bedarf? Nun aber besann ich mich – als guter Ökologe und als Mensch mit passablen technischen Fähigkeiten – auf die heimische Fauna. Da ich Freude an der Natur habe, durchstreifte ich – meistens mit meiner Tochter – die Umgebung des Hardenhofs. Bei einem dieser Spaziergänge hatte ich beobachtet, wie sich wilde Bienen an der Wand eines zerfallenen Holzschuppens eine Bleibe eingerichtet hatten. Ihr Nest klebte zwischen Wand und Decke. Ich wusste, in den frühen Morgenstunden sind Bienen äußerst träge und friedlich.

Die Erinnerung verursacht bei mir eine eher trübe Stimmung. Vielleicht liegt es daran, dass sich dunkle Wolken vor die untergehende Sonne schieben, vielleicht auch daran, dass der germanische Johannes eine unbedeutende bierbäuchige Ratte war und kein ernsthafter Gegner. Vielleicht liegt es aber auch einfach daran, dass ich den palmerischen Rotwein einfach nicht mehr mag. Der Eichholzgeschmack ist zu dominant. Der Wein schmeckt unangenehm nach Leder.

An diesem Julimorgen wollte Johannes zu einer seiner Reenectment-Veranstaltungen aufbrechen. Im Internet war ein Event der Gruppe „Slepnir“ angekündigt. Weil die Antifas Veranstaltungen an den Externsteinen zur Zeit der Sommersonnwende verhinderten, wurde diese Feierlichkeit Anfang Juli nachgeholt. Johannes war selbstverständlich dabei. Mit seinem alten geländegängigen Jeep CJ-7 – Baujahr 1979 mit einem 4,2 Liter-Motor, wie Johannes bei jeder sich bietenden Gelegenheit stolz betonte – musste er sich an diesem Morgen gegen 5 Uhr auf den Weg machen, um die Veranstaltung vor Ort pünktlich organisieren zu können. Zuvor hatte er Barbara und Volker eine Mitfahrgelegenheit angeboten. Fünf Null Null hatte er die Uhrzeit präzise bekannt gegeben. Barbara hatte jedoch abgelehnt. Ihre Erfahrungen mit den wilden Germanen waren bereits seit dem großen Kotzen in der Schwitzhütte beeinträchtigt. Meine Abneigung gegen unsere Schamanin war zu dieser Zeit nicht unerheblich, sie reichte jedoch noch nicht, um ihre Seele in die von ihr oft spirituell besuchsweise aufgesuchte Geisterwelt zu schicken. So beschränkte ich mich auf den germanischen Johannes mit seiner Abneigung gegen die heimische Insektenwelt.

Mit dicken Handschuhen, einer gut abgeschlossenen Regenjacke und meiner Tauchermaske machte ich mich um vier Uhr morgens auf den Weg, löste vorsichtig einige unbewegliche Bienen aus dem Nest und verfrachtete sie in ein Glas. Bis zum Parkplatz von Johannes CJ-7 waren es nur einige hundert Meter. Das Öffnen der Motorhaube war kein Problem. Das Fahrzeug hatte von Außen zugängliche Verschlüsse, die Johannes Zurrosen nannte. Fast alle Militärfahrzeuget dieser Zeit hatten noch solche praktischen Motorraumverschlüsse, wie Johannes einmal erklärte. So war es nicht schwer, die von der morgendlichen Kühle noch trägen Bienen in der Lüftung des Fahrzeugs zu deponieren. Um Vier Drei Null, wie Johannes es ausgedrückt hätte, war alles erledigt. Ich ging zurück ins Haus, räumte meine Schutzvorrichtungen auf, spülte das Bienenglas aus und legte mich zurück ins Bett. Silvia hatte einen gesunden Schlaf. Sie war es gewohnt, dass ich nachts aufstand, um zu arbeiten. Doch an diesem schönen Julimorgen legte ich mich noch einmal zu ihr ins Bett. Wir schliefen bis sich Helena zu uns ins Bett legte. Ich harrte in freudiger Erwartung der Dinge, die da kommen sollten. Wenn alles so lief, wie es sollte, hatte die Welt einen überflüssigen Germanen weniger, wenn nicht, bedeutete das kein Risiko für mich. Bienen treiben sich auf dem Lande überall herum. Warum nicht in der Lüftung eines Jeep CJ-7, Baujahr 1979.

20. September

Die Ereignisse der folgenden Tage hielten mich längere Zeit davon ab, mich meiner lästigen Mitmenschen mit Hilfe nicht ganz legaler Methoden zu entledigen. Das heißt, ich glaubte, ich stünde unter dem Verdacht, einen grausamen Mord begangen zu haben. Der Stress setzte mir nachhaltig zu. Um den damaligen Schrecken an einem erneuten Aufleben zu hindern, genehmige ich mir einen dreistöckigen Brandy.

Beim späten Familienfrühstück klingelte der psychologische Rudi und fragte, während er an seinem Schnäuzer herumfummelte, ob wir es schon gehört hätten. Wie aus einem Mund fragten Silvia und ich, was los sei. Rudi berichtete, dass Sieglinde Besuch von der Polizei erhalten hätte. Johannes sei tot. Ich fragte besorgt, wie denn das hatte passieren können. Silvia sprang auf, rief dem irritierten Rudi zu, dass das ja wunderbar sei. Im Hinausgehen bat sie mich, Helena zu beschäftigen und rannte hinaus, um nebenan bei Sieglinde zu klingeln. Ich schaltete für Helena ihr Lieblingscomputerspiel ein. Dann rannte ich die Treppen hinunter, um zusammen mit dem etwas verwirrten Rudi die frisch gebackene Witwe zu besuchen. Unterwegs erklärte ich Rudi kurz, dass Sieglinde und Johannes seit Kurzem in Trennung lebten.

Die Polizei war immer noch bei Sieglinde. Ein junger Kriminalbeamter mit modischem Kurzhaarschnitt und einem wirklich ansehnlichen Bullen-Schnurrbart fing uns an der Tür ab. Sieglinde rief uns aus der Wohnküche schluchzend zu, dass Johannes ermordet worden sei. Mir wurde schwindlig. Ermordet? Es war doch ein Unfall. Ich wurde völlig starr und suchte Halt an der Eingangstür, die unter meinem Gewicht bis zum Anschlag aufschwang. Rudi fragte erstaunt, wer denn Johannes ermordet haben soll? Sieglinde heulte laut los und schrie, die Polizei habe sie in Verdacht. Ich hatte mich wieder so weit unter Kontrolle, dass ich einige Male tief ein- und ausatmete. Diese Atemtechnik wende ich noch heute an, wenn ich mich bedrängt fühle. Eine Stimme aus dem Hintergrund beruhigte Sieglinde. Silvia rief Sieglinde zu, sie solle ohne ihren Anwalt nichts sagen. Der junge Polizist drängte uns nun endgültig aus der Tür.

In diesem Moment fuhren zwei weitere Polizeiwagen in den Hof, ein Bulli und ein großer Golf. Aus dem VW-Golf stiegen zwei Männer und eine Frau aus. Alle so etwa 40 bis 50 Jahre alt, die Frau eher älter, vielleicht fünfzig. Sie wirkte drahtig und energisch. Bei Sieglinde fand eine Hausdurchsuchung statt. Silvia, Rudi und ich standen in unserer Haustür und beobachteten die Ereignisse. Ich nahm tröstend Silvia in den Arm. So konnte ich mich selbst etwas beruhigen. Der Schnauzbartbulle bat uns, ins Haus zu gehen. Die Polizeiabteilung schleppte im Laufe der nächsten Stunde einige Kisten Material aus dem Haus von Sieglinde und Johannes. Auch den Abstellraum der beiden durchsuchten sie offensichtlich sehr gründlich und fanden einiges. Später erfuhren wir, dass es sich um

Johannes Germanen-Waffen gehandelt habe. Auch CDs, Flugblätter, Broschüren und verpackte T-Shirts beschlagnahmten sie.

Ich war immer noch verwirrt. Hatten sie vielleicht die Bienen entdeckt? Wusste die Polizei, wie hysterisch Johannes auf sie reagierte? Ich beruhigte mich: Und wenn schon. Niemand hatte mich gesehen. Niemand konnte mir etwas nachweisen. Außerdem hatte ich kein Motiv, kein offensichtliches jedenfalls.

Dann klingelte die graue Polizeibeamtin zusammen mit dem Schnauzbartbullen bei uns und bat höflich um ein Gespräch. Ich fragte zuerst, was denn geschehen sei. Wir wüssten nur, dass Johannes tot sei. Das sei richtig, bestätigte die graue Beamtin. Sie stellte sich als Hauptkommissarin vor. Ja, Johannes Kieseritzky sei tot. Und er sei eines nicht-natürlichen Todes gestorben. Deshalb seien sie hier und ermittelten. Man habe Herrn Kieseritzky vermutlich mit seinem eigenen Schwert erstochen, von hinten. Dann sei er noch gegen einen Baum gefahren. Wie das alles habe passieren können, wisse man noch nicht. Ich atmete befreit auf. Doch dann war ich völlig irritiert. Nicht die Bienen haben für sein Ende gesorgt, sondern eine Stichwaffe. Wer sollte Johannes im Auto erstochen haben? Vielleicht Sieglinde? Zutrauen würde ich es ihr. Sie ist ein Mensch mit Charakter. Vielleicht haben ihn seine eigenen Kameraden erledigt. So etwas kommt bei den Nazis vor. Da kennen die nichts, wenn jemand unter dem Verdacht steht, ein Verräter zu sein.

Die Beamtin beobachtete mich. Ich gab mir Mühe, schockiert und nicht erleichtert zu wirken. Wie sollte Johannes im fahrenden Auto erdolcht worden sein? Wie sollte der Mörder dann das Auto verlassen haben, bevor es gegen den Baum prallte? Völlig unmöglich, dass die füllige und für ihre Wendigkeit nicht gerade bekannte Sieglinde das bewerkstelligt haben sollte.

Die nette Kriminalhauptkommissarin wiederholte, dass sie noch keine ausreichenden Erklärungen über den Tathergang hätten. Sie müssten sich zunächst ein umfassendes Bild von der Lage machen. Sie fragte uns nach der Beziehung zwischen Sieglinde und Johannes. Silvia erzählte, dass Johannes in der letzten Zeit häufig weg gewesen wäre. Er hätte sich mit seinen Germanenkollegen amüsiert. Sie hätten Reenectments aufgeführt und gefeiert.

Die graue Hauptkommissarin bat uns um unsere Einschätzung der Germanengruppe. Ich ließ durchblicken, dass politisch höchst zwielichtige Leute dort mitgewirkt hätten. Einer hätte bei Übungskämpfen auf dem Hof sein Hemd ausgezogen und das SS-Motto „Meine Ehre heißt Treue" sei auf seiner Brust eintätowiert gewesen. Auch andere Symbole und Runen hätten die merkwürdigen Kameraden auf ihre Arme verewigen lassen. Die Ökogemeinschaft, also wir und unsere Nachbarn, hätten aber mit diesen Nazi-Spinnereien nichts zu tun gehabt. Doch Johannes habe sich mehr und mehr mit diesen Leuten angefreundet. Mit dieser Aussage hoffte ich, Sieglinde entlasten zu können, falls sie tatsächlich ihren Johannes abgestochen haben sollte.

Die Beamtin fragte uns direkt, ob wir es für möglich hielten, dass Sieglinde Johannes umgebracht habe. Silvia und ich verneinten das sehr energisch, verwiesen aber nochmals auf Johannes Germanenkumpanen. Darunter seien üble Burschen gewesen, meinte Silvia. Danach zog die Beamtin weiter zu Barbara und Volker und stellte ihnen, wie wir später erfuhren, die gleichen Fragen.

Am Nachmittag war der Polizeispuk beendet. Sieglinde klingelte bei uns und teilte uns mit, dass Johannes so um Fünf Eins Null mit seinem CJ-7 von der Straße abgekommen und gegen einen Baum geprallt sei, gegen eine dicke deutsche Eiche, wie sie konkretisierte. Das Auto sei Schrott. Doch in Johannes Kopf habe sein Schwert gesteckt: Rechts hinten sei das Schwert in seinen unteren Hinterkopf eingetreten, so die Information der Polizei. Johannes habe nicht leiden müssen. Es sei alles ganz schnell gegangen. Er sei gleich tot gewesen, mausetot, erklärte die erleichterte Sieglinde. Silvia stellte sich auf die Zehenspitzen und nahm Sieglinde liebevoll in den Arm. Sieglinde vergoss einige Tränen, wirkte aber erstaunlich gefasst. Sie versicherte uns, sie sei das wirklich nicht gewesen, obwohl sie ja schon daran gedacht habe. Schließlich wollte Johannes, dieses verlogene Arschloch, sie aus ihrem Haus verdrängen.

Die nette Polizeibeamtin habe ihr gegenüber aber die Vermutung geäußert, dass es auch möglich sei, dass die Waffe durch den Aufprall beim Unfall nach vorn geschleudert worden sei, in den Nacken von Johannes beziehungsweise in dessen Kleinhirn. Die Gerichtsmedizin werde das in den nächsten Tagen alles rekonstruieren, habe die Hauptkommissarin versichert. Nicht nur Sieglinde, auch ich war durch diese Information beruhigt.

Zwei Tage später erhielt Sieglinde die Bestätigung des vermuteten Unfalltodes. Die Unfallsachverständigen hatten nichts Ungewöhnliches gefunden. Die Gerichtsmedizin habe zweifelsfrei festgestellt, dass Johannes wohl infolge seines Restalkohols von 0,9 Promille die Kontrolle über seinen CJ-7 verloren habe und dann mit etwa 90 Stundenkilometer gegen den äußerst soliden und deshalb weitgehend unbeschädigt gebliebenen Baum gefahren sei. Das Schwert habe Johannes grob fahrlässig auf einer Kiste auf dem Rücksitz abgelegt. Es habe ihn dann durch den enormen Aufprall von hinten durchbohrt. Es sei ihm neben die Wirbelsäule ins Kleinhirn gedrungen und aus dem Mund wieder ausgetreten. Der breite Griff des Schwertes habe ein vollständiges Durchschlagen der Waffe verhindert. Dann sei Johannes mit seinem Schwert in Kleinhirn und Mund aus dem Auto katapultiert und gegen die Eiche geschleudert worden. Sieglinde ergänzte bei ihrem Bericht, er sei wie ein echter Germane durch das Schwert gefallen. Ich bestätigte, dass sich in heutiger Zeit ein Germane keinen germanischeren Tod wünschen könne: Seine Ehre hieß Treue.

Die Polizei informierte Sieglinde ferner darüber, dass sie drei weitere Stichwaffen und zwei mit Hakenkreuzen verzierte Schilder im Umkreis von 20 Metern gefunden habe. Auch diverse Tonträger, Flugblätter und Bücher hätten die Beamten aufgefunden. Drei Wochen später lieferte die Polizei die im Haus von Sieglinde und Johannes beschlagnahmten Materialien ab. Einige CDs, die auf dem Index standen, behielten sie, auch die mit Hakenkreuzen verzierten Schilde und Messer. Auch die im Unfallwagen befindlichen Gegenstände wurden ihr ausgeliefert, sogar das Schwert, dass seinem Leben ein Ende machte, bevor er mit demselben gegen die Eiche prallte.

Die kämpfenden germanischen Kameraden holten sich das Material ab, das die Polizei nicht beschlagnahmt hatte. Kistenweise schleppten sie CDs, Flugblätter, Broschüren und Bücher aus Sieglindes Wohnung. Einige erkundigten sich so diskret, wie es ihnen möglich war, ob Johannes noch ein Versteck gehabt habe. Sie vermissten also offensichtlich noch anderes Material. Die Germanen klopften Wände ab, fragten nach Abstellräumen und Kellern, fanden offenbar aber nicht das, was sie suchten. Ich hatte damals den Verdacht, das Johannes irgendwo auf dem Gelände Schusswaffen versteckt hatte.

Das Wetter hat sich hier auf La Palma übrigens wieder beruhigt. Die schwarzen Regenwolken haben sich Richtung Westen davon gemacht. Einige weiße Wolken sind noch zu sehen. Doch bis sie die Sonne verdecken, wird noch mindestens eine Stunde vergehen.

Sieglinde ordnete eine anonyme Urnenbestattung an. Das war die billigste Möglichkeit, Johannes sterbliche Überreste zu entsorgen. Mit ihrem Einverständnis zelebrierte unsere Schamanin Barbara eine Abschiedsfeier. Auf ein Schwitzhüttenritual verzichtete sie. Statt dessen entzündete sie feierlich ein Feuer in der Feuerschale, tanzte singend und rasselnd um die Feuerschale herum und verteilte ihren Kräutertrunk. Er enthielte einige spirituell wirksame Substanzen, erklärte sie, die uns den Kontakt zu Johannes ermöglichten. Auch die achtköpfige Abordnung der Reenectmentgruppe „Slepnir" waren anwesend. Sie verschmähten Barbaras scheußlich schmeckenden Kräutertrunk, hatten aber ein kleines Fass Bier mitgebracht, das sie an diesem Abend zu Ehren von Johannes leerten. Ein dicker Germane mit Glatze brüllte einige Male, dass sie sich einst in Walhalla wiedersähen. Mit einem „Heil Odin" antworteten seine Kameraden. Die Germanen übernachteten in ihren Zelten. Am Mittag des folgenden Tages verließen sie endgültig den Hardenhof. Mit der unfreiwilligen Übersiedlung des germanischen Johannes nach Walhalla war eine Übernahme des Hardenhofs durch völkische Kräfte endgültig abgewehrt. Sie konzentrierten sich jetzt auf die von ihnen initiierten vermeintlich historischen Germanensiedlungen in Nauen und im Thüringer Wald.

Ich frage mich, ob Sieglinde nicht doch vermutete, dass gewisse Manipulationen das Ableben ihres Lebensgefährten beeinflusst hatten. Sie lud Silvia, mich und unsere Tochter etwa zwei Monate nach dem Tod ihres Germanen zu einem formidablen Essen ein mit Champagner und edlen Weinen. Sie feierte mit uns, wie sie es formulierte, das Verschwinden des größten Fehlers ihres Lebens.

21. September

Die Verhältnisse auf dem Hardenhof normalisierten sich schnell. Johannes und seine Germanen waren schnell vergessen. Sieglinde wohnte weiterhin auf dem Hardenhof und fühlte sich dort sehr wohl. Silvia und sie wurden im Laufe der Jahre beste Freundinnen und ab und zu hatte Sieglinde auch Liebhaber, doch es entwickelte sich nichts Eheähnliches. Auch der Verlust der beiden Brennnesselliebhaber Friedel und Doris wirkte nicht nachhaltig. Die Erben der beiden hatten die geschmackvoll ausgebaute neue Wohnung der Verstorbenen einem Makler anvertraut, der es lange Zeit vergeblich versucht hatte, sie zum eher geringen Preis von 210.000 Euro zu verkaufen. Interessenten gab es reichlich. Doch unsere spirituelle Gemeinschaft stellte offensichtlich ein Kaufhindernis dar. Silvia und ich bemühten uns stets sehr um die Kaufwilligen, machten sie mit den Eigenheiten der Nachbarn bekannt und stellten sie ihnen vor. Auch der anthroposophische Rudi und seine Frau Linde waren sehr engagiert. Linde war vor allem an Familien mit Kindern interessiert und versprach sich davon Kooperationsmöglichkeiten, damit sie ihrem Job als Hebamme wieder besser nachgehen könne.

Doch das Interesse am Kauf der Wohnung nahm spätestens dann ab, wenn ich den Kaufinteressierten „unsere Schamanin" vorstellte oder „unsere" Engelchannlerin Gundi alias Valanga. Waren die Kaufwilligen besonders hartnäckig oder besonders notorische Esoteriker, half meistens eine Tasse Tee bei Angela, die zum selbstgemachten Lindenblütentee ihre selbstgebackenen zuckerlosen Staubkekse anbot und die Kaufinteressierten mit ihren radikalökologischen Ideen konfrontierte: Auf dem Hardenhof solle niemand mehr ein Auto haben. Nur die Energie solle verbraucht werden, die auch selbst produziert werde. Nur das solle gegessen werden, was hier auch werde. Wer Fleisch essen wolle, müsse auch die Tiere selbst schlachten. Ihre noch weiter gehenden Pläne wolle sie Stück für Stück auf dem Hardenhof umsetzen. Ich versicherte den Kaufanwärtern dann, dass sich Angela bislang immer mit dem durchgesetzt habe, was sie für richtig halte und verwies auf den Hühner- und Schafstall in unmittelbarer Nähe des Hauses. Die Kaufinteressenten, die das nicht vom Hof trieb, den erzählte ich ganz im Vertrauen vom sexuell übergriffigen Erotomanen Roland, dem selbst langwierige Psychotherapien nicht helfen konnten. Gewalttätig sei er auch. Beiläufig erwähnte ich, den brutalen Faustschlag, den er mir während einer Gemeinschaftszusammenkunft verpasst hatte. So musste der Makler den Erben von Friedel und Doris mehrmals eine deutliche Preisreduzierung empfehlen.

Nach etwa anderthalb Jahren fand sich dann doch ein älteres Ehepaar mit fünf Hunden bereit, 130.000 Euro zu zahlen. Sie wollten auf dem Hardenhof eine Pension für einsame, verlassene und greise Hunde betreiben und fanden für ihr Vorhaben in Angela, Gundi und Barbara eifrige Fürsprecher. Obwohl ich selbst ein großer Tierfreund bin, sie deshalb nur selten esse und meiner Tochter eine niedliche Katze zum Geburtstag geschenkt hatte, machte mich die Aussicht, 15 oder mehr kläffende und jaulende Köter auf dem Hof zu haben, nervös. Stinkende Hühner, scheißende Schafe und meckernde Ziegen waren nur schwer zu ertragen, doch wenn nun noch die Lärmbelästigung durch eine Herde Köter hinzu kämen, wäre jedes Maß überschritten.

Mich rettete der Eigentümervertrag, den wir alle nach der Verteilung der Häuser abgeschlossen hatten. Er sicherte anderen Eigentümern ein Vorkaufsrecht zu. Das heißt, ein Eigentümer hatte das Recht, eine zum Verkauf stehende Wohnung zum ausgehandelten Preis zu erwerben. Davon machte ich zur Überraschung der anderen Ökosiedler Gebrauch. Mein Softwareunternehmen war auf Erfolgsspur. Davon ahnten meine Nachbarn nichts. Zwar arbeitete Jan, mein inzwischen festangestellter Mitarbeiter in meinem Büro oberhalb unserer Wohnung. Doch von den inzwischen drei Teilzeitkräften, die für mich arbeiteten, war nichts bekannt. So konnte ich mir die Wohnung von Friedel und Doris zum Schnäppchenpreis von 130.000 Euro unter den Nagel zu reißen. Barbara, Angela und Gundi schäumten vor Wut und der cholerische Roland drohte mir in der nächsten Eigentümerversammlung an, unser Haus abzufackeln und mich krankenhausreif oder gar tot zu schlagen. Ich merkte mir das.

Ich vermietete die Wohnung an eine fünfköpfige Familie plus Großmutter. Eines der Kinder war ein Mädchen im Alter von Helena und Rudis Tochter Clodhilde. Sie ging mit Helena zusammen in den Kindergarten und dann zur Schule. Steven und Natascha, so hießen meine Mieter, hatten ein kleines Friseurgeschäft im Nachbardorf. Den Mietpreis gestaltete ich ihren bescheidenen Einkommensverhältnissen entsprechend sehr human. So hatten wir fügsame und freundliche Nachbarn, die sich gegenüber den esoterischen und radikalökologischen Ideen als äußerst resistent erwiesen. Nach einer hartnäckigen Bearbeitung von Angela erklärte sich der stets freundliche Friseurmeister Steven dazu bereit, in seinem Frisiersalon eine Ökodauerwelle anzubieten. Angela, Gundi und Barbara und ihre Gesinnungsgenossinnen gehörten nun zu seinen zahlenden Kundinnen.

Besonders durchgeknallt erschien den meisten Kaufanwärtern übrigens Gundi. Nicht so sehr wegen ihrer Schafzucht. Ihr Umgang mit Schafen war schon merkwürdig genug: Schafe gingen in ihrer Küche ein und aus, hinterließen dort ihre Köttel und aßen den versalzenen Schafskäse. Doch mehr als Gundis Schafspädagogik machte sie den Kaufinteressierten ihr Engelchannling suspekt. Dabei war Gundi damit inzwischen sehr erfolgreich. Einmal kam sogar eine Truppe des Fernsehsenders SAT1 und filmte sie bei der Arbeit. Der Bericht wurde dann allerdings nicht ausgestrahlt. Trotzdem verdiente Gundi inzwischen nicht wenig Geld mit ihrem Channeling. Einmal pro Woche traf sich eine größer werdende Gruppe im Gemeinschaftsraum.

Einige Male nahm ich auch teil. Derlei esoterische Inszenierungen interessierten mich sehr. Als eher nüchterner Mensch fragte ich mich immer, wie so etwas funktionieren kann. Auch von unserem Reinkarnationstherapeuten Hubert wollte ich mich in frühere Leben zurückversetzen lassen. Ich, beziehungsweise Hubert, scheiterte damit vollständig. Andererseits hatte ich genug spirituelle Erfahrungen machen dürfen, um Kontakte mit Engeln für möglich zu halten.

Tatsächlich kamen wöchentlich zuerst 10 bis 12 Leute zusammen, dann – nach einem einfühlsamen Bericht in der Zeitschrift „Esotera“ - deutlich mehr. Jeder Teilnehmer und jede Teilnehmerin zahlten 20 Euro – später wurden die Preise drastisch erhöht - und lauschten dann Gundi, die in weiten rosa oder violetten Flatterkleidern ein Engelmedium mimte. Als Medium nannte sie sich Valanga. Dass sie ein Medium mimte. „Mimte“ ist vielleicht ein wenig unfair formuliert. Sie glaubte ja mit der steigenden Zahl ihrer Anhängerinnen wahrscheinlich tatsächlich daran, dass sie Kontakt zu den Schutz-, Führungs- und diversen anderen Engeln aufnehmen konnte. Auch Verstorbene gaben ihr bereitwillig Auskunft.

Ein bisschen Zauber musste allerdings sein. Zu Beginn jeder Sitzung entzündete Gundi eine Unzahl von stinkenden Kerzen und legte ein Seil in Spitalform vor sich auf den Boden. Die Spirale sollte die Energie konzentrieren. Ich nannte es despektierlich den Engellandeplatz. Wichtig waren auch Reinigungszeremonien. Zuerst übernahm unsere Schamanin Barbara diese Säuberung des Raums von umherirrenden Seelen, die noch nicht den Weg ins Licht gefunden hätten. Gundi hielt diese Seelensäuberungsaktion anfangs noch für unabdingbar, später dann, als ihr Mann Roland sie mit unserer Schamanin betrog und sie als Letzte auf dem Hof etwas davon mitbekam, übernahm Gundi das Reinemachen selbst. Sie bat die verlorenen Seelen höflich, den Raum zu verlassen und das Licht zu suchen. Das hatte sie vermutlich aus den Hollywood-Filmen Poltergeist Teil eins bis drei. Meistens folgten die unerwünschten Seelen dieser Bitte, doch es gab auch hartnäckige Fälle, die dann heftig angebrüllt werden mussten.

War dann endlich der Raum spirituell sauber, fassten sich die in Kreisform am Boden sitzenden Engelgläubigen an der Hand. Gundi ließ die Anwesenden einige Atemübungen machen, zu denen sie vermutlich das Buch „Yoga für Anfänger" inspirierte. Wenn die Gruppe zu unruhig war, schloss sie noch eine kleine Chakrenmeditation an. Das half immer. Besonders sorgfältig meditierte sie dann über das Kronenchakra, also jene Instanz, die es erlaubt, Kontakt mit der Weltseele aufzunehmen. Gundi selbst schien gewisse Probleme mit der Öffnung dieses Chakras zu haben. Später half ich ihr dabei.

Nach diesen Vorbereitungen sangen sie alle ein dreimaliges Om und Gundi fiel in eine Art Trance, während der sie sich bemühte, möglichst würdevoll und kryptisch zu reden. Nun war sie nicht mehr Gundi sondern trug den Namen Valanga. Sie wackelte im Sitzen ein wenig hin und her, hielt eine kleine und meistens schlechte Rede – etwa darüber, dass Schafzucht die Seele erleuchtet, oder dass das Essen von Süßigkeiten ungesund sei – und bat dann die Anwesenden anschließend um Fragen. Das war dann der meistens hinlänglich unterhaltsame Höhepunkt des Abends.

Anfangs amüsierte ich mich noch prächtig bei diesen Channelings. Einmal fragte zum Beispiel ein verzweifelter Teilnehmer den Engel, woran es liege, dass er Erektionsstörungen habe. Gundi alias Valanga therapierte ihn, indem sie ihm ernsthaft empfahl, frischen Knoblauch zu essen. Einen Monat später versicherte der Teilnehmer, die Erektionsstörungen seien behoben, doch seine Freundin hätte keine Lust auf Sex, wenn er so bestialisch nach Knoblauch stinke. Gundi regte an, seine Freundin mit Knoblauch zu füttern. Doch der ehemals Erektionsgestörte schloss das aus, weil seine Freundin Knoblauch nicht vertrage. Diese knoblauchinkompatible Beziehung scheiterte, doch der treue Engelgläubige fand eine gleichgesinnte Engelgläubige, die sich seiner annahm und gerne mit ihm Knoblauch aß.

Von den etwa fünf Channelings, an denen ich – mit 50 Prozent Rabatt – teilnahm, waren die meisten allerdings langweilig. Die zahlende Kundschaft fragte nach dem Namen ihrer Schutzengel oder Führungsengel. Gundi erwies sich bei der Namenwahl als nicht sehr einfallsreich. Es gab jede Menge Michaels, Gabriels und Uriels. Nach einem Hinweis ihrer Freundin Angela griff sie dann auch zu ganz normalen Namen. Doch darauf reagierten ihre Kunden mit wenig Sympathie. Wer will schon einen Schutzengel mit dem schnöden Namen Nadine oder Kevin?

Tragisch fand ich Channelings, in denen Teilnehmerinnen – meistens waren es Frauen – Gundi darum baten, Kontakt zu Verstorbenen aufzunehmen. Gundi – alias Valanga – versicherte dann meistens, der jüngst verstorbenen Oma gehe es gut und der tote Opa amüsiere sich prächtig im Jenseits. Als einmal eine herzerweichend weinende 16-Jährige um einen Kontakt zu ihrer vor drei Wochen elend an Krebs verstorbenen Mutter bat, geriet Gundi merklich ins Schwitzen. Sie murmelte etwas davon, dass Valanga die Verbindung herstellen müsse. Dann zögerte sie. Der Empfang sei schlecht. Doch dann versicherte Gundi dem schluchzenden Mädchen lapidar, der Toten gehe es dort, wo sie jetzt sei, gut. Das Mädchen schluchzte laut auf. Dann ergänzte Valanga korrigierend, dass ihre Mutter sie selbstverständlich schrecklich vermisse. Ihre verstorbene Mutter sei noch eine längere Zeit bei ihr, habe sie sehr lieb und werde ihr so lange helfen, bis sie alleine leben könne. Sie wisse den Weg ins Licht und werde nicht von den Kräften des Dunkels angezogen. Es sei also alles in Ordnung.

Die 16-Jährige fragte dann, ob ihre Mutter sie jetzt höre. Gundi alias Valanga bejahte diese Frage. Das Mädchen fragte nun ihre Mutter direkt, ob ihre Mutter ihr noch etwas zu sagen habe. Sie habe so Vieles nicht verstanden mit Papa, warum sie das alles zugelassen habe. Das war das letzte Channeling, an dem ich teil genommen habe und ich stand kurz davor, zu intervenieren. Das ging mir zu weit. Es ist in Ordnung, durchgeknallte Esoteriker für eine oft schlechte Show bezahlen zu lassen. Die haben es nicht anders verdient. Etwas anderes ist es, die Trauer und den Schmerz von halben Kindern zu benutzen, um Geld zu verdienen oder genüsslich Macht auszuüben. So etwas ist widerlich. Meine Abscheu vor Angela wuchs. Mir wurde klar, dass konnte ich nicht zulassen, die stinkenden Hühnerställe ebensowenig. Bei dem aufschluchzenden Mädchen wuchsen offenbar Zweifel an der Kompetenz des Mediums. Sie fragte Valanga sehr höflich nach dem Namen und dem Aussehen der Mutter. Gundi alias Valanga versicherte ihr mit gesteigertem Pathos in ihrer Stimme, dass die Toten keinen Namen hätten und dass sich das Aussehen post mortem selbstverständlich ändere. Nach ihrem Tod sei die Aura der Seelen ungleich schöner als hier auf der Erde.

Das Mädchen gab sich damit nicht zufrieden. Sie schluchzte herzzerreißend auf. Dann machte Gundi einen Fehler. Sie machte eine große Geste, stieß einige Ohs und Ahs aus und versicherte, sie empfinge von einem Engel das Bild. Ihre Mutter sei als junge Frau eine äußerst schlanke und feingliedrige Erscheinung gewesen. Ich vermute, in ihrer Not orientierte sich Gundi am Aussehen des zarten Mädchens, das diese Fragen stellte. Das war allerdings ein Irrtum: Das Mädchen sprang auf und schrie Valanga an, ihre Mutter sei groß und dick gewesen. Valangas Autorität begann nun gewaltig ins Rutschen zu geraten und sie versicherte den Anwesenden, der Astralkörper der Toten sei schlank und fein gewesen. Vielleicht sei diese Diskrepanz zu ihrem verstorbenen physischen Körper die Ursache für ihre Krebserkrankung gewesen.

Derlei Unfälle passierten immer weniger. Gundi alias Valanga erkundigte sich bei ähnlichen Fragen in Zukunft zunächst nach dem Namen und der Erscheinung zu Lebzeiten. Oft erklärte sie, die Bilder, die ihr durchgegeben würden, seien etwas unscharf. Manchmal, wenn die Fragen zu knifflig wurden oder wenn Gundi keine Lust hatte sich anzustrengen, machte sie auch dunkle Kräfte für die mangelhafte Empfangsqualität verantwortlich und reinigte noch einmal den Raum von dunklen Kräften.

Heute verhindert ein Wolkenkeil den Blick auf die untergehende Sonne. Es wird langsam Herbst. Ich freue mich auf die Herbstferien in zwei Wochen. Dann kommen Silvia und Helena. Vielleicht bringen sie auch Sieglinde mit.

22. September

Das Leben auf dem Hardenhof entwickelte sich zunächst sehr positiv. Es gab nun sieben Kinder – die drei von Rudi und Linde, unsere Tochter Helena und die drei unkomplizierten Kinder der netten Friseure. Shiva-Regina hatte mit 18 Jahren fluchtartig den Hardenhof verlassen, nachdem sie eines späten Abends lautstark auf dem Hof ihren Stiefvater Volker als Kinderficker und ihre Schamanenmutter als durchgeknallte Esotante beschimpft hatte, um danach bei Silvia um eine Übernachtungsmöglichkeit zu bitten. Shiva-Regina fand in den nächsten Tagen Unterschlupf in einer sozialpädagogisch betreuten Mädchenwohngemeinschaft in Hannover. Silvia hatte das für sie organisiert.

Unruhe verursachte Roland. Er hatte zunächst ein Verhältnis mit unserer Schamanin Barbara. Als der busfahrende Volker nach einem halben Jahr als Letzter davon erfuhr, machte er einen Aufstand. Er stellte Roland auf dem Hof, rempelte ihn grob an, woraufhin ihn Roland mit einem fulminanten KO-Schlag außer Gefecht setzte - und das mitten auf dem Hof im Beisein der Kinder. Als Volker wieder wach wurde, gab Roland feierlich bekannt, die Affäre mit Barbara zu beenden. Er wollen den Frieden auf dem Hardenhof nicht gefährden.

Volker wollte die Trennung von Barbara, aber er wollte sie sehr zaghaft. Auf den prügelnden Roland war er zunächst sehr wütend, doch dann lenkte er ein und einigte sich mit Roland darauf, dass das schließlich jedem Mann einmal passieren konnte. Barbara versicherte ihm, Schamaninnen hätten das Recht, gelegentlich Außenbeziehungen zu haben. Das würde den spirituellen Stand der Gruppe erhöhen. Vielleicht aber blieben die beiden auch zusammen, wegen dem, was Shiva-Regina Volkers „Kinderfickerei" nannte. Er blieb bis auf sein Ende in der Schwitzhütte auf Barbaras Tochter Shiva-Regina fixiert. Außerdem banden Barbara und Volker die gemeinsamen finanziellen Verpflichtungen aneinander. Das Haus musste abbezahlt werden.

Die Auseinandersetzung endete damit, dass Barbara und Roland tatsächlich ihre Affäre beendeten. Barbara und Volker blieben zusammen. Kurz danach begann Roland eine Liaison mit radikalökologischen Hühnerzüchterin Angela. Meine Tochter Helena und ihre Freundin hatten sie - ich kalauere einmal ein wenig - am Montag und Mittwoch Nachmittag, wenn Roland seine freien Tage hatte, beim Vögeln im Hühnerstall erwischt. Die beiden Kinder hatten ihre Spielkameradinnen im Dorf zur Beobachtung eingeladen. Die Tochter meines Mieters hatte dafür sogar Eintritt verlangt. Bei einer unserer eskalierenden Auseinandersetzungen um die häusernahe Lage des Hühnerstalls habe ich gegenüber Angela angemerkt, dass sie offensichtlich Hühner als Aphrodisiakum benötige. Wenn es das sei, solle sie doch gleich ein Separee im Hühnerstall einrichten, den Hühnerstall aber bitte außerhalb der Geruchs- und Gehörreichweite.

Die verwitwete Sieglinde wusste, was die erotischen Komplikationen auf dem Hof anbelangte, genau Bescheid. Der Hühnerstall wirkte offensichtlich auf Roland nur befristet anregend. Er wandte sich nun der knochigen Margot zu, stieß aber offensichtlich auf wenig Interesse. Doch Gundi und Angela taten sich zusammen, um gemeinsam Roland zu vertreiben. Sie hatten aber zu große Angst vor seinen cholerischen Anfällen. Außerdem, das verriet uns Sieglinde mit der Bitte um äußerste Diskretion – Angela und Gundi hätten inzwischen auch sexuell Gefallen aneinander gefunden, auf jeden Fall hätten sie es versucht und es habe wohl auch geklappt. Sie hätten sich ineinander verliebt.

Im Frühjahr des nun folgenden Jahres kam neuer Ärger hinzu: Angela wollte ihren stinkenden Hühnerstall beträchtlich erweitern. Es handelte sich um einen Anbau des Hühnerstalls nach Westen, das heißt, er rückte noch näher an unser Haus heran. Die Freilaufflächen würden damit erst 10 Meter hinter unserem Haus enden. Das hieß für uns. Der bei Westwind bereits fürchterliche Gestank würde unerträglich werden. In einer der Eigentümerversammlungen versuchte Angela diesen Vorschlag durchzusetzen – und zwar mit tatkräftiger Hilfe unseres Hauspsychologen Hubert und natürlich mit Hilfe von Barbara und Gundi. Da meine Mieter kein Stimmrecht hatten – so sah es unsere demokratische Eigentümerordnung vor – bekam Angela bei einer Abstimmung eine Stimmmehrheit und erklärte, sie wolle im nächsten Herbst die Erweiterung vornehmen. Ihre Motivation war schlicht und schlagkräftig. Sie wollte sich mit der Hühnerzucht und Eierproduktion eine materielle Lebensgrundlage schaffen. Ohne diesen Verdienst könnten sie die Hypotheken nicht zahlen. Ihr Mann Franz-Josef verdiene als Erzieher nur wenig. Das reiche nicht, um den gemeinsamen Lebensunterhalt zu sichern. Mein wütender Protest endete unter den Rasseln der Schamanin und den Beschwichtigungsversuchen von Hubert. Hubert versuchte mit einer Entspannungsübung die Situation zu entschärfen. Alle sollten ihre Augen schließen und sich einen hübschen, gut riechenden Hühnerstall vorstellen. Ich verließ unseren Gemeinschaftsraum und erinnerte mich an die erfolgreiche Ausschaltung von Friedel, Doris und Johannes. Etwa ein halbes Jahr hatte ich Zeit, durch die Ausschaltung von Angela auch den Hühnerstall zu verhindern.

Ein weiterer Zwischenfall kam in diesem Sommer hinzu. Das zunächst kleine Kätzchen meiner Tochter Helena – es hieß übrigens Findus - war zu einem kräftigen Kater herangewachsen. Wir ließen ihn zwar bei Zeiten kastrieren, was allerdings nichts daran änderte, dass er seinem Jagdtrieb nachging – und das ausgerechnet im Hühnerstall von Angela. Ich muss zugeben, dass ich der Kükenjagd amüsiert zusah, mich dann aber immer wieder in aller Form zusammen mit Helena und dem Kater bei Angela entschuldigte und einige der viel zu kleinen Eier kaufte. Doch was sollten wir tun? Wir empfahlen Angela nachdrücklich, doch ihre Hühnerställe etwas weiter weg von den Häusern zu bauen. Dann lägen sie außerhalb der Jagdreviere unseres Katers. Auch kündigten wir ihr an, uns noch ein oder zwei weitere Katzen anzuschaffen, damit Findus nicht so alleine sei.

Doch dann geschah das Unfassbare: Angela ertappte Findus, als er ausgerechnet in ihrer Küche ein arg auseinandergerupftes Küken deponierte. Ganz tot war es noch nicht. Und Angela, unsere tierliebende Radikalökologin, ermordete Findus. Sein Tod konnte kein leichter gewesen sein. Angela schlug den arglosen Kater zunächst mit einer Suppenkelle nieder, dann füllte sie ihre Badewanne mit Wasser und drückte ihn unter Wasser. Anschließend warf sie den nassen, leblosen Körper auf den Tisch in unserem Garten, wo ihn meine völlig aufgelöste Tochter fand. Ich schwor Rache. Rache für Findus! Rache für den stinkenden Hühnerstall vor unserem Haus. Natürlich auch Rache dafür, dass sie mit ihren Darbietungen die Engelspiritualität verriet.

Ich muss mir eingestehen, dass ich an diese Tat nicht so gerne zurückdenke. Die Aktionen gegen Friedel, Doris und Johannes waren irgendwie eleganter und auch ökologischer. Doch was sollte ich machen? Ich stand unter Zugzwang. Die Ruhe und das Wohlbefinden in meinem Heim waren in Gefahr und auch das Fortbestehen unserer Ökosiedlung. Mit diesen drei Asozialen hätte die Gemeinschaft nicht weiterexistieren können. Sie wäre zersplittert. Im Nachhinein wird klar, wie richtig meine Entscheidung war. Heute geht es uns allen gut auf dem Hardenhof. Wir gehen freundlich und achtsam miteinander um nach den Regeln gewaltfreier Kommunikation. Es ist harmonisch und intuitiv-spirituell. Ich bin überzeugt, auch ohne albernen Schamanismus und geschäftstüchtiges Engelchanneling wachen die Engel über uns, damit sich die Dissonanzen nicht wiederholen.

Den von mir detailliert geplanten Tathergang fasse ich im Folgenden kurz zusammen. Der Plan war präzise, aber doch irgendwie unschön, weil blutig. Dennoch, das möchte ich hier betonen, die dreifache Tat war moralisch mehr als gerechtfertigt: Angela war eine kinderhassende Katermörderin. Die Traumatisierung meiner Tochter machte noch zwei Jahre später traumatherapeutische Unterstützung notwendig. Ich kam nach einigen moralphilosophischen Reflexionen also zu dem Schluss: Wer Kinderseelen und Katzen mordet, für den ist es in sozialer und spiritueller Hinsicht notwendig, dass man bei der Öffnung seines Kronenchakras ein wenig nachhilft. Vielleicht hilft ihr das auch im nächsten Leben, und die Angela-Fortsetzerin wird dann ein guter, mitfühlender Mensch. Wer weiß?

Der zweite Kandidat war Roland. Er war - ich schreibe das mit Bedacht auf Grund meiner Erfahrungen mit ihm - ein uninspiriertes, unverantwortliches und äußerst brutales Arschloch. Er hat es verdient, aus der Welt genommen zu werden. Wie viele Frauen hätte er sonst noch unglücklich gemacht? Auch bei Silvia hat er es versucht, selbst bei der klapprigen Margot. Hinzu kommen seine zahlreichen Attacken gegen mich. Ich bin ein zart- und mitfühlender Mensch und kann physische Gewalt nicht ertragen. Rolands körperliche Übergriffe und auch seine fortgesetzten Drohungen haben mir Angst gemacht und mein Vertrauen in die Menschheit getrübt. Er hat mich existenziell, das heißt auch spirituell verunsichert. Aus diesem Grunde war es mehr als gerechtfertigt, sein inakzeptables Verhalten zu beenden.

Und wie sieht es aus mit Engel-Channel-Gundi? Sie beutete Menschen emotional aus und das ohne den geringsten Skrupel. Außerdem unterstützte sie Angela mit ihren Hühnerstallerweiterungen, um im Anschluss an die Hühnerställe ihre Ziegen und Schafe weiden lassen zu können. Alles sprach also dafür, dass die Welt ohne diese drei ein kleines Stück besser wäre. Früher hatte ich an die Revolution geglaubt, dann an die Reform und jetzt glaube ich an die individuelle Tat. Jeder und jede trägt Verantwortung für den sozialen Zustand dieser Welt. Ab und zu werden auch entschiedene Schnitte notwendig, um das Niveau zwischenmenschlicher Beziehungen zu verbessern. Kurzum: Gundi musste weg.

Ich muss gestehen, dass mir zu diesem Zeitpunkt keine unauffällige Beseitigungsmöglichkeit einfiel. Sie mittels Autounfall ins bessere Jenseits zu schicken, war unmöglich, da Angela als Radikalökologin nur mit dem Fahrrad und dem Bus fuhr. Auch wenn die Busse nur spärlich besetzt waren, erschienen mir die Kollateralschäden als nicht akzeptabel.

Hier, auf La Palma, gibt es auch diese wahnsinnigen Radfahrer, die nahezu ungebremst die Berge hinab sausen. Auch Angela betätigte sich derart sportlich, allerdings nur im weniger gebirgigen Deister. So dachte ich schon früh an einen Fahrradunfall. Doch das wäre nicht leicht zu realisieren gewesen. Wenn ich ihr mit meinem Kombi einen kleinen Schubs geben würde, hätte das zweifellos Spuren hinterlassen. Außerdem wären dann noch Roland und Angela übrig. Nein, so wie es gekommen ist, war es besser, wenn auch etwas weniger elegant. Ich trinke ein Glas auf die Szenefrau Angela.

Gundi hätte von einem enttäuschten Engelgläubigen in die Engelwelt geschickt werden können, doch damit hätte ich einem Unschuldigen die Tat anlasten müssen. Das konnte ich moralisch bei diesen sanftmütigen Engelfreunden nicht verantworten. Sie sind zwar dumm, aber auch Opfer. Roland fand noch den – sagen wir einmal – ökologischsten also als Ökosiedler angemessensten Tod. Er wurde letztlich zur ökologischen Wärmegewinnung genutzt.

So stand ich während dieses schönen Spätsommers nicht so sehr vor der Frage „Was tun?", sondern eher vor der Frage „Wie tun?". Zunächst einmal war die Ausgangsposition perfekt: Roland galt als brutal und gewalttätig. Gundi, seine Frau, und Angela wollten ihn loswerden, weil sie eine Beziehung miteinander hatten. Da Roland sich das nicht bieten lassen konnte, hätte er durchaus beide beseitigen können.

23. September

Gestern habe ich mich vor der Tatbeschreibung gedrückt. Die technischen Details sind sehr knifflig. Doch als Softwareentwickler bin ich es gewohnt, komplexe Sachverhalte zu lösen. Anders als im virtuellen Leben, musste ich im wirklichen Leben einplanen, dass es Zufälle und Ungenauigkeiten gibt. Ich hatte mir damals fest vorgenommen, kein Risiko einzugehen. Ich musste einkalkulieren, dass das Wetter Teile des Plans vereitelt - wie auch jetzt: Tatsächlich beginnt es hier auf La Palma leicht zu nieseln. Die Wolken ziehen dicht über das Ferienhaus hinweg und ich muss mich ins Innere zurückziehen.

Zuerst einmal sorgte ich für ein Alibi. Zur Tatzeit musste ich unterwegs sein oder plausibel machen, dass ich nicht vor Ort gewesen sein konnte. Ich hatte häufig Kundengespräche in anderen Städten - etwa in Berlin. So auch an diesen entscheidenden Tagen. Ich mietete mich in einem möglichst großen und anonymen Hotel ein. Ich wusste aus vorangegangenen Aufenthalten dort: In der Lobby gibt es Kameras, in den Gängen mit den Hotelzimmern nicht. In diesem Hotel in der Nähe des Hauptbahnhofs buchte ich mir wie sonst auch einen Konferenzraum für Mittwoch ab 17 Uhr und Donnerstag ab 9.30 Uhr. Um 17 Uhr empfing ich die Vertreter der ersten Firma, einen Mineralölkonzern. Die Marketing-Experten interessierten sich für meine Software. Ich hatte meine Präsentation perfekt vorbereitet - meine Demonstrationen auf dem großen Bildschirm, Kostenvoranschläge etc. Das Verkaufsgespräch verlief konzentriert. Die Stimmung war gut. Vor den Anzugleuten spielte ich meine Rolle als unkonventioneller, auf dem Land lebender Kreativer mit Pferdeschwanz, Jeans und Designerhemd wohl sehr überzeugend. Ich lud die Vertreter zu einem vorbereiteten vegetarischen Abendessen ein, trank mit ihnen einen teuren Riesling und verabschiedete sie gegen 23 Uhr. Ich bekam später diesen Auftrag, an dem ich in den folgenden Monaten etwa 60.000 Euro verdiente.

Nachdem sich die drei Herren verabschiedet hatten, orderte ich bei der Rezeption für den nächsten Tag um 8.30 Uhr ein kleines Frühstück in den Konferenzraum. Mehrfach bat ich darum, bis dahin auf keinen Fall gestört zu werden, da ich das Kundengespräch am nächsten Tag in Nachtarbeit noch vorbereiten müsse. Dann ging ich auf mein Zimmer. Mein betont lässiges Outfit änderte ich nun. Ich verkleidete mich mit einem dunklen Anzug, breitkrempigem Hut sowie Sommermantel und verließ das Hotel. So fuhr ich mit dem Zug zunächst über Hannover nach Bad Münder. Es folgte eine erneute Umkleideaktion in der Zugtoilette kurz vor Ankunft des Zuges. Nun trug ich eine Regenjacke mit Kapuze. In Bad Münder stieg ich aufs Fahrrad um. Ich hatte es zuvor dort abgestellt.

Mit dem Fahrrad fuhr ich nun mehr als 30 Kilometer auf indirektem Weg zum Hardenhof. Die letzten zwei Kilometer schob ich das Fahrrad durch den Wald. Ich kam verschwitzt, aber pünktlich um 4.30 Uhr am Hadenhof an, stellte mein Fahrrad in unseren Abstellraum. Zu dieser Zeit war es noch sehr ruhig auf dem Hof. Am Donnerstag stand Roland sehr früh auf. Pünktlich um 4.45 - auf ihn war in mancherlei Beziehung wirklich Verlass - kam er aus dem Haus, um zur Arbeit zu fahren. Am Donnerstag Morgen war zwischen 6 und 9 Uhr Frühschwimmen. Er hatte als Bademeister Aufsicht. Ich ging an diesem Morgen aufgeregt auf ihn zu und bat ihn, mir im Pelletsilo zu helfen. Das warme Wasser funktioniere nicht, weil die Absauganlage für die Pellets verstopft seien.

Das war bereits einmal passiert, gleich nach der Fertigstellung des Pelletsilos, und deshalb glaubwürdig. Zudem gehörte zu meinem Aufgabenbereich die Wartung der Pelletanlage und das Ordern neuer Pellets. Das Silo ist etwa 6 Meter hoch und fasste 25 bis 30 Tonnen Pellets. Für diesen Donnerstag gegen 7 Uhr hatte ich eine Lieferung Pellets geordert. Da das unkompliziert ist und der Lieferant sich auskannte, erfolgte das immer sehr komplikationslos. Der LKW-Fahrer schraubte seine Anschlüsse an, befüllte das Silo und schickte hinterher die Rechnung. So hatte ich es mit ihm vereinbart und so passierte es zwei Mal im Jahr.

Als ich Roland um Hilfe bat, fühlte er sich sehr gebraucht, zumal er auch sonst ständig betonte, dass ohne ihn im Hardenhof nichts funktioniere. Es machte ihm offensichtlich Freude, dass ich ihn fragte und ihm damit Kompetenz und Wichtigkeit zusprach. Er wurde sehr eifrig, murmelte, dass er einmal nachschaue, ob er mir da helfen könne. Ich versicherte ihm, das könne er ganz sicher. Ich buddelte den Ansaugstutzen aus, er beuge sich darüber. Ich schlug ihm mit der flachen Seite des Spaten über den Schädel. Er strauchelte leicht, erhob sich dann aber und fragte dümmlich erstaunt: „Was soll denn das?“

Die Erinnerung erheitert mich immer wieder. Jemand bekommt einen Spaten über den Schädel gezogen, dreht sich um und fragt: „Was war denn das?“ Einfach köstlich! Nun ja, nach dem zweiten Schlag war die Sache dann klar und ich antwortete: „Gehe zurück auf Los. Begebe dich direkt dorthin.“ Dann schlug ich erneut zu, dieses Mal mit aller Kraft und mit der scharfen Außenseite des Spatens. Mein Hieb traf ihn unter dem Ohr. Er murmelte dann noch etwas, das sich anhörte wie „Ach so“. Dann brach er zusammen. Zur Sicherheit schlug ich ihm noch einmal sauber mit dem Spaten ins Genick. Ich zog ihm seine weißen Bademeisterturnschuhe aus und mir an und nahm seine Autoschlüssel an mich.

Das war der erste Streich, doch der zweite folgt sogleich. Die Hühnerfreundin Angela war wie jeden Tag zu dieser Zeit in ihrem Hühnerstall. Die Zaunpfähle für die Erweiterung der Hühnerställe lagen bereit. Angela war beim Eiersuchen. Der Schlag mit dem Zaunpfahl traf ihren Schädel mit voller Kraft. Das für die ganzheitliche Weisheit des Universums zuständige Kronen oder Scheitelchakra öffnete sich schlagartig wie eine pralle Wassermelone. Blutverschmierte Gehirnmasse trat aus und ihre lieben Hühner stürzten sich nach einer Schrecksekunde auf ihr herausgequollenes Gehirn. Sinnvolleres hatte ihr Hirn zu Lebzeiten nicht geleistet.

Weiter ging es mit Gundi. Sie streichelte gerade mit zärtlicher Hingabe und einem Engelslied auf den Lippen ein Lamm, als der mittlere Zinken der Heugabel ihr drittes Auge oder Stirnchakra öffnete. Ich wage es zu bezweifeln, ob sich damit auch schlagartig ihr intuitives Wissen freisetzte. Sie schaute mich friedlich und - das schreibe ich hier nicht, weil mich Schuldgefühle quälen - ... sie schaute mich dankbar an, vielleicht, weil sie nun selbst ein Engel wurde oder ein Geistführer. Unbeabsichtigt war, dass die beiden anderen Zinken der Heugabel ihre Ohren durchbohrten. Ein kleiner und deshalb hinnehmbarer Kollateralschaden. Doch das Lamm interessierte das alles wenig. Es kuschelte sich weiter an sie. Die Heugabel in ihrem Kopf störte das niedliche Tier nur wenig. Rolands Fingerabdrücke würden sich sicher auf der Heugabel finden lassen. Er hatte für seine Frau in den letzten Tagen Heu gemacht. Wie gesagt, er half gerne, wenn man nett bat und sich anschließend nett bedankte. Ich trug natürlich Handschuhe. Nach diesen Befreiungsschlägen ging ich noch einmal zurück zum erledigten Roland, zog ihm seine Bademeisterschuhe wieder an und verscharrte ich ihn unter den Pellets. Die in Kürze folgenden 25 Tonnen Pellets würden ihn unauffindbar machen.

Dann wurde es für mich Zeit, zurück nach Berlin zu kommen. Ich zog mich um, setzte mich in Rolands bequemen Wagen, fuhr nach Hannover und stellte ihn unverschlossen in der Nähe des Bahnhofs ab. Es war ein Ort, an dem es häufig zu Autodiebstählen kam. Bevorzugte Beute waren neue VW-Golfs, und einen VW-Golf fuhr Roland.

Pünktlich erreichte ich im Outfit eines Geschäftsmannes den ICE nach Berlin. In meiner Aktentasche die durchgeschwitzte Kleidung. Ich begab mich auf mein Hotelzimmer, legte mir nach einer Dusche wieder mein Kreativoutfit zu und betrat um 8.15 meinen kleinen Konferenzraum. Dort empfing ich 30 Minuten später meine Kunden. Auch diesen Auftrag bekam ich. Ich wirkte während der Präsentation sehr entspannt und souverän - das versicherte mir jedenfalls der Maketingchef der Möbelkette, die meine Software kaufte.

Ich fuhr nach dem vegetarischen Drei-Gänge-Essen, zu dem ich meine Kunden eingeladen hatte, nach Hause - jetzt mit meinem Auto, einem uralten Mercedes-Kombi. Kurz nach meinem Eintreffen im Hardenhof rückte die Polizei an. Rudis Tochter hatte zuerst Gundi gefunden. Sie soll trotz der in ihrer Stirn steckenden Heugabel und ihrer rechts und links grob gepiercten Ohren sehr friedlich ausgesehen haben. Das versicherte mir jedenfalls Rudi. Doch Rudi ist - das muss ich einschränkend hinzu fügen - als Waldorfpädagoge geradezu berufsbedingt harmoniesüchtig.

Rudi fand nach Angela und der Heugabel auch Gundi, beziehungsweise zuerst eine Schar zufrieden pickender Hühner über ihr. Die Hühner hatten sich satt gefressen an Gundi. Alles, auf was sie an ihr Appetit hatten und was ihnen nach kräftigem Scharren zugänglich war, war weggepickt. Ihr Gesicht, so berichtete der schockierte Rudi, sei kaum noch erkennbar gewesen. Von ihrem Gehirn sei so gut wie nichts mehr da gewesen. Ihre Augen, Lippen, ihre Zunge - nun ja, Hühner sind gefräßig und Angela hätte sie ja schließlich auch gegessen, wenn sie mit dem Eierlegen nachgelassen hätten. Warum also nicht umgekehrt? Das ist der Lauf der Welt. Fressen und gefressen werden. Das sind ökologische Prinzipien, die auch für den Menschen gelten, für den lebenden und für die toten. Den Hühnern ihre Menschenfresserei vorzuwerfen, ist jedenfalls absurd.

Die Spurensicherung tat sich aus nachvollziehbaren Gründen schwer bei Gundi. Nur die Fußabdrücke von Rolands Bademeisterschuhen ließen sich im matschigen Boden finden. Bei Angela und ihren Schafen war das anders. Schafe sind eindeutige Vegetarier und Vegetarierinnen. Sie haben zwar das Blut weggeleckt, nicht aber an Angela herumgeknabbert. Wieder fand die Spurensicherung Fußabdrücke von Bademeisterschuhen und - wie nicht anders zu erwarten - die Fingerabdrücke vom verschwundenen Roland auf der Heugabel.

Ein wenig leid tat mir Franz-Josef, der oft hintergangene Mann von Angela. Deshalb besuche ich ihn auch jetzt im Gefängnis. Er freut sich immer, wenn er mich sieht. Als Franz-Josef vom Dahinscheiden seiner Frau erfuhr, schrie und weinte er erbärmlich. Als die Polizei ihm mitteilte, dass seine Angela offensichtlich mittels Zaunpfahl und nicht ganz freiwillig transformierte, brach all das Leid aus ihm heraus, das Roland ihm in den letzten Jahren angetan hatte. Es fuhr wuchtig aus ihm heraus: „Roland, du Schwein, du hast meine Angela umgebracht." Die Polizei nahm das zunächst sehr ernst. Erst nach dem Tod seines Reinkarnationstherapeuten Hubert hielt ihn dann die Polizei für einen kriminellen Schauspieler.

In den folgenden Tagen war die Polizei sehr präsent. Der junge Schnauzbartbulle und die graue Hauptkommissarin machten ihre Runde über den Hardenhof. Sie erkundigten sich vor allem nach Roland und seiner Beziehung zu seiner Frau Gundi und zu Angela. Sieglinde berichtete davon, dass Angela und Gundi sehr enge und auch sexuell miteinander verbundene Freundinnen gewesen seien. Die Freundinnen hätten den Hinauswurf Rolands vorbereitet. Franz-Josef heulte, jammerte und schrie und beschuldigte Roland dass er beide ermordet habe. Silvia und ich erzählten den Beamten unsere Erlebnisse mit Roland, wir berichteten über seine Gewaltattacken, sein cholerisches Wesen. Ich betonte jedoch, dass er im Grunde ein gutmütiger Mensch sei. Alle Bewohner der Siedlung wurden nach ihren Alibis befragt. Die meisten haben zum Todeszeitpunkt noch im Bett gelegen. Ich berichtete von meiner Dienstreise. Alles wurde sorgsam notiert.

Als besonders interessant erwies sich das Sexualleben von Roland. Auch auf seiner Arbeitsstelle fühlten sich Kolleginnen von ihm sexuell belästigt. Auch kam es zu Übergriffen, besonders bei sehr jungen weiblichen Badegästen. Der Chef der Städtischen Badeanstalten in Hannover hatte ihn zum Gespräch geladen und ausdrücklich verwarnt. Eine Kollegin, mit der er längere Zeit liiert war, berichtete über seine sadistischen Vorlieben. Kurzum: Roland wäre der ideale Täter gewesen, wenn er sich an Angela oder Gundi noch in irgend einer Weise sexuell vergangen hätte vor ihrem Ableben.

Die Fahndung nach Roland blieb erfolglos. Nach einer Woche hatte man weder ihn noch sein Auto gefunden. So konzentrierten sich die Befragungen auf den armen Franz-Josef. Er war schließlich der betrogene Ehemann. Er hatte ein Motiv. Doch der schluchzende Franz-Josef machte einen so jämmerlichen Eindruck, dass man ihm offensichtlich derlei Missetaten nicht zutraute. Hubert nahm Franz-Josef unter seine therapeutischen Fittiche und berichtete anschließend der Restgruppe. Auch Hubert hielt Roland für den Täter. Kein anderer würde dazu fähig sein, nur der brutale Roland. So wurde Roland von unserer Rest-Ökosiedlung post mortem zu einem brutalen Sex-Monster. Keine und keiner wollte jemals mit ihm befreundet gewesen sein. Niemand wollte mehr daran erinnert werden, dass er seine Gewalttätigkeiten verharmlost hatte. Dass sich alle gefreut hatten, als er mich und andere niederschlug, wollte keiner mehr wahr haben, am wenigsten Barbara, unsere verlogene Schamanin. Sie konnte sich nicht einmal mehr daran erinnern, dass sie eine Affäre mit Roland hatte: Total-Amnesie wie bei einem Politiker.

Während sich so die gesamte Ökosiedlung ihre Vergangenheit mit Roland zurechtrückte, verschrumpelten die sterblichen Überreste des Delinquenten in der nachbarschaftlichen Nähe des Pelletsilos. Die staubtrockenen Pellets, so meine Überlegung, würden dem Körper die Feuchtigkeit entziehen und mit der Feuchtigkeit auch übermäßige Geruchsentwicklungen. Ich sollte recht behalten. In den nächsten Jahren bestellte ich sehr rechtzeitig den Pelletnachschub. Nach drei Jahren grub ich Rolands Reste dann aus und verheizte seine ausgetrockneten Überbleibsel direkt in der Brennkammer. So trug Roland noch etwas zur Wärme auf unserem Ökohof bei. Doch bevor alles freundlich und harmonisch werden konnte auf dem Hardenhof, musste es noch zu weiteren Unglücksfällen kommen.

Es ist inzwischen stockdunkel geworden in meinem Ferienhaus auf La Palma. Wolken bedecken den ansonsten hier wundervollen Sternenhimmel. Ich lehne mich zurück, trinke einen Schluck eines passablen Rotweins und bin froh, dass ich die Schilderungen dieser Maßnahmen abgeschlossen habe. Der Erfolg spricht für mich: Die Hühnerställe wurden nicht sofort erweitert, sondern eingerissen. Der erhoffte innere Friede auf dem Hardenhof kehrte endlich ein - jedenfalls für eine gewisse Zeit.

24. September

Wegen der Obduktion und der polizeilichen Ermittlungen konnte die Beerdigung von Gundi und Angela erst drei Wochen später stattfinden. Die Engelgläubigen, die Gundis Dienste als Medium „Valanga“ in Anspruch genommen hatten, begannen sie wie eine Heilige zu verehren. Sie sahen in ihr ein Opfer des engelfeindlichen Patriarchats in Gestalt ihres Ehemanns Roland. Gundis Schülerinnen versuchten nun ihrerseits Kontakt mit Gundi aufzunehmen. Sie waren sich sicher, dass Gundi jetzt eine hübsche Engelin sei. Einigen gelang dieser Kontakt. Sie versicherten, dass künftig nicht mehr der von Gundi gechannelte Geistführer Valanga ihnen Auskunft geben würde, sondern die im Jenseits weilende Gundi. Tatsächlich ließ Gundi durch ein Medium schöne Grüße durchgeben. Sie versicherte, ihr Ex Roland sei ihr Mörder. Im Übrigen ginge es ihr gut. Sie würde noch eine Weile Kontakt halten und der Polizei bei der Auffindung ihres Mörders behilflich sein. Doch dann würde sie eine neue Existenz als Erzengel anfangen. Erzengel, das wussten die Engelgläubigen, gehörten zum himmlischen Offizierskorps. Sie hatten wichtige exekutive Funktionen zu erfüllen und ließen sich aus Termingründen nur sehr selten channeln. Dessen ungeachtet channelte eine Engelchannlerin, dass Gundi in Zukunft ab und an Zeit finden würde, sich aus dem Jenseits mit guten Ratschlägen zu melden.

Die aufgeregten Engelgläubigen brachten der als Hühnerfutter teilrecycelten Angela sehr viel weniger Aufmerksamkeit entgegen. Lediglich auf meine interessierte Nachfrage hin, wie es Angela so ohne Gehirn im Jenseits gehe, ergänzten die Nachwuchschannlerinnen, dass Angela den Umständen entsprechend zufrieden sei. Ihr Hirn und ihre Augen fehlten ihr im jetzigen feinstofflichen Zustand nicht. Ihrem Witwer Franz-Josef ließ sie aus dem Jenseits liebe Grüße bestellen. Sie leide sehr darunter, dass sie nicht mehr grobstofflich mit ihm zusammen sein könne, sei aber seelisch nah bei ihm. Sie ließ durchgeben, es täte ihr aufrichtig leid, dass sie ihn mit ihrem Mörder Roland betrogen habe. Die ganzheitlichen Kontakte zu ihrer Freundin Gundi habe Franz-Josef ja dankenswerter Weise akzeptiert. Gundi ließ ferner vermelden, dass sie in diesem Leben Vieles gelernt habe. Sie werde im künftigen Leben viele Fehler nicht mehr machen, sondern ihrem künftigen Gefährten treu bleiben. Als Franz-Josef das hörte, weinte er vor Rührung und versuchte selbst, spirituellen Kontakt zu ihr aufzunehmen. Er versicherte uns, er habe sogar Erfolg damit gehabt. Nachts besuche ihn jetzt seine Angela und das seien sehr erfüllende, nicht nur spirituelle Momente. Das nahm mir meine restlichen Bedenken: Franz-Josef kam offensichtlich in jeder Beziehung gut ohne seine Ex zurecht. Ich bin sogar sicher, langfristig hat für ihn ein Leben als Witwer spirituelle Vorteile.

In den ersten drei Wochen nach dem - zugegeben unschönen - Ableben von Gundi und Angela fanden in unserem schönen Gemeinschaftsraum fast täglich Engel-Channelings statt. Wie viele noch lebende Nachbarn, nahmen auch ich und Silvia gelegentlich daran teil. Unsere Schamanin Barbara unterstützte die Channlerinnen zunächst, dann schuf sie durch ihre Rituale einen spirituellen Rahmen für die Channelings, wies den Schülerinnen Gundis ihre Aufgaben zu und eroberte sich so das verlorene Terrain als spirituelle Führerin der Gemeinschaft zurück. Sie kümmerte sich um ihre trauernde Gemeinde, verteilte Tee zur Trauerverarbeitung, um uns auf die emotional zweifellos ergreifende Beisetzung von Gundi und Angela vorzubereiten. Tatsächlich wollte Barbara die Kontrolle über unsere Gemeinschaft und sie bekam sie - zunächst nur über diese spirituellen Veranstaltungen. Doch damit sollte es nicht aufhören.

Die Beerdigung von Gundi und Angela fand auf dem Friedhof unseres Dorfes statt. Hier sollten die sterblichen Überreste der beiden Freundinnen nachbarschaftlich vereint ihre letzte Ruhestätte bekommen. Obwohl ich auch in meinem beruflichen Alltag eher legere Kleidung bevorzuge, kaufte ich mir einen dunkelgrauen Anzug und eine schwarze Krawatte. Silvia meinte, dieses Traueroutfit stünde mir ausgezeichnet. Ein Blick in den Spiegel bestätigte das: Mein fast schwarzes Haar band ich mir zu einem Pferdeschwanz nach hinten. Auch Silvia trug ein schwarzes Kleid. Mit Tränen in den Augen und unserer weinenden süßen Tochter zwischen uns machten wir auf den Fotos der Lokalzeitung den Eindruck eines perfekt trauernden Paares.

Ein engelkundiger evangelischer Theologe leitete die Beerdigungszeremonie. Er hieß Udo Wulff, hatte mehrere Bücher über Engel geschrieben und pflegte engen Kontakt zu ihnen. In unserem Gemeinschaftsraum fand eine wunderschöne Trauerfeier statt. Weit mehr als hundert Leute - darunter auch viele Pressevertreter - nahmen teil. Der Angeloge Udo Wulff - ich erinnere mich noch sehr genau - zitierte das schöne Gedicht von Rose Ausländer: „Vor vielen Geburtstagen / als unsere Eltern / den Engeln erlaubten / in unsern Kinderbetten zu schlafen / ja meine Lieben / da ging es uns gut." Alle Anwesenden waren gerührt. Meine Frau Silvia schluchzte laut und auch mir liefen die Tränen die Wangen hinab. Dann sangen die Schülerinnen von Gundi gemeinsam mit uns Engellieder.

Es folgten sehr freundliche Lebensbeschreibungen von Angela und Gundi. Udo Wulff ließ sie in hellstem Licht erstrahlen. Angela präsentierte er als tier- und schöpfungsliebende Radikalökologin reinster Gesinnung. Ich dachte wieder an ihren brutalen Mord an unserem Kater Findus, ließ mich durch diesen Gedanken aber nur sehr kurz in meiner Trauer irritieren. Gundi leuchtete vor unseren Augen auf als zartes und mitfühlendes feengleiches, spirituelles Wunderwesen. Ich dachte daran, wie brutal sie ihre Interessen in der Gemeinschaft durchsetzte, indem sie mit allen Tricks Abstimmungsmehrheiten organisierte. Auch diese negative Erinnerung störte nur kurz mein Versinken im schwarzen Gefühl der Vergänglichkeit. Als dann Udo Wulff ein weiteres Engel-Gedicht von Rose Ausländer zitierte, schluchzten die Anwesenden laut auf und ich mit ihnen. Wulff zitierte mit zitternder Stimme: „Schwebend / auf Weltenbahnen / Wartend / auf ein Wunderwort // Schweigen // Ich blieb / stumm // Engel / warum / hilfst du nicht“. Ich mag Beerdigungen. Das gemeinschaftliche Weinen schweißt die Menschen zusammen und tröstet sie.

Auf dem Friedhof nahmen neben einer Delegation von Hühnern und Schafen nahezu Tausend Menschen teil. Am nächsten Tag fanden sich rührende Berichte über diese Feiern in der lokalen Presse. Auch RTL hatte ein Team geschickt und sendete einen Bericht in ihren „News“. Die mitfühlende Presse forderte von der Polizei noch einmal vermehrte Anstrengung bei der Auffindung des flüchtigen Mörders. Es waren wirklich sehr anrührende Feierlichkeiten.

Wie im Falle der Brennnesselopfer Friedel und Doris brachten alsbald die Erben von Gundi den Verkauf der Wohnung zur Sprache. Da Roland flüchtig war, blieb diese Frage lange Zeit ungelöst. Die Wohnung wurde schließlich vermietet. Barbara schlug etwas halbherzig eine Schülerin von Gundi als Mieterin vor, doch die Mehrheit entschied sich auf meinen Vorschlag hin für einen Mitarbeiter meines Büros und seine Familie. Die beiden hießen Doro und Peter. Doro war schwanger und nur mäßig spirituell interessiert. Peter, mein Angestellter, war ein Nerd, wie man sich ihn vorstellt: Computersüchtig, übergewichtig, etwas weltfremd, aber stets nett und hilfsbereit. Ein fähiger, aber nicht überragender Softwareentwickler, allerdings alles andere als ein gewandter Geschäftsmann. Ich verstand mich gut mit ihm und seiner Frau.

Was mich ärgerte, waren Margot und Barbara. Barbara widmete sich neben ihrem Schamanismus nun den Schafen, Margot - offensichtlich kam sie mit ihrer Dissertation nicht so recht weiter - stürzte sich zu meinem Entsetzen nun auf die Hüherzucht und die

Eierproduktion. Im Gegensatz zu Angela vernachlässigte sie die Beseitigung des Hühnerkots in den Ställen und sorgte auch nicht dafür; dass regelmäßig Streu im Freilaufgelände erneuert wurde. Auch sortierte sie nicht die jungen Hähne aus. Es stank entsetzlich, vor allem bei Westwind, und es war laut. Das hieß für mich: Ich musste mir weiterhin überlegen, wie ich den Gestank und den Krach abstellte. Ich sprach oft und sehr einfühlsam mit Margot, strich ihr sogar einmal über ihren knochigen Rücken und signalisierte Verständnis und Sympathie. Ich bot mich an, die Verlegung des Hühnerstalls zu finanzieren. Ich holte sie und ihren Mann Hubert bei Westwind in unsere Wohnung, um ihr zu demonstrieren, dass der Gestank inakzeptabel war. Kurzum: Ich bemühte mich eifrig um eine gewaltfreie Lösung des Problems und stieß dabei auf Ignoranz und sogar Häme. Hubert schlug vor, Räucherstäbchen abzubrennen, um den Gestank der Hühner zu vertreiben. So entstanden mittelfristig neue Handlungsnotwendigkeiten.

Rückblickend muss ich sagen, dass diese Trauerfeierlichkeiten für Angela und Gundi überaus erbaulich waren. Sie haben mich wirklich entschädigt für die nicht ganz risikolosen und mir zutiefst wesensfremden etwas zu gewalttätigen Maßnahmen, die sie erst ermöglichten. Die Erinnerung an den Abschied von Barbara und Volker sind nicht halb so schön. Das mag aber auch daran liegen, dass ich noch arg geschwächt war von Barbaras schamanistischen Trunk, von dem ich Gott sei Dank nur kurz gekostet hatte.

24. September

Auch im nächsten halben Jahr stellte sich auf dem Hardenhof noch nicht die erhoffte Harmonie ein. Es blieb unruhig, unentspannt und von der rücksichtslosen Durchsetzung egoistischer Interessen bestimmt. Die Ursache war neben Margot und Hubert vor allem Barbara und ihr gehorsamer Mann Volker. Shiva-Regina, die Tochter von Barbara und Stieftochter von Volker, ließ sich auf dem Hof zu Lebzeiten ihrer Eltern nicht mehr blicken, nachdem sie lautstark im Hof Volker als Kinderficker und ihre Mutter als Komplizin beschimpft hatte. Dass Silvia, Sieglinde und ich Shiva-Regina geholfen hatten, ihre Familie zu verlassen, machte uns Barbara zu einer nicht zu unterschätzenden Feindin. Zwar wurde nichts ausgesprochen, doch ihr Hass auf uns zeigte sich in jeder Geste, in jedem Wort. Die anderen Nachbarn verhielten sich indifferent. Margot und Hubert unterstützten Barbara. Und so erholte sich Barbara bald von diesem Makel, ihre Tochter den sexuellen Wünschen ihres Mannes ausgeliefert zu haben. Schließlich ging sie in die Offensive und versicherte, als Schamanin sehe sie klar und deutlich, was die Menschen benötigten - auch im sexuellen Bereich. Barbara wurde binnen Jahresfrist zu einer kleinen Berühmtheit in der Schamanenszene.

Barbara hatte von der engelchannelnden Gundi gelernt, wie mit gewissen esoterischen Praktiken Geld zu verdienen und Macht zu gewinnen war. Ich hatte zuvor ihren Schamanismus eher als eine Art lästigen Spleen toleriert. Sicher, auch schon zu Gundis Zeiten hatte sie versucht, mit Hilfe ihrer vermeintlich schamanistischen Praktiken Entscheidungsprozesse zu manipulieren. Doch nun professionalisierte sie zielstrebig ihren Freizeit-Schamanismus und veranstaltete gegen zunehmend gute Bezahlung Seminare und Workshops. Und: Sie forderte von unserer Ökosiedlung Unterstützung für ihre Arbeit. Mit ihrem Schamanismus, so ihre Begründung, könne sie unsere Gemeinschaft energetisch heilen und sogar zusammen mit indianischen und ostsibirischen Schamanen an der Rettung des Planeten mitarbeiten. Mich beeindruckte das wenig, andere der noch lebenden Gemeinschaftsmitglieder hingegen sehr. Vor allem unser schnauzbärtiger Reinkarnationstherapeut schloss sich Barbara mehr und mehr an. Seine Reinkarnationstherapie fand immer weniger wiedergeburtsgläubige Seelen. Warum also nicht schamanische Wiedergeburtsrituale entwickeln? Die diesbezüglich sehr aufmerksame Sieglinde vermutete, dass zwischen Barbara und Hubert „etwas lief". Ich denke eher, es war ein handfester Deal: Sie zieht Publikum zum Hardenhof und Hubert kann ihnen dann seine schamanistisch aufgepeppte Reinkarnationstherapie verkaufen. Tatsächlich veranstalteten die beiden gemeinsame Workshops. Ein Drittel des Erlöses ging an Hubert.

Doch zunächst besorgte sich Barbara Starthilfe. Sie lud den Lakota-Indianer Archie Fire Lame Deer ein, um das Gelände zu säubern. Er war in deutschen Schamanenkreisen berühmt und hochgeehrt. Er machte gerade eine Deutschlandtournee und füllte die Säle, etwa den großen Saal im Haus der Kulturen der Welt in Berlin. Auf den Esoteriktagen in München und Hamburg trat er auf. Dann tingelte er durch verschiedene Kommunen und spirituellen Gemeinschaften. Dort veranstaltete er seine Rituale und verkaufte seine Dienste.

Archie Fire Lame Deer war ein Show- und Verkaufstalent. Als er, begleitet von Barbara, bei uns auf den Hof fuhr- chauffiert von Busfahrer Volker, der ihm auch mit einer kleinen Verbeugung die Tür seines alten Mercedes öffnete - hob er eine Handvoll Erde auf und verstreute sie in alle vier Himmelsrichtungen. Dann stimmte er unter frommem Erstaunen von etwa 100 geladenen Gästen einen merkwürdigen Singsang ein, der mich sehr an die indianischen Gesänge aus alten Western-Filmen erinnerte. Der leicht schwankende und deutlich übergewichtige Archie nahm dann seinen Federschmuck ab und warf ihn mit großer Geste auf den Boden. Spätestens jetzt merkten alle, die ihn erwartungsvoll begrüßten, dass Archie Fire Lame Deer bereits nachhaltig dem Feuerwasser zugesprochen hatte. Er schüttelte sein langhaariges Haupt, erhob die Arme und sang dann wieder, begleitet von tanzenden Bewegungen. Dann hielt er plötzlich inne, setzte sich seinen Federschmuck wieder auf sein Haupt und machte irgend eine Bemerkung, die Barbara herzlich lachen ließ. Es folgte ein erster Rundgang durch das Gelände. Archie ging schwankend voraus, Barbara war ihm auf den Fersen, der Tross aus 100 Fans folgte ihm - unter ihnen ich.

Eine Stunde später trank der lustige Archie beim gemeinsamen Abendessen in unserem Gemeinschaftsraum in einem unglaublichen Tempo eine Flasche edlen Rieslings weg, flirtete mit der entzückten Barbara und fummelte an ihr herum. Barbara lachte viel, vermutlich weil sie sein merkwürdiges Amerikanisch nur unzureichend verstand. Wir hielten noch einige Flaschen in Reserve und so geleitete Barbara den volltrunkenen Oberindianer schließlich ins Bett. Ob er die Nacht alleine oder zusammen mit der willigen Barbara verbrachte, erfuhr selbst die ansonsten gut informierte Sieglinde nicht. Auf meine interessierte Nachfrage reagierte Volker etwas aggressiv. Er meinte, das ginge mich nichts an, Barbara sei schließlich die Schamanin.

Archie Fire Lame Deer blieb nur zwei Tage, hinterließ schmerzliche Lücken in meinem Weinregal und bleibende Spuren, die mir ebenfalls keineswegs sympathisch waren. Zunächst vermaß er die Ernergiefelder auf dem Hof und in der näheren Umgebung. Dazu trug er Federschmuck, hängte sich einen skelettierten Kuhschädel um den Hals, schwenkte einen Zeremonialspeer und sang dazu sehr laut Indianisches. In respektvollem Abstand folgte ihm Barbara, dann unser gläubiger Reinkarnationstherapeut Hubert und seine noch gläubigere Gattin, die Ethnologin Margot. Letztere geriet sogar in eine Art Trance, sang ebenfalls indianisch und warf ihren ausgemergelten Schädel im Rhythmus hin und her, wobei sie ihre Glubschaugen verdrehte und keuchte wie später kurz vor ihrem Ableben. Ich schaute mir das Ganze interessiert und erstaunt aus einiger Entfernung an.

Der Lakota-Indianer Archie führte die kleine Prozession vor unser Haus und behauptete leicht lallend, dass ein mächtiger Energie-Meridian durch unser Gelände flösse. Unsere Hausecke sei davon besonders betroffen. Ein mächtiger Energiestrom, ein Erdkraftstrom, unterquere unser Haus von Nord-Osten nach Süd-Westen. Das heißt: Kein anderes Haus auf dem Hardenhof, nur unser Haus werde von diesem Energiestrom derartig beglückt. Silvia war sehr angetan und auch ich hörte das mit einer gewissen Zufriedenheit. Archie fragte, wer in diesem Haus wohne. Ich meldete mich bescheiden und er gratulierte mir. Das sei eine sehr weise Wahl gewesen, mich für dieses Haus zu entscheiden. Er fragte, ob ich in diesem Haus besondere Eigenschaften entwickelt hätte. Ich antwortete, dass ich in den letzten Jahren eine sehr erfolgreiche berufliche Kreativität hätte entfalten können. Auch die Lyrik meiner Frau gewänne an Kraft und Schönheit. Unsere Tochter gedeihe ebenfalls prächtig. Archie nahm das selbstgefällig lächelnd als Bestätigung seiner Energiemessung und fühlte sich ermutigt weiter zu fragen, wie sich unser soziales und emotionales Leben in diesem hoch energetischen Haus entwickelt hätte. Tatsächlich habe sich unsere Ehe deutlich verbessert, antwortete ich, in jeder Beziehung. Ich dachte dabei an die Verbesserung der sozialen Situation durch das von mir initiierte Ableben unangenehmer Nachbarn. Das war zwar eine unkonventionelle aber dennoch eine in energetischer Hinsicht nicht unbeachtliche soziale Leistung gewesen. Der Schamane Archie lächelte mir wissend zu und klopfte mir freundlich auf die Schulter. Ich fragte mich damals, ob er vielleicht nicht doch ein heiliger Mann war.

Archie trank vor dem Mittagessen eine Flasche meines Chiantis, ruhte sich dann zwei Stunden aus und ermittelte auf unserem Gelände ein Energiefeld kosmischen Ausmaßes. Er erklärte, dass es bei uns auf dem Gelände in früheren Zeiten eine alte Keltensiedlung gegeben hätte, mit einem überregional bedeutsamen Zeremonialplatz. Nach den Kelten hätten die Germanen hier ein wichtiges Heiligtum unterhalten. Anschließend wären dann die Christen gekommen und hätten im achten Jahrhundert hier eine Kapelle erbaut. Dadurch wären die Energien ein wenig zerstreut worden. Doch wir sollten ganz beruhigt sein, er würde das Energiezentrum wieder reanimieren und zu einem berühmten Kraftplatz machen. Wir könnten dann dieses Energiefeld mit Steinen umfassen und den Aufenthalt dort uns und unseren Besuchern als eine Art Energiedusche zur Verfügung stellen. Barbara begrüßte das eifrig. Dieses im Durchmesser etwa einen Meter große Energiefeld läge auf der Schnittstelle zwischen dem Meridian, der durch unser Haus verlaufe und einem etwas weniger starken von Südost kommenden Energiestrom.

Archie blickte sich kurz um und registrierte sichtbar zufrieden, dass vor allem Barbara seine Worte sehr wohlwollend aufnahm. Er wedelte ein bisschen mit seinem Speer herum, führte eine kurze Unterhaltung mit seinem Kuhschädel, stimmte einen Indianergesang an, sprang so lebhaft herum, wie sein Bauch es zuließ und steuerte dann schnurstracks auf eine Stelle zu, die knapp fünf Meter von unserem Haus entfernt war. Das sei das Energiefeld, versicherte er. Es lag direkt zwischen unseren Büschen, die Silvia dort zur Abgrenzung vor unseren Nachbarn angepflanzt hatte. Ich hätte Lakota-Archie am liebsten auf der Stelle mit seinen eigenen Kult-Kuhschädel erschlagen. Aber das wäre nicht zielführend gewesen.

Ich war verzweifelt: Wenn hier alle Esoteriker Deutschlands ihre Energiedusche abholten, wäre ein erholsamer Aufenthalt nach einem anstrengendem Arbeitstag auf unserer Terrasse nicht mehr möglich. Und wenn dies der Platz für Barbaras indianische Schwitzhütte sein soll, würden uns die verzückten schamanischen Gesänge der Schwitzenden die Nachtruhe rauben, bevor dann am Morgen die Hähne zu lärmen begännen. Auch musste ja das Feuer für die Erhitzung der Steine in der Nähe gelegen sein. So ein Feuer stinkt uns neben den Hühnern das Haus voll, wenn der Wind aus der falschen Richtung weht. Hühnerstall, Kraftplatz, Schwitzhütte und Zeremonialplatz - alles bei uns am Haus, das war entsetzlich und nicht hinnehmbar.

Ich versuchte zunächst etwas Raum zu gewinnen, indem ich Archie ein Glas meines besten Kognaks anbot und ihm meine Vermutung mitteilte, dass das Energiefeld etwa 12 Meter weiter westlich läge. Dort hätte sich immer meine später gemordete Katze niedergelassen, wenn es ihr nicht gut ging. Dort hätte ich nachts auch oft eine merkwürdige Konzentration von Rehen und sogar Wildschweinen beobachtet. Barbara versuchte meine Argumentation zu stoppen, leugnete die Wildschwein- und Rehkonzentration und versicherte, sie selbst habe genau den von Archie bezeichneten Platz bereits als Kraftplatz ausgemacht. Doch nach dem zweiten Glas Kognak tanzte und sang Archie noch eine Weile, bewegte sich um etwa 15 Meter südwestwärts. Nach einem weiteren Glas korrigierte seine Energiefeldangabe um weitere 5 Meter, zog mit dem Hacken seines Stiefels einen Kreis und versicherte dies sei ein hochenergetischer Ort. Ein Kraftplatz, von dem aus die Erde mit dem Kosmos kommuniziere. Genau hier, um diesen Kraftplatz herum, sollen wir unseren Zeremonialplatz errichten. Ein wenig Abseits davon die Schwitzhütte. Als ich noch einmal auf die Kognakflasche wies, ging er einige Schritte weiter neben den Hühnerstall und zeigte auf den Boden: Hier, und nirgendwo anders, sollte Barbara immer ihre Schwitzhüttenrituale durchführen.

Ich atmete erleichtert auf. Wenn hier die Schwitzhüttenrituale stattfänden, dann müsste man den Hühnerstall entfernen. Die Kontaktaufnahme mit den Geistern der Erde, der Luft, des Feuers und des Wassers würden durch den Gestank von Hühnerscheiße doch arg beeinträchtigt. Das hielte kein anständiger Naturgeist aus. Als ich Barbara diese Auffassung nahezubringen versuchte, wirkte sie zunächst verblüfft, schlug aber dann vor, die Schwitzhütte doch näher an das Haus zu bauen. Mit guten Argumenten war unserer durch Archie Fire Lame Deer aufgewerteten Barbara nicht beizukommen. Mit wurde schlagartig klar, dass ich Barbara mittelfristig zu ihren Ahnen schicken musste. Archie nahm mir die Kognakflasche aus der Hand und verkündete, dass er nach dieser anstrengenden spirituellen Arbeit Hunger bekommen habe.

Ich sehe den leicht schwankenden Archie noch heute vor mir. Er war ein gewitzter, zynischer Säufer, der sich zweifellos bestens amüsierte. Ich hätte ihn damals mit ein paar Hundert Euro bestechen können, den Abriss des Hühnerstalls anzuordnen, doch mir war das irgendwie peinlich, und so musste ich die bitteren Konsequenzen tragen und Barbara daran hindern, meinem Heim unangenehm nahe zu rücken. Noch heute ärgert mich das: Eine ungiftige Lösung wäre vielleicht besser gewesen. Andererseits: Barbara hätte mit ihrem Schamanismus mich und meine lieben Nachbarn sicher weiterhin belästigt. Besser war es schon, ihren schamanischen Weg mehr oder weniger sanft ausklingen zu lassen.

25. September

Als wir aus unserem Sommerurlaub zurück kamen, hatte Barbara vollendete Tatsachen geschaffen. Das Weidengerüst der Schwitzhütte stand direkt hinter unserer Terrasse, kaum mehr als 5 Meter von unserem Haus entfernt. Gleich nebenan befand sich der Kraftplatz, die Stelle, die Archie Fire Lame Deer zuerst bezeichnet hatte. Ein Steinkreis von etwa einem Meter Durchmesser kennzeichnete diesen Ort, an dem sich vor allem an den Wochenenden und bei Vollmond die merkwürdigsten Gestalten ihre Energiedusche abholten. Einige taten das nackt. Sie dachten vermutlich, Dusche ist Dusche. Es kamen Leute, die mit Rollstühlen in den Steinkreis gehoben wurden. Einige kamen nachts aufs Gelände geschlichen, andere nahmen sich Tee und Kuchen mit und machten es sich im Steinkreis so gemütlich wie möglich. Als einige dort übernachteten, schaltete ich den Rasensprenger an. Als die nassen Energieduscher sich beschwerten, versicherte ich ihnen, dass es sich um energetisches Wasser handele. Barbara war geschäftstüchtig genug, neben diesem Kraftort eine sicher angekettete Sparbüchse anzubringen. Eine Viertelstunde Energiedusche kostete 10 Euro. Den Schlüssel für die Sparbüchse hatte Barbara.

Im Abstand von drei Metern neben der Energiedusche befand sich eine Feuerstelle. Daran anschließend ein mit Feldsteinen abgegrenztes Rund, der Zeremonialkreis. Er hatte einen Durchmesser von knapp 10 Metern. Um die vier Himmelsrichtungen zu markieren, standen 4 Pfähle am Kreisäußeren, an denen jeweils Kraftgegenstände befestigt waren: Ein Schafsschädel, ein Busch mit Raubtierfedern, ein spitz zugeschlagener Faustkeil aus Stein und ein riesiger Kuhknochen. Von der Mitte des Kreises ausgehend zog sich ein Seil in die Mitte der Schwitzhütte.

In unmittelbarer Nähe zu dieser schamanischen Kultstätte befand sich der Hühnerstall. Er wurde von Margot und Barbara in Betrieb ökonomisch optimiert, aber nur noch selten entmistet. Die verstorbene Angela tat das oft und regelmäßig. Es gab also jetzt mehr Eier, mehr Hühner, mehr Scheiße, mehr Gestank. Als wir an diesem heißen Spätsommertag von unserem Urlaub heim kamen, wehte der Wind von Westen. Als Silvia die muffige Wohnung lüften wollte, wehte ein bestialisch stinkender Schwall in unsere so sorgfältig geplante und nett eingerichtete Wohnung. Der Gestank nach Hühnerscheiße ließ uns kaum atmen. Meine Tochter Helena würgte und rannte zur Toilette. Dabei hatten wir uns so auf unser gemütliches Zuhause gefreut.

Ich schäumte vor Wut. Wenn jetzt noch der Lärm durch die fast wöchentlich stattfindenden Räucherhüttenrituale hinzu kam, ließe sich hier nicht mehr in Ruhe leben. Und diese Schwitzhüttenrituale waren bei Barbara immer mit lautstarken Trommeleien, Gesängen und Tänzen verbunden. Es hörte sich an wie eine Marterpfahlszene in einer Karl-May-Verfilmung. Hinzu kam: Einige besonders eifrige Schwitzhüttenbesucher gerieten in Trance, schon allein deshalb, weil das auf Bewunderung und Anerkennung stieß. In Trance machten die meisten einen Höllenlärm, damit es auch jeder merkte.

Ich erinnerte mich nur mit Schaudern an meine Schwitzhüttenerlebnisse: Einmal quiekte ein dicklicher Glatzkopf herum als hätte man ihm die Eier abgeschnitten. Eine hagere Enddreißigerin schrie nach einem weißen Wolf. Als er endlich kam, wurde es auch nicht besser. Im Gegenteil: Sie tobte ekstatisch, bis sie um fünf Uhr am Morgen in einen komaähnlichen Schlaf fiel. Kurzum: Schwitzhütten machten Krach. Wie sollten wir bei solchen Ruhestörungen schlafen und wie soll ich meiner Tochter erklären, weshalb es jemandem so sehr nach einem weißen Wolf verlangte. Das alles konnte ich nicht hinnehmen. Es nutzte gar nichts, wild herum zu toben oder die Schwitzhütte einzureißen und den Hühnerstall abzufackeln. Auf diese Aggression durch Barbara und Margot musste ich reagieren, aber wie zuvor souverän, mit kühlem Kopf, mit Voraussicht und Planung.

Als ich am Tag darauf Barbara besuchte, grinste sie mich provozierend an. Ihr verfetteter kinderfickender Busfahrer-Gatte ebenso. Ich blieb sehr freundlich. Erwähnte mit keinem Wort ihren Übergriff auf unser Territorium. Im Gegenteil, ich dankte ihr freudig darüber, dass die Kultstätte so nah an unserem Haus gelegen sei. Das würde sicher energetisch abstrahlen. Ich bat Barbara schließlich darum, mich doch in Zukunft regelmäßig in ihre Schwitzhüttenrituale einzubeziehen. Sie wirkte zuerst etwas irritiert, dann geschmeichelt. Sie räumte mir sogar einen Rabatt von 50 Prozent ein. So nahm ich während der nächsten Monaten regelmäßig an ihren Schwitzhüttenveranstaltungen teil und gehörte bald zu den Insidern.

Ich kannte Schwitzhütten. Sie funktionierten ähnlich wie eine Sauna und wirkten auf mich ähnlich entspannend, wenn nicht gerade jemand in Trance geriet, rülpste, furzte oder einen allzu unangenehmen Körpergeruch hatte. Damit die Schwitzhütten nicht zu einer schnöden Wellness-Veranstaltung verkamen, veranstalteten die Ritualmeister und Meisterinnen ein wenig Zauber: Die Schwitzhüttenabende bekamen ein Thema - etwa die Ehrung der Ahnen mit der Chance, sie nett zu grüßen oder ihnen ein paar Fragen zu stellen. Andere Themen waren die Rückkehr in frühere Leben oder die Suche nach dem eigenen Krafttier. Letzteres war meistens ein wenig peinlich, weil sich bei fast allen Wölfe, Bären oder Adler als persönliche Krafttiere meldeten. Mein Krafttier ist übrigens der Grottenolm. Mit diesem Krafttier hatte ich keine Chance bei den Wölfinnen und Bärinnen, aber das machte nichts. Ich war bereits in festen Händen und nutzte die Schwitzhütte nicht als Kontaktbörse.

Die Vorbereitung und Einstimmung war immer wichtig für eine gelungene Schwitzhütte. Alle versammeln sich zunächst auf dem Zeremonialplatz. Die Teilnehmerinnen stellten sich im Kreis auf, fassten sich an den Händen und lächetelten. Dann kam die Ritualleiterin mit einem poliertem etwa Unterarmförmigen Knüppel, erklärte, dass dies ein indianischer Redestab sei. Wer ihn in den Händen halte, der dürfe reden. Alle andern müssten achtsam zuhören. Wer opportunistisch mit dem Kopf nickt oder am dümmsten grinst, bekam dann den Redestab zuerst in die Hand gedrückt und er redete los. Wenn er genug geredet hat, gibt er den Stab weiter.

Die meisten haben allerdings wenig Spannendes zu erzählen und redeten zu lang. Spätestens beim vierten Sprecher begannen sich alle zu langweilen. Die meist weinerlichen Berichte ähnelten einander sehr. Einige erzählten über ihren spirituellen Weg, über die letzte Beziehungspleite, über chronische Rückenschmerzen oder vegane Ernährung. Da freute man sich als Zuhörer über Abwechslung, wenn also etwa eine Mittvierzigerin mit zitternder Stimme über ihren Brustkrebs berichtete, wenn eine Sechzehnjährige über die kurz zuvor verstorbene und in Träumen erschienene Mutter erzählte oder wenn ein an Nase und Mund von diversen Ringen durchlöcherte junger Mann detailliert Auskunft gabt über

Liebeskummer oder Orgasmusprobleme. Bei derartigen Glücksfällen wurde es dann oft sehr intensiv und emotional. Wenn Tränen flossen und alle lieb und emphatisch waren, freuten sich alle, am meisten natürlich die Ritualleiterin. Flennet jemand herum, der noch halbwegs knackig ist und nicht nach Knoblauch stank, den nahmen die Ritualleiter gerne tröstend in den Arm und streichelten ihm oder ihr Brust und Rücken. Wenn jemand hässlich war oder stank, hat er Pech gehabt. Dann zündete die Ritualleiterin Räuchermaterial an, meistens getrockneten Salbei, und hielt es den emotional Engagierten das stinkende Zeug unter die Nase. Ein Hustenanfall stoppte dann meistens den Tränenfluss.

Barbara brezelte die Veranstaltung meistens noch ein wenig auf, sprach von heiligen Orten und heiligen Arbeiten, bevor sie die Teilnehmer Holz hacken schickte. Sie selbst verzog sich in ihre Wohnung, trank Kaffee oder bereitete einen Kräutersud vor. Sie erklärte, psychoaktive Flora sei eine liebevolle Spende von Mutter Erde, die so ihre feinstofflichen Potenzen verbreite. Als sie merkte, dass die zahlenden Mittelstandsdamen vor derlei Drogen zurückschreckten, verschwieg sie den Einsatz psychoaktiver Flora und bot ihr Gesöff als Heiltrunk an. Ganz darauf verzichten wollte sie wohl nicht, weil viele der Schwitzhüttenakteure, wie sie versicherten, auf Visionssuche seien. Da langweilige und phantasielose Leute schwerlich aus sich selbst heraus überzeugende Visionen entwickeln können, half Barbara ein wenig nach. Zu meinen Visionen kam ich auch durch den Einfluss psychoaktiver Substanzen.

Ich friere ein wenig heute Abend. Es wird kühl auf La Palma am Ende des Sommers. In den Schwitzhütten war es meistens angenehm warm, nie so richtig heiß. Ich trinke heute Abend Lindenblütentee, weil ich mich leicht erkältet habe bei meinem Bad im Meer. Das Wasser kühlt Ende September doch merklich ab und der Wind frischt kühl auf.

Oft waren die Schwitzhüttenzeremonien recht vergnüglich. Immer gab es jemanden, der ausflippte, in Trance geriet oder berichtete, er sähe Feen und Dämonen über dem Feuer kreisen. Manchmal sackte jemand ohnmächtig zusammen. Dann musste man ihn schleunigst herausschaffen und ihm die Beine hochlegen. Einmal deklamierte eine dicke Frau Schillers „Lied von der Glocke", bevor sie dem neben ihr Sitzenden anzüglich an den Hintern fasste. Heute leben die beiden zusammen und kamen bis zu Barbaras finaler

Schwitzhütte einmal im Monat zu Barbaras Ritualen. Ich glaube, sie bekamen einen großzügigen Rabatt. Barbara wird ihnen sicher fehlen.

26. September

Alle Ritualleiterinnen versuchen sich an individuellen Profilierungen. Die Klienten zahlen schließlich für ein eintägiges Schwitzhüttenritual mindestens 150 Euro plus Nebenkosten plus Übernachtungskosten und Mehrwertsteuer und wollen sich nicht nur gut fühlen, sie wollen auch etwas erleben. Außerdem: Die schamanische Konkurrenz schläft nicht. So verabreichen die Schamaninnen und Schamanen chakrenreinigende Tees mit Johanniskraut. Einige setzen winzige Mengen von Fliegenpilzen ein. Oder sie räuchern nicht nur mit Salbei, sondern mit Shit. Andere animieren ihre Klientinnen, zu hyperventilieren. Wichtig ist, dass die Show stimmt und die zahlenden Klienten den Eindruck haben, sie bekommen etwas für ihr Geld. Barbara versicherte ihren Klienten, sie importiere ihr Räucherwerk direkt aus Sibirien oder dem Amazonasgebiet und kündigte an, dass das stinkende Zeug irgendwelche Geister dazu animiere, vorbei zu schauen und mit Visionen weiterzuhelfen.

Einige Schamanen lancieren geschäftstüchtig das Gerücht, dass sie in der Lage sind, Hirntumore einzutrocknen, Gallensteine zu zerbröseln oder die Fertilität zu steigern. Nahezu alle Ritualleiter haben ihre Ausbildung bei irgendwelchen Indianern durchlaufen. Besonders beliebt ist ein Besuch bei der Deer Tribe Medicine Society in Arizona. Auf ihrer Homepage präsentieren sich die Schamaninnen bevorzugt mit männlichem Hilfspersonal - in Barbaras Fall der wenig ansehnliche Hubert. Die männliche Konkurrenz hat oft junge Assistentinnen. In keinem Falle verzichten sie auf Gruppenfotos mit verschmitzt lächelnden indianischen Medizinmännern oder knittrigen Medizinfrauen, die in ihren bunten Phantasiekostümen als Indianerinnen erkennbar sind. Ähnlich beliebt wie Medizinmänner der Lakota-Indianer sind die der Blackfoot-Indianer und irgendwelche Medizinmänner aus Kanada oder Alaska. Manche erzählen auch, dass sie von Ramires Santa Clara im Dschungel Ostperus ausgebildet worden seien. Das weckt Vertrauen.

Die taffe Barbara und ihr pummeliger Assistent Hubert hielten es ähnlich. Barbara berichtete von monatelangen Initiationsritualen bei Archie Fire Lame Deer, der seine Ritualanordnung von der weißen Büffelkuhfrau persönlich erhalten habe. Die weiße Büffelkuhfrau ist so etwas wie eine Göttin der Lakota-Indianer, die ab und an ihre Schamanen besucht und ihnen gute Tipps gibt. Später berichtete Barbara, dass sie selbst Kontakt mit der weißen Büffelkuhfrau pflege. Von ihr wisse sie, dass sie mit den schamanistischen Schwitzhüttenritualen durchaus kreativ umgehen dürfe und dabei Elemente der keltischen und germanischen Urkultur einflechten könne. So bot Barbara auch germanisch-schamanische Schwitzhütten an, rezitierte altgermanische Zaubersprüche und bat Odin oder Wotan um gutes Gelingen. Der bereits in Walhalla befindliche Johannes hätte seine Freude gehabt.

Hubert bekam bei den Schwitzhüttenevents auch immer Gelegenheit, auf seine Reinkarnationspraxis in Hannover hinzuweisen. Einmal inszenierte er eine Art Gruppenerinnerung an frühere Leben. Sein Erfolg war mäßig: Bei 12 Personen konnten sich nur drei an ein früheres Leben erinnern. Die erste war früher eine Prinzessin. Die meisten Frauen waren in einem ihrer früheren Leben Prinzessinnen oder mindestens Grafen- oder Häuptlingstöchter. Die zweite war nicht sehr viel origineller. Sie erinnerte sich an ein Leben als Hebamme und weise Frau, die als Hexe verbrannt wurde. Ihr grausamer Tod hat sie so schwer traumatisiert, dass sie riesige Angst vor offenem Feuer habe und sich auf keiner Grillparty so richtig wohl fühlen könne. Hubert versprach nachdrücklich, Abhilfe zu schaffen mit seiner Reinkarnationstherapie. Ein schmächtiger Mann mit schwerer Akne erinnerte sich daran, dass er als polnischer Mönch 5 jüdische Kinder vor dem Vergasen in Auschwitz gerettet hatte und dann selbst an die Wand gestellt wurde. Das war alles. 9 Personen konnten sich an kein vorangegangenes Leben erinnern. Hubert gab diese Gruppenreisen in frühere Leben dann auf und begnügte sich damit, auf den durchschlagenden Erfolg seiner Reinkarnationstherapien hinzuweisen. Die Erfahrung zeigte: Wer sein Geld für Schwitzhütten ausgibt, der investiert auch gerne in Reinkarnationstherapien, besonders dann, wenn es verbunden ist mit einem Rabattsystem. Den Teilnehmern von Schwitzhütten gewährte Hubert 20 Prozent Rabatt für sieben Reinkarnationssitzungen.

Für Leute mit Platzangst sind Schwitzhütten nicht empfehlenswert. Die Schwitzhütte ist nämlich klein und flach. Barbara und andere Schamaninnen versicherten, die Schwitzhütte sei die Gebärmutter der großen Göttin und stelle damit Kontakt zur weiblichen Urkraft her. Der flache halbrunde Rahmen aus Haselnusszweigen wird mit Fellen und Stoff abgedeckt. In einem riesigen Feuer erhitzt der Feuermann - in unserem Fall Hubert - Feldsteine und legt sie in eine kleinen Vertiefung in der Mitte der Schwitzhütte. Die Steine, das ist klar, repräsentieren die männliche Urkraft, weil sie quasi ins Urweibliche hineinkommen. Die glühenden Steine werden regelmäßig ausgetauscht: die erkalteten raus, die glühend heißen immer wieder hinein in die weibliche Urkraft.

Wichtig war es Barbara, dass ihre Schwitzhütte nicht nur eine für Feierabendesoteriker sei. Ihre Schwitzhütten, das betonte sie gerne und ungefragt immer wieder, wären richtig harte. Sie würden jedem Grenzerfahrungen eröffnen und tiefe Einblicke in die feinstoffliche Welt gewähren. Dazu aber müsse es richtig heiß werden. Anders wirkten auch die inspirierenden Kräutertränke nicht. Ihre Schwitzhütte, erklärte sie, sei nichts für Weicheier und Warmduscherinnen. Sie warnte, für Menschen mit Herz- und Kreislaufproblemen wären Schwitzhütten nicht ganz ungefährlich. Sie sollten lieber nach den ersten Runden aufgeben. Die einzelnen Durchgänge nannte Barbara professionell „Türen", weil die Tür kurz geöffnet wurde um neue Steine hineinzubringen.

Barbara erläuterte in ihren Einleitungsvorträgen, dass die jeweils letzten vier Phasen ihrer Schwitzhütte nur Eingeweihten offen stünden. Menschen, die sich für die dann stattfindenden tiefgreifenden Erlebnisse qualifiziert hätten - durch mehrmalige Schwitzhüttenerfahrung und Enthaltsamkeit, eine mindestens zweitägige vorangegangene Enthaltsamkeit an Nahrung, Sex und Alkohol, sowie wenig Flüssigkeit.

Das mit dem Sex hatte ich damals nicht verstanden. Sie erklärte dieses Verbot damit, dass sämtliche Energien konzentriert zur Verfügung stehen müssten. Ich gab mich mit dieser Erklärung zufrieden und sie lächelte zufrieden, wahrscheinlich, weil sie wirklich glaubte, mich interessierten ihre Anweisungen. Barbara war zwar raffiniert, aber auch sehr naiv. In meinen inzwischen versöhnlichen Erinnerungen schaue ich in die von hellen Wolken verdeckte Sonne und denke ganz dankbar an diese warnenden Hinweise von Barbara. Sie selbst hatte leichte Herzrhythmusstörungen, die ausgemergelte Margot hatte Herz-Kreislaufprobleme und Volker brachte mindestens 30 Kilo zu viel auf die Waage . Er war bis vor weniger Jahren ein starker Raucher.

Als Barbara zum ersten Mal erzählt hatte, wie gefährlich Schwitzhütten wären, wurde ich hellhörig. Ich recherchierte im Internet: Tatsächlich gibt es einige bekannt gewordene Fälle von letal verlaufenen Schwitzhütten: Die Betroffenen starben an Herzinfarkten oder Hirnschlägen, meistens, weil sie ungeübt waren oder unter Druck standen oder weil man ihnen einredete, dass eine Flucht aus den Schwitzhütten etwas Unehrenhaftes sei, etwas, was einen als charakterlosen Schwächling entlarven würde. In den USA werden Schwitzhütten als Abschluss von Managertrainings angeboten. Klar ist hier: Wer der Hitze nicht stand hält, macht auch keine Karriere. Wer es am längsten aushält, wird am meisten Geld machen.

Mir kam auch sehr entgegen, dass Barbara sehr experimentierfreudig Fliegenpilzextrakte einsetzte. Sie selbst trocknete sie und mischte sie ihren Kräutertränken bei. Ich hielt mich dabei immer zurück, merkte aber sehr wohl, dass ich halluzinierte. Einmal schwebte ich davon, bereiste fremde Welten, traf meinen Führungsengel - er heißt übrigens Kolonko - und landete dann wieder sanft in der Schwitzhütte. Ein anderes Mal hatte ich eine merkwürdige spirituelle Begegnung mit dem vermissten Roland. Er bat mich, seine sterblichen Überreste im Pelletsilo doch endgültig im Pelletofen zu entsorgen. Ich entsprach seiner Bitte bei nächster Gelegenheit portionsweise. Roland war nach mehr als einem Jahr gut durchgetrocknet und machte keine Probleme. Seine Zahnfüllungen musste ich allerdings getrennt entsorgen. Doch das nur nebenbei. Ich schrieb diese hellsichtige Ermahnung, Roland nicht zu vergessen, dankbar der wohltuenden Wirkung von Fliegenpilzen zu.

Ich recherchierte ein wenig im Internet über den Einsatz von Fliegenpilzen und wusste bald, wie ich sie mir zu Nutze machen konnte. Klar ist, Fliegenpilze selbst sind nur tödlich, wenn sie in größeren Mengen konsumiert werden. Sie waren allerdings durchaus in der Lage, zu sehr belasteten und dehydrierten Körpern den Rest zu geben. So suchte ich eine Möglichkeit, Fliegenpilze zu sammeln und zu konservieren. Eine Gelegenheit ergab sich in einem Ferienhaus in der Eifel. Ich hatte dieses Waldhaus für einige Tage gemietet, um dort zusammen mit den Mitarbeitern meines Softwareunternehmens über die weiteren Pläne meiner Firma zu beraten. Das Treffen verlief äußerst harmonisch und produktiv.

Meine Mitarbeiter brachen am Sonntag Vormittag auf, ich blieb alleine dort, weil ich am folgenden Tag einen Kunden in Köln treffen wollte. Begünstigt durch warmes und zugleich feuchtes Wetter konnte ich im Wald mindestens drei Kilo der schönsten Fliegenpilze sammeln. Ich wusste: Am giftigsten ist das Fruchtfleisch direkt unter der Haut im oberen Drittel des Pilzhutes. Ich trennte dieses Teile sorgsam heraus, trocknete sie bei schwacher Hitze im Backofen des Ferienhauses, zerrieb die übrig gebliebene Masse und füllte sie in eine kleine Stofftasche aus Jute. Danach säuberte ich das Ferienhaus vor allem aber den Herd gründlich und vergrub die unbrauchbaren Pilzreste hinter dem Haus.

27. September

An diesem milden Abend zur Wintersonnwende sollte mein Fliegenpilzkonzentrat endlich zum Einsatz kommen. Wie immer bei meinen finalen Aktionen, war ich bestens vorbereitet. Barbara verwandte zur Aufbewahrung ihrer Kräuter kleine Stoffbeutel, die sie selbst herstellte. Einen solchen Beutel hatte ich bei einer der vorangegangenen Schwitzhütten an mich genommen. An diesem Tag, an dem das Schwitzhüttenritual ganz besonders hart und intensiv sein sollte, verstaute ich den Beutel in meinem Schwitzhüttenhemd. So konnte ich meinen Teil zum Gelingen eines großartigen Schwitzhüttenrituals beitragen. Meine Rache wollte ich nicht kalt genießen, sondern heiß in der Schwitzhütte. Dass ich selbst meine Rache nur knapp überlebte, ahnte ich vor Beginn der Schwitzhütte natürlich nicht.

Barbara räumte zu Beginn der Wintersonnwend-Schwitzhütte gegenüber allen Teilnehmern ein, dass natürlich jeder zu jeder Zeit die Schwitzhütte verlassen könne, dass er oder sie dann aber auch draußen bleiben müsse. Für das normale Publikum seien die üblichen vier Türen, also vier Runden, geplant, für die geübten und eingeweihten Schwitzhüttenteilnehmer, also für Barbara, Volker, Margot und mich, weitere vier. Ich war auf die letzten vier Durchgänge gut vorbereitet: Ich hatte nicht gefastet, sondern vorher salzreich gegessen und jede Menge getrunken. Ich war mir sicher: Ich würde die letzten harten Schwitzhüttenphasen überstehen und Gelegenheit finden, Barbaras Kräutertrunk mit meinen Fliegenpilzen zu optimieren.

An diesem Abend versammelten wir uns im Zeremonialkreis, in dessen Mitte ein riesiges Feuer die bereitgelegten Feldsteine erhitzten. Sie sollten später die Schwitzhütte erwärmen. Franz-Josef und Hubert sollten für Stimmung sorgen. Sie trommelten auf Teufel komm raus und gaben alles bei den indianischen Gesängen. Hubert legte sich mächtig ins Zeug, doch er bekam nicht einmal dieses Pseudoindianergejaule hin. Barbara gab sich an diesem Abend besondere Mühe, tanzte, sang und beschwor lautstark die Heilige Büffelkuhfrau: „Oh, heilige Büffelkuhfrau, beehre uns mit deinem heilsamen Erscheinen." Ich hatte nie verstanden, weshalb sie Büffelkuhfrau hieß. Dass eine Büffelkuh weiblich ist, sollte eigentlich klar sein. Doch Barbara bestand als Feministin auf „Büffelkuhfrau", um den weiblichen Charakter der Kuh noch zu unterstreichen.

Wir krochen, meistens nur mit Hemd und Unterhose bekleidet, auf allen Vieren in die etwa 80 Zentimeter hohe Schwitzhütte und suchten uns einen Platz auf einem Schaffell. Es fiel nur etwas Licht durch die Öffnung. Einige glühenden Steine in der Mitte hatten die Hütte schon auf Betriebstemperatur gebracht. Als alle in der Hütte waren, wurden die Decken und Felle vor der Eingangsöffnung zugeklappt. An diesem milden Wintertag drängten sich 12 Leute auf knapp zwei Quadratmetern. Es wurde sehr kuschelig und es war nahezu vollständig dunkel. Einige der wenig bekleideten Anwesenden waren stark übergewichtig - etwa Barbaras Mann, der dickliche Volker. Der intensive Kontakt zu schwitzenden und nicht immer gut riechenden Körpern nach links und rechts war erwünscht. Das würde die Energie erhöhen, erklärte Barbara.

Die nächste Ladung von erhitzten Steine wurden in der Mitte der Schwitzhütte niedergelegt. Barbara stimmte einen Singsang an. Alle anderen stimmten mit ein. Dazu bewegten sich die Schwitzenden rhythmisch hin und her. Schließlich wurden Säuberungs- und Versöhnungsrituale vollzogen. Barbara befahl den verirrten Seelen, sich aus der Schwitzhütte zu entfernen. Dann wurden die unwürdigen Erdgeister hinausgeschickt und die bösen Elfen. Danach nahmen wir auf Barbaras Kommando hin Kontakt mit Mutter Erde auf. Eine Teilnehmerin musste stark husten und Barbara fragte die Betreffende, ob sie sich an das zweitägige Fastengebot gehalten habe. Die Teilnehmerin bejahte ängstlich die Frage. Barbara glaubte ihr nicht und äußerte die Vermutung, dass sie vor kurzem Geschlechtsverkehr gehabt habe. Die Teilnehmerin widersprach: Sex ja, aber kein Geschlechtsverkehr, weil sie ihre Periode habe. Barbara reagierte schockiert. Schwitzhütte während der Periode, das ginge gar nicht, jedenfalls nicht ohne besonderes Reinigungsritual. Als die Teilnehmerin die Hütte verlassen wollte und ihr Geld zurück forderte, nahm Barbara an Ort und Stelle das Reinigungsritual vor. Sie öffnete den Eingang und befahl dem unreinen Geist, die Hütte zu verlassen. Das reichte.

Barbara machte weiter im Programm, befahl den Beteiligten, Kontakt aufzunehmen zu Mutter Erde, zur großen Muttergöttin. Da alle Beteiligten auf der Erde saßen, gelang das problemlos. Auch die urmännlichen Mächte des Feuers und Wassers wurden feierlich angerufen. Die glühenden Steine und der auf ihnen erzeugte Wasserdampf helfen dabei. Die Luft wird geehrt durch Atemübungen. Alle bedankten sich dann lautstark bei der Erde, bei dem Feuer, dem Wasser und bei der Luft.

Dann spritzte Barbara stark riechende Öle auf die Steine, die unangenehme Körpergerüche überdeckten. Am heutigen Tag flossen die Energien besonders stark. Einige Teilnehmerinnen hatten heftige Visionen und sahen Feen, sogar feinstoffliche Aliens. Margot erblickte ein Schemen der dank meiner Hilfe dahingeschiedenen Gundi. Andere unterhielten sich lebhaft mit Engeln oder Rudolf Steiner und dem Dalai Lama. Eine Lehrerin aus Bremen bekam heftige Zuckungen und verdrehte die Augen. Nach der zweiten „Tür" kletterten bereits die ersten beiden Teilnehmerinnen aus der Hütte. Nach dem dritten Durchgang empfahl Barbara dann, zu unseren Krafttieren Kontakt aufzunehmen. Dazu sollten wir vor unserem geistigen Auge Tiere an uns vorbei ziehen lassen. Das Tier, das bei uns stehen bleibe, sei unser Krafttier. Bei den meisten männlichen Teilnehmern waren es, wie immer, Raubtiere - Wölfe, Bären, Löwen etc., bei den meisten Teilnehmerinnen waren es Rehe, Büffelkühe oder Delphine. Mein Krafttier ist, wie bereits erwähnt, der Grottenolm.

Nach dem vierten Wechsel der Steine schickte Barbara die Anfänger hinaus. Hubert nahm sie draußen in Empfang und machte mit ihnen Entspannungsübungen und dann die Nachbereitung. Nun war es Franz-Josef, der für ihn als Feuermann einsprang. Er schleppte dicke Äste auf das Feuer, erhitzte die Steine und reichte sie in die Schwitzhütte. Übrig blieb unsere hardcore Schwitzhüttengemeinschaft bestehend aus Volker, Margot, Barbara und mir. Barbara nahm nun eine zweite Flasche mit Kräutersud in die

Hand, schüttete sie in eine Holzschale und kündigte an: Fliegenpilz. Zuerst trank sie selbst, dann gab sie die Schale an Volker und Margot weiter. Zum Schluss war ich an der Reihe. Ich trank nur sehr wenig von Barbaras Gebräu. Leichte Halluzinationen setzten trotzdem ein, allerdings erst nach etwa einer viertel Stunde und nur schwach. Margot schien schon mehr zu spüren und stammelte etwas von bunten Blumen und Wiesen, die unter ihr dahinflögen. Busfahrer Volker, der offensichtlich zu blöd war, um auch nur etwas Phantasie zu entwickeln, schien auch unter schwachen Fliegenpilzeinflüssen Busfahrer zu bleiben. Er murmelte etwas wie „weg da" oder „verpiss dich, Scheiß-Radfahrer".

Barbara sang lautstark vor sich hin, hatte aber offensichtlich noch nicht den erwarteten spirituellen Durchbruch. Sie nahm noch einmal ihre Kräutersudflasche und schüttete die Flüssigkeit in eine Holzschale. Ich bekam sie zuerst, nutze die Gelegenheit, holte die Stofftüte mit dem zerriebenen Fliegenpilzen aus meinem Hemd und gab das erste Drittel in die Schale mit dem Kräutertrunk. Barbara trank nach Margot und Volker. Barbara huste ein wenig und füllte die Schale erneut aus ihrer Flasche auf. Ich war sehr erleichtert, dass sie meine heimliche Dosiserhöhung nicht bemerkte.

Nun brachte Franz-Josef neue Steine. Barbara wirkte ein wenig müde und so goss ich ein wenig Wasser auf die Steine. Es dampfte stark. Das mit Menthol angereicherte Zitronenöl brannte in den Augen. Ich nutzte erneut die Gelegenheit, tastete nach der Holzschale und gab das zweite Drittel des Fliegenpilzkonzentrats in die Flüssigkeit. Nach einigen Minuten reichte Barbara diese Schale erneut herum. Sie trank zuerst, hustete erneut und gab dann die Schale an Volker weiter. Volker wollte es an diesem Abend wissen, trank gleich mehrere Schlucke und ertastete die Hände von Margot. Margot zierte sich ein wenig. Ich ergriff die Schale, nötigte sie zu einem weiteren Schluck und gab dann das letzte Drittel meines Konzentrats in die noch etwa zu einem Drittel gefüllte Schale.

Als Franz-Josef fragte, ob er neue Steine auflegen solle, schickte ihn Barbara wieder hinaus. Nein, neue Steine erst in einer viertel Stunde. Wir entledigten uns nun unserer Kleidung. Der Schweiß rann in Strömen. Ich war zunächst enttäuscht, doch dann schien die Wirkung meiner Pilze einzusetzen. Margot begann ekstatisch zu zucken und rhythmisch zu stöhnen. Volker entdeckte den Bären in sich und begann zu brummen und Barbara schien mit ihrer Büffelkuhfrau Kontakt zu haben. Jedenfalls flogen die halluzinierten

Wesen in der Schwitzhütte umher und Barbara fragte sie, weshalb sie so grün seien. Ich legte mich nun auch lautstark ins Zeug und sang voller Inbrunst mein Lieblingsmarienlied „Meerstern ich dich grüße, o Maria hilf", was sie dann auch tat.

Ich wusste, dass Fliegenpilze längere Zeit benötigten, um ihre Wirkung voll zu entfalten. Trotzdem wurde ich unruhig. und sang um so lauter. Barbara lallte etwas vor sich hin und Volker verlangte nach mehr Kräutertrank. Das beruhigte mich. In der vierten Runde leerte ich den verbliebenen Rest des Fliegenpilz-Konzentrats in die Holzschale. Wir tranken alle davon. Es ging nun immer schneller. Heiße Steine, Kräutertrunk. Volker lag bereits auf dem Rücken und lachte vor sich hin. Barbara sang lallend ihre schamanischen Gesänge, Margot stöhnte, lachte, weinte und legte sich dann nieder und gab keinen Ton mehr von sich.

Franz-Josef legte neue Steine nach und murmelte, dass wir alle auf einer großen Reise seien. Barbara gelang es noch so eben, zu trinken und die Schale herumzugeben. Volker trank, Margot weigerte sich. Es gelang mir nicht, ihr noch etwas einzuflößen. Ich selbst trank einen kräftigen Schluck. Dann schob ich das Stoffsäckchen, in dem ich das Fliegenpilzextrakt mitgebracht hatte, zu Barbaras Schamanenutensilien und kippte dann unfreiwillig nach hinten. Ich hatte wunderbare Träume. Mir erschien die weiße Büffelkuhfrau. Sie lächelte mir freundlich zu und sagte: „Du bist mein geliebter Sohn, an dem ich mein Wohlgefallen habe." Dann bat sie mich, auf ihren Rücken zu steigen, sie wolle mich in ein Land bringen, in dem es nach Sommerregen roch, in ein weites, grünes Land, in dem Milch und Honig fließen, ein Land, in dem keine Menschen lärmen, in dem es so ruhig ist, dass selbst die Vögel nur ganz sanft zwitschern, in ein Land, in dem es niemals nach Hühnerscheiße riecht. Bei dem Wort „Hühnerscheiße" kam es mir hoch. Ich musste kotzen und zwar eine ganze Menge. Doch die Büffelkuhfrau leckte mich mit ihrer rauen Zunge sauber und flog mit mir davon.

Doch bald war es mit der himmlischen Ruhe vorbei. Ich hörte es piepen. Es war hell. Entfernte Autogeräusche drangen zu mir durch. Ich spürte eine Hand auf der meinen. Sie wurde sanft gedrückt. Als erstes sah ich die lächelnden Augen von Silvia. Zuerst dachte ich, es seien die sanften Augen der Büffelkuhfrau, doch dann wurde mir klar, es sind die blauen Augen von Silvia. Meine erste Frage war, wie es denn den anderen ginge. Silvia schüttelte den Kopf und bedeutete mir, dass sie es nicht geschafft hätten. Mir traten Tränen in die Augen. Ich war also der einzige Überlebende. Die anderen waren wahrscheinlich von sanften Träumen begleitet hinüber gegangen in die ewigen Jagdgründe - besser hätte es für sie nicht kommen können und auch nicht für uns. Unsere Gemeinschaft auf dem Hardenhof würde nun, von Fremdkörpern befreit, harmonisch wachsen können, ganz ohne schamanische Rituale.

Ich greife nun nach der Kognak-Flasche. Wie leicht hätte das schief gehen können! Das Risiko war falsch kalkuliert. Hätte die Büffelkuhfrau mich nicht an die Hühnerscheiße erinnert, hätte mich mein eigener Fliegenpilzsud erledigt. Ich überlebte - dank der Büffelkuhfrau! Im nächsten Frühjahr flog ich in die USA und nach Kanada, um mehr über sie zu erfahren. Der stark alkoholisierte Medizinmann Archie Fire Lame Deer vertraute mir an, dass ich tatsächlich der jüngste Sohn der Büffelkuhfrau bin. Das wäre schön, aber Ich bin mir da nicht so sicher.

28. September

Ich lag in einem sonnigen Einzelzimmer eines komfortablen Krankenhauses. Als ich langsam einen klaren Kopf bekam, war ich sehr gerührt. Tränen stiegen mir in die Augen. Unbekannte Menschen hatten mich mit wunderschönen Blumensträußen beschenkt, auch mit Süßigkeiten und einer teuren Flasche Whiskey. Die Presse hatte mich zum einzigen Überlebenden eines heimtückischen Giftanschlages gemacht. Und sie hatte recht. Ich wurde schließlich dazu gezwungen, mich derart hohen Dosen von Fliegenpilzen auszusetzen, dass ich nur knapp überlebte. Ich war ein bedauernswertes Opfer. Silvia hatte vor laufenden Kameras um mich geweint und in einigen Interviews berichtet, dass ich ein liebevoller Familienvater, erfolgreicher und äußerst sozialer Geschäftsmann sei, der immer auf der Suche sei nach dem tieferen Sinn des Daseins, auf der Suche nach Gott.

Der klebrige Krankenhausseelsorger war nach diesem Interview nur schwer aus meinem Zimmer zu vertreiben. Immer wieder wollte er mit mir beten und versicherte mir, er schlösse mich in seine Gebete ein. Ich bedankte mich. Einmal sang er mir sogar ein Marienlied vor: „Meerstern, ich dich grüße." Er hatte es eindeutig auf meine Seele abgesehen. Ich wimmelte ihn freundlich ab und bat das Krankenhauspersonal, ihn doch bitte erst dann wieder zu mir zu lassen, wenn es mir besser ginge.

In einer Visite mit mindestens 12 Personen erklärte mir der Oberarzt, dass ich nun über den Berg sei. Ich hätte es nur deshalb geschafft, weil ich mich kräftig übergeben hätte. Ich bedankte mich noch einmal still aber feierlich bei der Büffelkuhfrau. Sie war es, die mich gerettet hat.

Ich erholte mich nur sehr langsam. Immer wieder überfielen mich Halluzinationen. Die meisten waren angenehm. Die Büffelkuhfrau lächelte mir zu und lud mich zu kleinen Ausritten in der Prärie ein. Ich schlief viel und träumte stark. In meinen Wachphasen zwang mich Silvia dazu, viel zu trinken und regelmäßig zu essen. Als mich dann meine kleine Tochter besuchte und mich feucht auf die Wange küsste, ging es mir schlagartig besser. Fast weinte ich vor Glück. Jetzt wusste ich, weshalb ich das Vergiftungsrisiko auf mich genommen hatte. Die kleine Helena würde jetzt in einer liebevollen Nachbarschaft aufwachsen können, ohne die gehässige und machtgierige Barbara, ohne Angst vor dem Volker, der seine eigene Stieftochter sexuell belästigt hatte, ohne Margot, die den stinkenden Hühnerstall zu verantworten hatte. Helena würde eine geborgene Heimat haben, ohne lebensgefährliche Schwitzhütten mit oft brünstig schreiende Teilnehmerinnen und ohne den Einsatz von Drogen. Wir würden bald eine wirklich harmonische Gemeinschaft sein, in der sich alle respektvoll, achtsam und emphatisch begegneten, ohne Neid, Brutalität und Boshaftigkeit. Jeder würde in Zukunft dafür sorgen, dass es allen gut ging.

Silvia berichtete mir, dass Hubert ausgerastet sei, als er in der Nacht seine leichtgewichtige Frau Margot aus der Schwitzhütte gezogen habe. Er habe Wiederbelebungsversuche gemacht: Mund-zu-Mundbeatmung, Herzmassagen. Er habe geschrien, geweint, er habe herumgetobt. Laut habe Hubert nach der heiligen Büffelkuhfrau gerufen. Dann hab er sich auf den armen Franz-Josef gestürzt. Er als Feuermann hätte aufpassen müssen. Franz-Josef sei daraufhin völlig zusammengebrochen, habe sich damit verteidigt, dass er nur das getan habe, was Barbara ihm aufgetragen hat. Auch die Polizei habe ihn mehrfach verhört. Der arme Franz-Josef sei jetzt völlig verstört gewesen, als man ihm mitteilte, dass er Tatverdächtiger sei und nichts mehr zum Vorfall aussagen müsse.

Der Ablauf sei wohl klar zu rekonstruieren gewesen: Franz-Josef habe das Feuer in Gang gehalten und immer wieder die glühenden Steine in die Hütte geschafft. Da Barbara ihm aufgetragen hatte, auf keinen Fall die Zeremonie zu stören, habe er nichts weiter getan, als die Steine auszutauschen. Dass alle bewegungslos auf der Erde gelegen hätten, sei ihm ganz normal vorgekommen. Schließlich hatte Barbara angekündigt, die Schwitzhütte werde in dieser Nacht ganz besonders intensiv. Der zweite Feuermann, Hubert, habe sich irgendwann ins Bett gelegt. Erst morgens um 5 Uhr sei Franz-Josef auf die Idee gekommen, Barbara zu berühren und an ihr zu rütteln. Als sie nicht reagierte, habe er Hubert geweckt. Hubert habe dann bei Barbara keinen Puls mehr gefunden, bei Volker und Margot ebenso wenig. Meiner sei ganz schwach gewesen. Hubert habe dann Krach geschlagen. Die im Gemeinschaftsraum schlafenden Teilnehmer der Schwitzhütte hätten alle geholfen, uns aus der Hütte zu ziehen. Am meisten Widerstand hätte der massige Körper von Volker geleistet, doch mit vereinten Kräften sei es gelungen, auch ihn herauszuziehen. Die Wiederbelebungsversuche bei Barbara, Volker und Margot schlugen fehl. Alle seien aus diesem Leben gegangen, nur ich sei geblieben, habe Hubert weinend berichtet. Silvia schien es so, als bedaure er das ein wenig. So wurde mir wieder einmal klar, dass Hubert mich nicht mochte. Er wünschte mir tatsächlich den Tod. Mich hat das zunächst sehr befremdet und dann sehr bestärkt.

Auch von den Ärzten erhielt ich einige Erklärungen. Sie erklärten, Margot sei völlig dehydriert gewesen und einem Herzstillstand erlegen. Volker sei vermutlich zuerst gestorben. Ein tödlicher Schlaganfall infolge der Drogen. Mehrere kleine Schlaganfälle hätte er übrigens bereits vorher gehabt. Er sei adipös gewesen, habe auch zu viel getrunken - Leberzirrhose, wie die Obduktion ergeben habe. Geraucht habe er auch, meinten die Ärzte. Barbara hätte am längsten durchgehalten. Ich hätte es meiner robusten Konstitution zu verdanken, dass ich noch lebe - und natürlich der Tatsache, dass ich mich kräftig übergeben hatte.

Silvia hatte von Sieglinde erfahren, dass die Polizei die Schwitzhütte und ihre Umgebung genauestens untersucht habe. Da alle Schwitzhüttenteilnehmer gleich mehrfach bei den Rettungsversuchen in der Schwitzhütte waren, sie teilweise sogar eingerissen hatten, erbrachte die polizeiliche Spurensicherung nur wenig. Auf meine Frage, wo denn mein Schwitzhüttenhemd geblieben sei, antwortete sie erstaunt, man habe es mir angezogen, bevor ich ins Krankenhaus abtransportiert wurde. Sie habe es dann mitgenommen und zu Hause gewaschen. Ich war beruhigt. Auszuschließen war es nicht, dass der Stoffbeutel mit dem Fliegenpilzkonzentrat Spuren hinterlassen hatte.

Die Ärzte ließen die Polizei zunächst nicht zu mir. Ich sei noch zu instabil, ließen sie die Polizei wissen. Silvia war oft da. Sie berichtete über die aufdringliche Presse. In den Augen der Boulevard-Zeitungen war ich das überlebende Opfer einer ausgetickten Schamanin. Die Teilnehmer der Schwitzhütte, die bereits früher die Schwitzhütte verlassen hatten, waren vorsorglich auch zur Behandlung im Krankenhaus, aber schnell wieder entlassen worden. Sie erhoben schwere Vorwürfe gegen Barbara. Sie versicherten gegenüber der Polizei, dass Barbara sie nicht über den Einsatz von Fliegenpilzen informiert hätte.

Schließlich besuchte mich dann doch die Kriminalpolizei aus Hannover im Krankenhaus. Die grauhaarige Kriminalhauptkommissarin und den Schnauzbartbullen kannte ich bereits. Sie waren nach dem Ableben von Gundi und Angela auf dem Hof gewesen. Ich hatte mich auf eine harte Befragung eingestellt, doch der behandelnde Arzt sorgte dafür, dass ich geschont würde. Für die Polizei schien die Sache klar: Barbara sei eine üble Scharlatanin gewesen, die sich und uns für ihre Experimente mit bewusstseinserweiternden Drogen benutzt hätte. Ich ergriff zunächst die Partei der verstorbenen Barbara: Ich hätte schon gewusst, dass sie kleinste Mengen Fliegenpilze einsetze und hätte dem auch stillschweigend zugestimmt. Dass sie allerdings solche Mengen einsetzte hätte, wäre mir unbekannt gewesen.

Die graue Hauptkommissarin erkundigte sich nach Franz-Josef und Hubert. Ob die beiden Zugriff auf den Kräutertrank gehabt hätten. Ich versicherte ihr, dass ich das für sehr unwahrscheinlich halte. Barbara habe immer sehr auf ihre Kräutermischungen geachtet. Die graue Hauptkommissarin wollte noch wissen, wo wer gesessen habe. Ich versuchte, mich an die Gruppe aus 12 Personen zu erinnern. Es gelang mir nicht. Dann fragten sie nach unserer Vierergruppe. Ich gab vor, mich nicht mehr genau erinnern zu können, vermutete aber, dass ich neben Margot und Barbara gesessen habe. Dann verabschiedeten sich die Beamten.

In den folgenden Tagen besuchten mich meine überlebenden Nachbarn. Franz-Josef entschuldigte sich tränenreich, dass er so unachtsam war. Ich verzieh ihm großzügig und versicherte, er habe schließlich nur Barbaras Anordnungen befolgt. Mit Sieglinde unterhielt ich mich über die hohe Mortalität auf dem Hardenhof. Rudi besuchte mich mehrfach nach der Schule. Sein anthroposophisches Gymnasium lag ganz in der Nähe des Krankenhauses. Rudi berichtete mir darüber, dass Hubert nicht gut auf mich zu sprechen sei. Er habe sogar den vagen Verdacht geäußert, dass es vielleicht doch kein Zufall sei, dass ich als einziger die Schwitzhütte überlebt habe. Rudi fand derlei Aussagen empörend und ich selbstverständlich auch. Da Hubert auch Franz-Josef beschuldigt hatte, erklärte seine Trauer um die dünne Margot diese Beschuldigungen.

Nach 10 Tagen entließen mich die Ärzte und empfahlen mir, mein Trauma mit Hilfe eines Psychotherapeuten zu bearbeiten. Ich versprach, mir Hilfe zu holen, wenn sich Probleme einstellten. Franz-Josef war unterdessen mehrfach von der Polizei verhört worden. Sie hatten ihm erklärt, er sei jetzt kein Zeuge mehr, sondern Beschuldigter. Als solcher brauche er keine Aussage zur Sache zu machen. Ich kümmerte mich ein wenig um ihn und vermittelte ihm einen Rechtanwalt, der auf Strafrecht spezialisiert war. Ich kannte ihn, weil ich in meiner Wohngemeinschaftszeit mit ihm zusammen gewohnt hatte. Er schaffte es schließlich, dass die Untersuchung gegen ihn eingestellt wurde.

Die Trauerfeier war wieder einmal sehr ergreifend. Mein dunkeler Anzug kleidete mich vortrefflich. Hubert entschied sich gegen eine christliche Beerdigung. Margots Asche sollte im Rahmen eines germanisch-buddhistisch-schamanistischen Rituals beigesetzt werden. Barbara und Volker schlossen sich unfreiwillig Margot an. Shiva-Regina, die Tochter von Barbara, zeigte wenig Interesse an einer gesonderten Beisetzung ihrer Mutter. Sie stellte sich auf den pragmatischen Standpunkt: „Hauptsache billig“. Kein Wunder. Barbara hatte seit Shiva-Reginas siebtem Lebensjahr den sexuellen Missbrauch durch Volker gedeckt. Shiva-Regina besuchte Silvia und mich in der Woche vor der Beisetzung. Der Tod ihrer Mutter und ihres Misshandlers taten ihr sichtlich gut. Sie hatte eine sehr gute Psychotherapeutin, die sie motivierte, die Schule zu beenden. Danach wolle sie Psychologie studieren.

Die Beerdigungsfeierlichkeiten fanden im Beisein zahlreicher Medienvertreter statt. Das Ritual leitete eine befreundete Schamanin. Musikalisch wurde sie begleitet von einem indianischen Trommler, der auch nett sang und tanzte. Der Reinkarnationstherapeut Hubert nutzte in der Friedhofskapelle die Gelegenheit, in aller Ausführlichkeit seine Ideen von der Wiedergeburt zu erläutern. Margot, so prognostizierte er, werde in ihrem nächsten Leben eine große Wissenschaftlerin, Barbara eine weltberühmte Heilerin und Volker katholischer Priester in einem Knabeninternat. Dann erzählte der schluchzende Hubert über seine liebevolle Beziehung zu Margot. Sie hätten den gemeinsamen Kinderwunsch leider nicht realisieren können. So habe Margots ganze Liebe allein ihm gegolten. Ihre intellektuelle Erfüllung habe sie in der Ethnologie gefunden. Ihren unendlichen Wissensdrang habe sie - zusammen mit ihrer Freundin Barbara - auch in der experimentellen Ethnologie verfolgt. Diese wissenschaftliche und spirituelle Neugier habe dazu geführt, dass sie von uns gegangen sei. Ihre tiefe Verbundenheit mit allem Kreatürlichen, mit Pflanzen, Tieren und Menschen, habe sie zur Pflege der verwaisten Hühner ihrer ebenfalls viel zu früh gegangenen Freundin Angela getrieben. Bei der Erwähnung seiner Ex schluchzte Franz-Josef erbärmlich auf. Margots geliebte Hühner, so berichtete Hubert mit zitternder Stimme, hätten ihr in ihrer letzten Lebensphase sehr am Herzen gelegen. Nun wolle sich er, Hubert, der mutterlosen Hühnerschar annehmen. Diese Ankündigung stoppte abrupt meinen Tränenfluss. Schlagartig wurde mir klar: Der pummelige Hubert sehnte sich unbewusst nach einer postmortalen Vereinigung mit der dünnen Margot.

Heute ist wieder ein wundervoller Abend. Die Sonne verschwindet blutrot im Meer. Mein Rücken schmerzt ein wenig und ich werde einige Yogaübungen machen. Vielleicht den schnellen Kranichtanz. Das dazu passende Mantra hatte ich mir damals von Hubert geliehen und kopiert. So werde ich seiner noch einmal gedenken. Doch während der Trauerfeier empfand ich die Ankündigung Huberts, die Hühnerhaltung fortzusetzen, als deprimierenden Rückschlag. Wie sollte ich Hubert seiner jenseitigen Gattin beigesellen? Und würde Franz-Josef nach Huberts Abgang die stinkenden Hühner übernehmen? Das erschien mir damals wahrscheinlich. Eine schwierige Aufgabe lag vor mir. Doch es erwies sich als einfacher als ich damals dachte.

29. September

Ich hasse Brutalitäten. Kriminalromane und vor allem Kriminalfilme sind für mich unerträglich, nicht nur deshalb, weil die Täter immer gefasst werden. Nein, ich finde die vielen erschossenen, erdolchten, weggebombten, erschlagenen, geköpften Menschen einfach abstoßend. Ich bin entschieden der Meinung, man sollte derlei Szenen in Filmen und Büchern vermeiden. Bluttaten desensibilisieren, härten innerlich ab und hinterlassen Schwielen auf der Seele. Andererseits: Gewalt lässt sich, auch wenn man sich sehr bemüht, manchmal nicht ganz vermeiden. Wenn also Gewalttaten notwendig werden, dann sollte man sie Menschen überlassen, die emphatisch genug sind, um sie seelisch nachzuempfinden und die klug genug sind, sie rational einordnen zu können.

Und noch etwas ist für mich in der Gewaltfrage essentiell: Wenn Gewalttaten notwendig sein sollten - manchmal ist das ja leider so -, sollten sie nur aus einer gewissen lauteren Gesinnung heraus begangen werden. Camus meint genau das, wenn er in seinem wunderbaren Essay „Der Mensch in der Revolte" von „zartfühlenden Mördern" spricht. Zartfühlende Mörder morden, so die paradoxale Argumentation, um in einer Welt noch weiterhin an Ideale glauben zu können, in der diese Ideale ständig mit Füßen getreten werden. Der Mord ist damit eine ultima ratio zur Rettung dieser Ideale. Also zartfühlende Mörder morden Menschen, die gegen diese Ideale verstoßen. Das Motiv ist nicht, sie zu bestrafen. Sie morden, um selbst weiterhin an diese Ideale glauben zu können, um sich diese Ideale tatkräftig zu bestätigen. Kurzum, sie morden, um nicht zu Zynikern werden zu müssen.

Konkret hieß das damals für mich: Wie will man jahrelang an Ideale wie Solidarität, Menschenliebe, Fairness, Gemeinschaftlichkeit, Geborgenheit glauben, wenn man nicht bereit ist, sich selbst diese Ideale zu bestätigen. Das gelingt nur, indem man gegen diejenigen vorgeht, die diese Ideale permanent verletzen. Wie gesagt: Es geht nicht um Strafe. Das wäre anmaßend. Hubert verstieß ständig gegen diese Ideale: Er beutete skrupellos seine seelisch oft labilen Klientinnen aus, indem er ihnen Zugang zu früheren Leben suggerierte. Er verletzte die Sehnsüchte nach Geborgenheit, indem er auf dem Hardenhof seine bösen Intrigen spann. Er verletzte grob das Ideal der Solidarität, indem er seinen stinkenden Hühnerstall vor unseren Fenstern beließ, obwohl ich ihm wiederholt Geld und Hilfe anbot, diesen Stall zu verlegen. Außerdem vernachlässigte er seine Hühner: Nie mistete er den Stall aus. Nie sprach er mit ihnen. Nie bedankte er sich bei seinen Hühnern, nie entschuldigte er sich, wenn er sie dem menschlichen Nahrungskreislauf zuführte. Er kümmerte sich nicht um die ihm anvertraute eierlegende Kreatur. Außerdem hatte er diesen lächerlichen Oberlippenbart. Kurzum: Hubert versagte als Mensch. Hier Abhilfe zu schaffen, war ein Gebot der Liebe zu Tier, Mensch und Ideal.

Noch nach einem halben Jahr überfällt mich Ekel und Abscheu, wenn ich an Hubert denke. Ich sehe ihn vor mir. Klein, pummelig, mit zu kurzen Armen, seine dünnen halblangen Haare und diesem absolut lächerlichen Schnäuzer. Ich erhebe heute Abend mein Glas mit einem auf La Palma sehr preiswerten spanischen Sekt und danke mir selbst im Namen der Menschheit dafür, ihn aus dieser Welt geschafft zu haben.

Wie bei ähnlichen Vorhaben gilt auch hier: Eine langfristige und gute Planung gewährleistet den finalen Erfolg. Zuerst besorgte ich mir einen Nachschlüssel zu Huberts Praxis in Hannover. Das war leicht: Sieglinde goss Huberts Pflanzen, als Hubert auf einer einwöchige reinkarnationstherapeutische Weiterbildung zum tibetanischen Totenbuch machte. Dazu bekam sie seinen Wohnungsschlüssel. Und wir hatten schon einige Jahre den Wohnungsschlüssel von Sieglinde. Als Sieglinde einen langen Arbeitstag hatte, nahm ich Huberts Schlüsselbund, und ließ in Hannover einen Nachschlüssel anfertigen. Der Schuh- und Schlüsseldienst verlangte nicht einmal einen Personalausweis. Als ich angab, ihn vergessen zu haben und ihm statt dessen 50 Euro in die Hand drückte, war die Sache Okay. Zur Sicherheit verkleidete ich mich in Anzug und Krawatte, setzte mir eine Hornbrille auf und verstaute meinen Pferdeschwanz unter einem Hut.

Der zweite Schritt war komplizierter. Ich musste mir ein Alibi verschaffen: Wieder organisierte ich ein geschäftliches Treffen in einem anonymen Hotel in Berlin. Ich mietete einen Konferenzraum und machte dort am Nachmittag wie immer in Freizeitkleidung, mit offenem langen Haar und betont locker eine Präsentation. Danach verkleidete ich mich als Geschäftsmann: Anzug, Krawatte, Hornbrille, das Haar unter einem Hut. So fuhr ich mit der Bahn zurück nach Hannover, dort mit öffentlichen Verkehrsmitteln zu Huberts Praxis. An diesem frühen Abend hatte unser verwitweter Nachbar Franz-Josef, wie jede zweite Woche nach seiner Arbeit im Kindergarten, eine reinkarnationstherapeutische Sitzung bei Hubert. Wie diese Sitzungen abliefen, wusste ich aus Huberts oft höhnischen Erzählungen: Hubert versetze Franz-Josef in eine tiefe

Entspannung. Er bat ihn dann, in ein früheres Leben einzutauchen, sich vorzustellen, wie er geboren wurde, wie er im früheren Leben aussah, was er von Beruf war, wie er lebte etc. Franz-Josef war leicht beeinflussbar, glitt schnell in einen hypnoseartigen Zustand und merkte bald nichts mehr. Hubert setze sich seine Kopfhörer auf, damit er Franz-Josefs phantasieloses Gemurmel nicht folgen musste und lauschte selbst seiner tibetanischen Musik.

Das Transformationswerkzeug hatte Franz-Josef, der begeisterte Hobbyheimwerker, selbst angefertigt. Es war eine Art Garotte, ein mitteldünner Draht befestigt an zwei soliden Holzgriffen. Hubert hatte dieses Gerät selbst bei der Tötung von Hühnern verwendet. Ihm war das Kopfabhacken zu blutig. Doch die Garotte erweis sich sehr schnell als unbrauchbar. Es gelang nur selten, den Hühnern mittels Draht den Kopf abzutrennen. Das war aber notwendig, denn die Hühner mussten ausbluten. Die Garotte lag also unbenutzt im Hühnerstall und ich hatte sie an mich genommen - selbstverständlich sehr vorsichtig, um nicht die Fingerabdrücke auf den Holzgriffen zu verwischen. Das Haus, in dem Hubert seine Praxis hatte, lag ebenerdig in einem heruntergekommenen Altbau. Als niemand im Hausflur war, streifte ich die Einweghandschuhe über, zog die mitgebrachte Regenjacke an, setzte mir die Kapuze auf - alles Maßnahmen, um keine DNA zu hinterlassen. Dann öffnete ich sehr leise die Tür mit dem Nachschlüssel, schloss sie vorsichtig hinter mir. Ich stand im Vorraum und sah durch die geöffnete Praxistür Hubert, der mit dem Rücken zur Tür auf einem kleinen Sessel saß.

Ein Zimmer so einzurichten, dass man mit dem Rücken zur Tür sitzt, ist in energetischer Hinsicht nicht sinnvoll. Wer sich nach der daoistischen Harmonielehre des Feng Shui seine Räumlichkeiten einrichtet, wird immer dafür sorgen, dass er niemals mit dem Rücken zur Tür sitzt. Auch die Liege, auf der sich gerade Franz-Josef an vergangene Leben erinnerte, unter das Fenster zu stellen, ist in energetischer Hinsicht geradezu ein Desaster. Die gesamten Energien verpuffen ungenutzt, ja, sie nehmen die Energien des Raums auf und fließen ungebremst zum Fenster hinaus. Eine spirituelle Energieverschwendung!

Wie dem auch sei: Hubert saß mit dem Rücken zu mir in seinem Sessel und ließ sich aus seinen Kopfhörern mit Musik eines tibetanischen Totenrituals beschallen. Die lauten Gongs und aufdringlichen Trommeln und Rasseln konnte ich deutlich hören.

Franz-Josef lag von ihm abgewandt mit geschlossenen Augen auf der Liege und schien gänzlich weggetreten zu sein. In diesem Moment zögerte ich. Würde die Drahtschlinge schnell genug die Blut- und Luftzufuhr unterbrechen? So schnell, dass Hubert nicht mehr dazu kommt, unruhig herumzuzucken und Franz-Josef aus seinen Träumen zu holen? Mir kamen Zweifel. Doch dann fiel mein Blick auf den fetten und blöd grinsenden Buddha. Er saß da aus schwerer Bronze im letzten Sonnenstrahl des Tages, platziert gleich hinter Huberts Sessel auf einem Ikea-Regal Marke Igor. Ich frage mich immer, wie kann man sich diesen widerlichen orientalistischen Ethnokitsch ins Haus holen? Das ist lächerlich, passte aber zu Hubert und seinem Schnurrbart. In diesem Fall war mir der Buddhismus aber äußerst zweckdienlich. Ich ergriff den Bronzebuddha und schaute auf Huberts spärlich bewachsenen Kopf. Dann schlug zusammen, was zusammen gehört. Danach war es ein Leichtes, dem totenmusikbeschallten Hubert den Draht um den Hals zu legen und kraftvoll zuzuziehen. Der Zusammenprall mit Buddha versetzte Hubert schlagartig in eine Tiefenentspannung, die allenfalls seine Beine ein wenig zucken ließ. Das störte aber Franz-Josefs Besuch in einem früheren Leben nicht. Und Hubert? Seine Weiterbildung zum tibetanischen Totenbuch und die entsprechende Musik beim Verlassen seines Körpers haben ihm den Weg ins Licht gewiesen. Inzwischen ist er wahrscheinlich bereits wiedergeboren. Vielleicht erhält er in einem seiner nächsten Leben die Chance, sich als artgerechter Hühnerzüchter oder als artgerecht gehaltenes Huhn zu bewähren.

Franz-Josef lächelte leicht mit geschlossenen Augen. Ihm schien es gut zu gehen. Er sah so friedlich aus. Ich legte ihm den bronzenen Buddha achtsam an die Seite. Da bewegte er plötzlich seine Hand. Ich erschrak sehr. Franz-Josef war erheblich kräftiger als ich. Er ließ sich sicher nicht so einfach die Drahtschlinge über den Kopf ziehen. Ich hatte keine Waffe bei mir, nicht einmal ein Messer oder einen Knüppel. Nur den Buddha. Doch meine Angst erwies sich als unbegründet. Franz-Josefs Hand bewegte sich langsam in seine Hose, legte seinen erkennbar erigierten Penis zurecht und blieb dort bald ebenso entspannt liegen wie Hubert in seinem Sessel. Ich entfernte vorsichtig den Draht von Huberts Hals. Das war etwas unangenehm, da er sich im seitlichen Nackenbereich in die Haut gedrückt hatte und eine Blutspur hinterließ. Ich nahm die Garotte und deponierte sie vorsichtig unter der Liege, auf der Franz-Josef lag.

Um 21 Uhr war ich dann wieder in Berlin und wartete in einer Bar auf einen Geschäftsfreund. Mein Geschäftsmann-Outfit hatte ich längst auf der Bahnhofstoilette ausgetauscht und die edle Verkleidung der Kleidersammlung anvertraut. Den Nachschlüssel versenkte ich in der Bahnhofstoilette. Ab 21 Uhr tranken mein Geschäftspartner und ich einige Cocktails und unterhielten uns gut. Am nächsten Morgen fand ein weiteres Geschäftstreffen statt. Dann fuhr ich mit dem Auto nach Hause. Auf dem Weg zum Hardenhof holte ich noch meine Tochter Helena im Kindergarten ab. Ich bin immer so glücklich, wenn ich sie sehe.

Als ich zu Hause ankam, wunderte ich mich darüber, dass es so ruhig war. Ich hatte Polizei erwartet und meine geliebte Frau Silvia, die mir aufgeregt entgegen kommt. Statt dessen, friedlich im Sandkasten spielende Kinder, Katzen, die sich in der Frühlingssonne räkelten, Vogelgezwitscher. Silvia, Sieglinde und Linde saßen auf der Bank im Hof, tranken Tee. Ich wurde sehr freundlich mit einer herzlichen Umarmung von Silvia empfangen, auch Sieglinde umarmte mich kurz. Linde erhielt gerade einen Anruf. Als freie Hebamme musste sie immer erreichbar sein. Sie erkundigte sich, ob die Fruchtblase geplatzt sei, redete dann beruhigend auf die Frau am anderen Ende der Leitung ein und versicherte ihr, dass sie am Abend noch einmal vorbeischaue. Ich dachte, ja so ist er, der Kreislauf des Lebens. Der eine geht, der andere kommt.

Ich setzte mich zu den drei Frauen und trank einen Kaffee. Nach einer halben Stunde kam Rudi von der Arbeit. Er war geschafft. Heute hatte er 8 Stunden Unterricht, zuletzt Eurhythmie mit 28 pubertierenden Mädchen und Jungen. Natascha, meine Mieterin, hetzte vorbei und bat Silvia darum, auf ihre Kinder zu achten. Sie müsse unbedingt im Friseursalon aushelfen. Kunden könne man heute nicht mehr lange warten lassen, entschuldigte sie sich. Das war kein Problem. Silvia versorgte die Kinder mit Abendessen, das wir heute gemeinsam auf dem Hof einnehmen wollten. Sieglinde klingelte kurz bei Hubert und Franz-Josef, um sie ebenfalls herunterzubitten. Doch Hubert und Franz-Josef waren nicht zu Hause. Ich brachte meinen Rucksack ins Büro, berichtete meinen Angestellten kurz, dass wir auch in der zweiten Jahreshälfte reichlich gutbezahlte Arbeit hätten. Da ich meine Leute am Gewinn des Unternehmens beteiligte, war auch hier die Stimmung bestens.

Nach dem Abendessen im Hof holte ich noch zwei Flaschen Wein. Wir genossen den lauen Frühlingsabend und die entspannte

Atmosphäre. Ohne den penetrant geltungssüchtigen Hubert, der alles und jeden bewertete und herablassend analysierte und ohne den dumm-naiven Franz-Josef fühlten wir uns alle wohl. Wir waren wie eine große achtsame Familie, in der alle freundlich und respektvoll miteinander umgingen. So hatte ich mir immer das Leben auf dem Hardenhof vorgestellt.

Amüsant wurde es, als eine uns bekannte spirituelle Kraftsucherin auf den Hof geradelt kam. Die Endvierzigerin sah völlig fertig aus: Dicke Tränensäcke, fiebrige Augen. Sie wollte auf unserem Kraftplatz eine Energiedusche nehmen. Ich teilte ihr mit, wir hätten unseren Energieduschplatz verlegt. Er läge jetzt direkt hinter dem Hühnerstall. Sie werde schon spüren, wo. Sie war etwas irritiert, bedankte sich, lief dann um die Häuser herum. Als sie genug geduscht hatte, kam wieder in den Hof und wollte uns 20 Euro geben. Einige Wochen nach Barbaras Tod hatte ich die angekettete Dose mit dem Geld heimlich verschwinden lassen. Ich sagte unserer Energieduscherin, sie solle ihr Geld behalten und könne zu jeder Zeit gerne hinter dem Hühnerstall energieduschen oder mit dem Kosmos kommunizieren. Sie bedankte sich und Rudi und Sieglinde rutschten vor Lachen fast von der Bank. Völlig unbeeindruckt von diesen Heiterkeitsausbrüchen kehrte die Energieduscherin kurz um und meinte, dass die Hühner sehr unruhig seien.

Ein Besuch am fürchterlich stinkenden Hühnerstall ergab, dass Hubert und Franz-Josef in den letzten Wochen nicht ausgemistet hatten. Damit hatte ich gerechnet. Dass sie den armen Tieren, aber ihr Futter vorenthalten würden - diese Tierquälerei hatte ich ihnen nicht zugetraut. Rudi und ich holten das nach. Wir schaufelten das bereitgestellte Hühnerfutter auf die Freilauffläche, füllten die Wasserbehälter und redeten den Hühnern gut zu. Die Eier sammelten wir ein und stellten sie in einem Korb vor Huberts Wohnung. Bei der nächsten Eigentümerversammlung würden wir gegen die tierverachtende Verwahrlosung der Hühner protestieren und sofortige Abhilfe einfordern. Nach einem kurzen gemeinsamen Spaziergang tranken Rudi und ich noch einen Schluck Wein im Hof und begaben uns dann zu unseren Familien.

Ich schreibe jetzt schon fast einen Monat an diesen Bekenntnissen. Ich muss gestehen, dass mir der Rückblick Spaß gemacht hat. Ich bekam heute ein Mail von Silvia, dass sie und Helena übermorgen zu mir nach La Palma kommen. Sieglinde käme einige Tage später und bliebe eine Woche.

Es sind Herbstferien. Ich hoffe, wir haben eine harmonische Zeit. Wir werden wandern, baden und uns an dem perfekten Ausblick erfreuen. Silvia schrieb mir, dass es dem Makler nicht gelingt, Huberts und Margots Wohnung zu verkaufen. Die Erbengemeinschaft bestehend aus zwei Brüdern von Hubert und einer Schwester von Margot wollten zuerst tatsächlich 220. 000 Euro für die zugegebenermaßen große Wohnung haben. Inzwischen ist der Preis gesunken auf 180.000. Ich denke, in einem halben Jahr bekomme ich sie für 150.000. Ich werde die Wohnung dann wieder preiswert an eine nette kinderreiche Familie vermieten.

30. September

Sechs Uhr morgens am zweiten Tag nach Huberts von mir veranlassten Übergang ins Licht klingelte es an der Tür. Ich schreckte auf, und stolperte die Treppe hinunter. Die Sonne schien. Es würde ein wunderschöner Tag werden. Sieglinde stand vor der Tür. Die Polizei sei wieder da. Sie wolle uns im Gemeinschaftsraum sehen. Ich fragte, worum es denn ginge. Sieglinde meinte, irgend etwas mit Franz-Josef.

Der orangegeputzte Gemeinschaftsraum wirkte wie immer friedlich und klar. Die Sonnenstrahlen beschienen die blühenden Büsche vor den Fenstern. Im Hintergrund knatterte die Kaffeemaschine. Die Nachbarn schlichen nach und nach in den Raum und setzten sich auf die im Kreis angeordneten Stühle. Alle starrten auf die uns inzwischen bekannte grauhaarige Hauptkommissarin. Sie saß da und schien ihren Auftritt zu genießen. Als wir alle mit Kaffee versorgt waren, zeigte sie uns einen Durchsuchungsbeschluss für alle Gemeinschaftsanlagen und für einige Wohnungen. Mir wurde schwarz vor den Augen. Durchsuchungsbeschluss? Weshalb? War ich nicht gründlich genug gewesen. Aber unsere Wohnung konnte sie ruhig durchsuchen. Weder dort noch auf meinen Computern hatte ich Spuren hinterlassen. Aber wer weiß? Haben sie vielleicht doch meine DNA gefunden bei Hubert oder seinem grinsenden Buddha?

Rudi erholte sich als erster. Er fragte aggressiv, weshalb uns die Polizei schon wieder belästige. Die Hauptkommissarin erklärte uns, die Kollegen hätten Franz-Josef vorläufig festgenommen. Rudi fragte erstaunt, es sei doch klar, dass das mit der Schwitzhütte ein grausamer Unfall war. Die Hauptkommissarin grinste ein so boshaftes Grinsen, dass es mir kalt über den Rücken lief. Nein, versicherte sie, es ginge jetzt nicht um den Schwitzhüttenvorfall, jedenfalls nicht in erster Linie, sondern um einen neuen Mord. Rudi hielt es nicht mehr auf seinem Stuhl. Ich war immer noch wie erstarrt und wunderte mich, wie unsouverän ich reagierte. Sieglinde saß reglos da. Linde, die in dieser Nacht im Hebammen-Einsatz war und ein Kind „geholt" hatte, wie sie es nannte, reagierte nicht. Rudi brüllte die Kriminalpolizistin an, sie solle doch Franz-Josef in Ruhe lassen. Er habe unter dem Mordverdacht gelitten und darüber fast den Verstand verloren. Er sei zwar etwas naiv und unbeholfen, aber doch kein Mörder. Das sei er doch, konterte die graue Kriminalhauptkommissarin und lächelte wieder, jedenfalls habe er einen Mord gestanden, besser: gestehen müssen, bisher nur einen, aber das sei ein guter Anfang.

Mir fiel ein Stein vom Herzen und ich atmete tief durch. Sieglinde fragte irritiert, von welchem Mord sie redete. Linde fragte, warum Franz-Josef einen Mord gestanden hätte. Franz-Josef sei zwar nicht der Schlaueste, aber völlig harmlos. Die Hauptkommissarin widersprach. Wir irrten uns da sehr. Er habe den Mord an Hubert Hunteburg gestanden. Es sei ihm auch nichts anderes übrig geblieben als ein Geständnis. Man habe ihn dabei beobachtet, als er die Leiche in einem Müllcontainer beseitigen wollte.

Wir redeten alle durcheinander: Hubert? Tot? Ermordet von Franz-Josef? Unmöglich! Ich ließ mich zurück auf meinen Stuhl sinken. Die grauhaarige Kriminalhauptkommissarin berichtete detaillierter: Man habe Franz-Josef - sie nannte ihn bei seinem Nachnamen: Herr Pispers - also Herrn Pispers habe man dabei beobachtet, wie er auf einer Autobahnraststätte einen Plastiksack von seinem Auto in einen Müllcontainer verfrachten wollte. Ein Lastwagenfahrer habe ihm angeboten, ihm mit dem schweren Sack zu helfen und gleich mit angepackt. Da habe der LKW-Fahrer bemerkt, dass eine rote Flüssigkeit aus dem Sack tropfte. Er habe dann Franz-Josef bewusstlos geschlagen, gefesselt und die Polizei geholt. Die Polizei habe dann den Plastiksack geöffnet und sei schockiert gewesen. Eine kopflose männliche Leiche.

Herr Pispers, also Franz-Josef, habe bei einer Befragung am Tatort eingeräumt, dass er den Kopf bereits in einer Mülltonne in Hannover abgelegt habe, in der benachbarten Kriegerstraße, kurz bevor die Müllabfuhr die Tonnen geleert habe. Die Praxis des Mordopfers sei bereits untersucht worden. Dort habe man auch das eigentliche Mordwerkzeug gefunden, eine Ganoven-Garotte, also einen dünnen Draht mit zwei Griffen. Damit habe er, so die Angaben von Herrn Pispers, Herrn Hunteburg zunächst erdrosselt. Danach habe er ihm den Kopf abgetrennt, um die Leiche unkenntlich zu machen.

Alle waren wie erstarrt. Ich auch. Dass man Franz-Josef für den Mörder halten würde, hatte ich vermutet, dass er irgendwann gestehen würde, auch. Das war wahrscheinlich. Franz-Josef ist sehr beeinflussbar. Er würde es selber glauben, wenn die Polizei ihm nur deutlich genug vor Augen führen würde, wie es dazu habe kommen können. Franz-Josef glaubte schließlich auch, in seinem früheren Leben ein ostelbischer Adliger gewesen zu sein, der 1915 auf dem Feld der Ehre nach einem schmerzhaften Bauchschuss sein Leben ausgehaucht habe. Es war nur eine Frage der Zeit, bis er die Polizeiversion als Wirklichkeit akzeptierte. Und die Polizei stand unter dem Druck, einen Mörder präsentieren zu müssen.

Der Mörder von Franz-Josefs Frau Angela und der von Gundi - also Bademeister Roland - war ihnen auch durch die Lappen gegangen. Kurzum: Ein Geständnis hatte ich mittelfristig eingeplant. Womit ich nicht gerechnet hatte, war, dass Franz-Josef tatsächlich versucht hatte, die Leiche von Hubert zu entsorgen. Das muss eine üble Schufterei gewesen sein. Der pummelige Hubert war kein Leichtgewicht. Hubert den Kopf abzutrennen - das muss eine Riesenschweinerei gewesen sein und wäre wirklich nicht nötig gewesen. Was hat Franz-Josef nur auf diese Idee gebracht? Nun ja, beim Hühnerschlachten hatte er sich ja bereits hervorgetan: Nach Angelas Tod im Hühnerstall hatte er sich gerne bereiterklärt, die armen Hühner mit einem Hackmesser brutal zu köpfen. Vielleicht hat es ihm Freude gemacht? Man kann ja nicht in einen Menschen hineinschauen. Vielleicht war er in einem seiner früheren Leben Henker gewesen und damit quasi historisch vorbelastet? Kriminaltechnisch war die Kopfabhackerei bei Hubert völlig unnötig. Besser wäre es gewesen, Hubert die pummeligen Beine abzutrennen. Dann wäre Hubert auch leichter gewesen und der LKW-Fahrer wäre nicht auf die Idee gekommen, ihm zu helfen. Aber hinterher ist man ja immer schlauer.

Sieglinde fragte sichtlich irritiert, warum Franz-Josef Hubert denn ermordet haben soll. Die beiden seien Freunde gewesen, fast jedenfalls. Die Hauptkommissarin zuckte mit den Achseln. Franz-Josef habe bei seiner Festnahme alles gestanden. Dann habe er geweint, sei völlig zusammengebrochen und habe gefragt, was er denn hätte tun sollen. Er sei aus einer Rückführung wach geworden. Es sei dunkel gewesen und Huberts Leiche habe im Sessel gelegen. Im Moment, so die graue Kriminalkommissarin, sei er nicht mehr ansprechbar. Er befände sich in psychiatrischer Behandlung.

Wegen unwesentlicher Unklarheiten müsse die Polizei aber jetzt die Wohnungen von Täter und Opfer durchsuchen und die Bereiche, die wir als Gemeinschaft nutzten. Rudi und ich erklärten uns bereit, die Polizei zu unterstützen und auf dem Gelände herumzuführen. Die erste Frage an uns lautete, ob wir so eine Drahtschlinge gesehen hätten. Man zeigte uns ein Foto von der Garotte. Rudi verneinte, ich erklärte, dass Hubert und Franz-Josef damit versucht hätten die schlachtreifen Hühner zu töten. Die graue Hauptkommissarin gab einen Satz von sich, den ich mir merkte. Sie meinte: „Mit dem Huhn kommt der Tod." und sie versicherte uns, Hühner seien Unglückstiere. Ich konnte ihr nur Recht geben.

Ich frage mich, ein halbes Jahr nach diesem abscheulichen Vorfall mit dem abgetrennten Kopf. Weshalb Franz-Josef sich diese Mühe gemacht hat. Er hätte Hubert ja einfach im Wald vergraben können, mit Kopf. Als ich ihn vor zwei Monaten im Gefängnis besucht hatte, um ihm die CDs mit den Traumreisen und den Meditationsanleitungen zu bringen, habe ich ihn das gefragt. Er wusste selbst nicht, warum. Ich trinke noch einmal einen Schluck von dem billigen Weinbrand auf den armen Franz-Josef. Er bekam lebenslänglich, doch sein Anwalt ging in Revision. Seinen neuen Prozess bekommt er erst, wenn die psychiatrischen Untersuchungen beendet sind.

Die Beerdigung Huberts war wieder ein Medienereignis. Der Vater von Hubert setzte eine katholische Beerdigung durch, wegen des festen Rahmens und damit Huberts Reinkarnationstherapeuten-Kollegen keine unchristlichen Reden hielten. Die Orgel spielte das Lied „Wir sind nur Gast auf Erden ..." und ich sang inbrünstig mit, während mir die Tränen liefen und es mir nur schwer gelang, ein Schluchzen zu unterdrücken. Die Melodie ist traurig, der Text ist schön und wahr: „Ich bin nur Gast auf Erden / und wander ohne Ruh' / mit mancherlei Beschwerden / der ew'gen Heimat zu."

Mit einer Art Bollerwagen brachten wir den Leichnam Huberts zum ausgehobenen Grab. Die Messdiener schwenkten die

Weihrauchbehälter. Der freundliche Pfarrer mit den unangenehm dicken Lippen, über die immer wieder seine feuchte Zunge fuhr, streichelte dem kleineren und hübscheren der beiden Messdiener mehrfach liebevoll über den Kopf. Als er dann von der Wiederauferstehung am jüngsten Tage sprach, dachte ich daran, dass die Polizei und die Müllabfuhr den Kopf Huberts nicht finden konnten. Eigentlich schade. Ich hätte gerne seinen Schnurrbart noch einmal gesehen.

So, morgen früh hole ich Silvia und Helena vom Flughafen ab. In einer Woche besucht uns dann Sieglinde. Wir wollen uns in unserem Ferienhaus ein wenig erholen: Wandern, schwimmen, täglich Yoga, die mitgebrachten Kriminalromane lesen und ein wenig meditieren. Unser Ferienhaus werde ich noch um zwei Schlafzimmer erweitern lassen, dann können wir auch gemeinsam mit unseren Freunden vom Hardenhof unseren Urlaub hier verleben.

Nachwort des Autors

Viele Menschen trugen in den letzten Jahren das Ihre zu diesem kleinen Roman bei: Danken möchte ich den Reinkarnationstherapeuten Hans Jörg Grubner und Thomas Streich, die ihre Klienten nahezu immer in frühere Leben zurückführen, bei mir allerdings scheiterten. Der Grund ist naheliegend: Als sehr junge Seele verfüge ich über keinerlei Vorleben.

Mein Dank gilt auch den Engelchannlerinnen Sabrina DiAngelo und Valanga, denen es trotz nachhaltigen Bemühens nicht gelang, mich persönlich mit meinem Schutz und Führungsengel in Kontakt zu bringen, mir aber freundlicherweise mitteilten, was diese mir zu sagen hatten. (Beim Wochenendworkshop bei Valanga blieb ich lange Zeit der einzige Teilnehmer, der keinen Engelkontakt hatte, doch dann erschien mir schließlich ein Engel namens Kolonko, der seit dieser Zeit nicht von meiner Seite weicht.) Dr. Petra Schneider informierte mich über Engeltinkturen, Engelsprays und Engelkarten. Die ethanolhaltige Erzengel-Essenz-Tinktur „Raphael" (genauer: Licht Wesen. Erzengel-Essenzen. Raphael) diente mir als Rasierwasserersatz und inspirierte mich nachhaltig. Wertvolle Informationen erhielt ich auch von Alexa Kriele und ihrem Gatten Prof. Dr. Martin Kriele sowie von Dr. Uwe Wolff, dessen mit Engelhilfe entstandene Engelbücher mir unverzichtbar wurden.

Auf dem Indianerpfad folgte ich - allerdings nur kurz - dem „teilindianerblütigen" (25 %-Indianer) Schamanen Phillip Kansa (Spirit Bear) und Elke Kirchner (Holy Waterfall). Das von Spirit Bear erhaltene Amulett hat mich vor so mancher Gefahr behütet. Deshalb an dieser Stelle: Besten Dank!

Inspirierend waren auch die Interview mit dem Germanen-Reenacter Sascha R. und seinen Germanen- und Wikinger-Kollegen. Dass Sascha R. presserechtlich gegen ein Feature von mir vorging hätte er sich allerdings ebenso sparen können wie die daraufhin anfallenden Gerichtskosten.

Zu Dank verpflichtet bin ich dem Galinalogen und Mitglied der Angle-Liberation-League Prof. Dr. O. W. Gattermann von der katholischen Universität Vechta für die hühner- und engelkundliche Unterstützung und bei der Durchführung meines letzten Mordes.

Ebenso herzlich wie ernsthaft und nachdrücklich möchte ich Werner Schultheiß und Luca Schimmel für das sorgfältige Korrigieren des Textes danken. Sie fanden tatsächlich 984 (!) Fehler in diesem wenig umfangreichen Manuskript.

Überflüssig ist der Hinweis, dass Ähnlichkeiten der Romanfiguren mit noch lebenden oder bereits verstorbenen Personen völlig unbeabsichtigt sind.

Gesamtverzeichnis Verlag Edition AV

Anarchie ♦ Theorie ♦ Pädagogik ♦ Literatur ♦ Lyrik ♦ Theater ♦ Geschichte

Gwendolyn von Ambesser ♦ Die Ratten betreten das sinkende Schiff ♦ Das absurde Leben des jüdischen Schauspielers Leo Reuss ♦ 978-3-936049-47-3 ♦ 18,00 €

Gwendolyn von Ambesser ♦Schaubudenzauber ♦ Geschichten und Geschichte eines legendären Kabaretts ♦ 978-3-936949-68-8 ♦ Preis 18,00 €

Gwendolyn von Ambesser ♦Schauspieler fasst man nicht an! ♦ Eine Axel von Ambesser Biographie ♦ 978-3-86841-045-7 ♦ Preis 19,90 €

Allan Antliff ♦ Anarchie und Kunst ♦ Von der Pariser Kommune bis zum Fall der Berliner Mauer ♦ ISBN 978-3-86841-052-5 ♦ 18,00 €

Yair Auron ♦ Der Schmerz des Wissens ♦ Die Holocaust- und Genozid-Problematik im Unterricht ♦ ISBN 978-3-936049-55-8 ♦ 18,00 €

Autorinnenkollektiv ♦ Das Frauenkommunebuch ♦Alltag zwischen Partriarchat und Utopie ♦ ISBN 978-3-86841-227-3 ♦ 24,50€

AutorInnenkollektiv ♦ Pueblo en Armas ♦ Bürgerkrieg und Revolution in Spanien (1936 - 1939) ♦ ISBN 978-3-86841-055-6 ♦ 10,00 €

Alexander Berkman ♦ Der bolschewistische Mythos. Tagebuch aus der russischen Revolution 1920 – 1922. ♦ ISBN 978-3-936049-31-2 ♦ 17,00 €

Franz Barwich ♦ Das ist Syndikalismus ♦ Die Arbeiterbörsen des Syndikalismus ♦ ISBN 978-3-936049-38-1 ♦ 11,00 €

Bilkis Brahe ♦ Tragödien sind albern ♦ Frida Kahlo (1907-1954) eine mexikanische Malerin ♦ ISBN 978-3-936049-80-0 ♦ 16,00 €

Ralf Burnicki ♦ Anarchismus & Konsens. Gegen Repräsentation und Mehrheitsprinzip: Strukturen einer nichthierarchischen Demokratie ♦ ISBN 978-3-936049-08-4 ♦ 16,00 €

Ralf Burnicki ♦ Die Straßenreiniger von Teheran ♦ Lyrik ♦ ISBN 978-3-936049-41-1 ♦ 9,80 €

Ralf Burnicki ♦ Zahnweiß ♦ Kaufhaus-Poetry ♦ ISBN 978-3-936049-78-7 ♦ 9,80 €

Michael Bootz ♦ Besser wird nischt ♦ Neue Wertschöpfungsgeschichten ♦ Satiren ♦ ISBN 978-3-936049-63-3 ♦ 12,50 €

CNT ♦ Ein Volk in Waffen (un pueblo en armas) ♦ Soziale Revolution in Spanien ♦ 1936 - 1939 DVD ♦12,00 €

Cornelius Castoriadis ♦ Autonomie oder Barbarei ♦ Ausgewählte Schriften, Band 1 ♦ ISBN 978-3-936049-67-1 ♦ 17,00 €

Cornelius Castoriadis ♦ Vom Sozialismus zur autonomen Gesellschaft ♦Über den Inhalt des Sozialismus ♦ Ausgewählte Schriften ♦ Band 2.1. ♦ ISBN 978-3-936049-88-6 ♦ 17,00 €

Cornelius Castoriadis ♦ Vom Sozialismus zur autonomen Gesellschaft ♦ Gesellschaftskritik und Politik nach Marx ♦ Ausgewählte Schriften ♦ Band 2.2. ♦ ISBN 978-3-86841-002-0 ♦ 17,00 €

Cornelius Castoriadis ♦ Das imaginäre Element und die menschliche Schöpung ♦ Ausgewählte Schriften ♦ Band 3 ♦ ISBN 978-3-86841-035-8 ♦ 17,00 €

Cornelius Castoriadis ♦ Philosophie, Demokatie, Poiesis ♦ Ausgewählte Schriften ♦ Band 4. ♦ ISBN 978-3-86841-063-1 ♦ 17,00 €

Cornelius Castoriadis ♦ Kapitalismus als imaginäre Institution ♦ Ausgewählte Schriften ♦ Band 5 ♦ ISBN 978-3-86841-094-5 ♦ 17,00 €

Cornelius Castoriadis ♦ Pschische Monade und autonomes Subjekt ♦ Ausgewählte Schriften ♦ Band 6 ♦ ISBN 978-3-86841-081-5 ♦ 17,00 €

Katja Cronauer ♦ Kommunizieren, organisieren und mobilisieren über E-Mail Listen ♦ Handbuch für AktivistInnen ♦ ISBN 978-3-86841-010-5 ♦ 11,80 €

Roman Danyluk ♦ Freiheit und Gerechtigkeit ♦ Die Geschichte der Ukraine aus libertärer Sicht ♦ ISBN 978-3-86841-029-7 ♦ 11,00 €

Roman Danyluk ♦ Befreiung und soziale Emanzipation ♦ Rätebewegung, Arbeiterautonomie und Syndikalismus ♦ ISBN 978-3-86841-065-5 ♦ 18,00 €

Hans Jürgen Degen ♦ Die Wiederkehr der Anarchisten ♦ Anarchistische Versuche 1945-1970 ♦ ISBN 978-3-86841-015-0 ♦ 24,50 €

Hans Jürgen Degen ♦ „... den rostigen Tod einer Maschine." ♦ Vom Unfug des Staates ♦ Streitschrift ♦ ISBN 978-3-86841-049-5 ♦ 14,00 €

Hans Jürgen Degen ♦ „Das Paradies ist offen." ♦ Über das Elend des Individums ♦ Streitschrift ♦ ISBN 978-3-86841-048-5 ♦ 10,00 €

Hans Jürgen Degen ♦ „... aller Laster Anfang." ♦ Über Über die Freiheit ♦ Streitschrift ♦ ISBN 978-3-86841-061-7 ♦ 14,00 €

Hans Jürgen Degen ♦ Kapitalismus in der Insolvenz ♦ Über Kapitalismus ♦ Streitschrift ♦ ISBN 978-3-86841-071-6-7 ♦ 14,00 €

Pierre Dietz ♦ Briefe aus der Deportation ♦ Französischer Widerstand und der Weg nach Auschwitz ♦ ISBN 978-3-86841-042-6 ♦ 16,00 €

Pierre Dietz ♦ Das Geister-Festungsfest ♦ Roman ♦ ISBN 978-3-86841-077-8 ♦ 16,00 €

Jane Doe ♦ Die andere Farm der Tiere ♦ Roman ♦ ISBN 978-3-936049-94-7 ♦ 16,00 €

Helge Döhring ♦ Syndikalismus in Deutschland 1914-1918 ♦ „Im Herzen der Bestie" ♦ ISBN 978-3-86841-083-9 ♦ 17,00 €

Helge Döhring ♦ Syndikalismus im „Ländle" ♦ Die Freie Arbeiter-Union Deutschlands (FAUD) in Würtemberg 1918 – 1933) ♦ ISBN 978-3-936049-59-6 ♦ 16,00 €

Helge Döhring ♦ Damit in Bayern Frühling werde! ♦ Die syndikalistischer Arbeiterbewegung in Südbayern von 1914 bis 1933 ♦ ISBN 978-3-936049-84-8 ♦ 17,00 €

Helge Döhring & Martin Veith ♦ Eine Revolution für die Anarchie ♦ Zur Geschichte des Anarcho-Syndikalistischen Jugend **& Aus den Trümmern empor ♦** Anarcho-Syndikalismus in Württemberg ♦ ISBN 978-3-86841-005-1 ♦ 22,00 €

Helge Döhring (Hg.) ♦ Generalstreik ♦ Streiktheorien und -diskussionen innerhalb der deutschen Sozialdemokratie vor 1914 ♦ ISBN 978-3-86841-019-8 ♦ 14,00 €

Helge Döhring ♦ **Schwarze Scharen** ♦ Die anarcho-syndikalistische Arbeiterwehr (1929 - 1933) ♦ ISBN 978-3-86841-054-9 ♦ 14,90 €

Helge Döhring ♦ **Mutige Kämpfergestalten** ♦ Syndikalismus in Schlesien 1918 - 1930 ♦ ISBN 978-3-86841-064-8 ♦ 12,00 €

Sam Dolgoff ♦ **Anarchistische Fragmente** ♦ Memoiren eines amerikanischen Anarchosyndikalisten ♦ ISBN 978-3-86841-501 ♦ 16,00 €

Wolfgang Eckhardt ♦ **Von der Dresdner Mairevolte zur Ersten Internationalen** ♦ Untersuchungen zu Leben und Werk Michail Bakunin ♦ ISBN 978-3-936049-53-4 ♦ 14,00 €

Magnus Engenhorst ♦ **Kriege nach Rezept** ♦ Geheimdienste und die NATO ♦ISBN 978-3-936049-06-0 ♦ 8,90 €

FAU ♦ **Die ersten 30 Jahre** ♦ 1977 - 2007 ♦ ISBN 978-3-86841-004-4 ♦ 14,50 €

Sébastien Faure ♦ **Die Anarchistische Synthese und andere Texte** ♦Herausgegeben, bearbeitet und mit Annotionen versehen von Jochen Knoblauch ♦ ISBN 978-3-936049-85-5 ♦ 10,00 €

FAU-Mat ♦ **Gender und Arbeit** ♦Geschlechterverhältnis im Kapitalismus ♦ ISBN 978-3-936049-73-2 ♦ 7,00 €

FAU-Bremen ♦ **Die CNT als Vortrupp des internationalen Anarcho-Syndikalismus** ♦ Die Spanische Revolution 1936 – Nachbetrachtung und Biographien ♦ 978-3-936049-69-5 ♦ 14,00 €

Lutz Finkeldey ♦ **Denkwerkzeuge zum soziokulturellen Verstehen** ♦ ISBN 978-3-86841-099-0 ♦ 12,00 €

Francisco Ferrer ♦ **Die Moderne Schule** ♦ Herausgegeben und kommentiert von Ulrich Klemm ♦ ISBN 978-3-936049-21-3 ♦ 17,50 €

Louis Gill ♦ **George Orwell** ♦ Vom Spanischen Bürgerkrieg zu 1984 ♦ ISBN 978-3-86841-066-2 ♦ 16,00 €

William Godwin ♦ **Caleb Williams oder Die Dinge wie sie sind** ♦ Historischer Roman (Libertäre Bibliothek 1) ♦ ISBN 978-3-936049-86-2 ♦ 19,00 €

Moritz Grasenack♦ **Spitznamen in Montevarese** ♦ Eine interdisziplinäre Untersuchung im Spannungsfeld von Autorität, Gewalt und Rebellion in Namensgebung und Alltag eines kalabresischen Dorfes) ♦ ISBN 978-3-86841-084-6 ♦ 24,50 €

Moritz Grasenack (Hrsg.) ♦ **Die libertäre Psychotherapie von Friedrich Liebling** ♦ Eine Einführung in seine Großgruppentherapie anhand wortgetreuer Abschriften von Therapiesitzungen ♦ Mit Original-Tondokument und Video auf CD-ROM ♦ISBN 978-3-936049-51-0 ♦ 24,90 €

Marijana Gršak, Ulrike Reimann &Kathrin Franke ♦ **Frauen und Frauenorganisationen im Widerstand** ♦ In Kroatien, Bosnien und Serbien ♦ ISBN 978-3-936049-57-2 ♦ 17,00 €

Stefan Gurtner ♦ **Die Straßenkinder von Tres Soles** ♦Von zerstörten Kindheiten, Selbstorganisation und einem Theater der Unterdrückten in Bolivien ♦ inkl. einer DVD ♦ 978-3-936049-79-4 ♦ 18,00 €

Stefan Gurtner ♦ **Das grüne Weizenkorn** ♦ Eine Parabel aus Bolivien ♦ Jugendbuch ♦ ISBN 978-3-936049-40-4 ♦ 11,80 €

Stefan Gurtner ♦ Die Abenteuer des Soldaten Milchgesicht ♦ Historischer Roman ♦ ISBN 978-3-936049-62-6 ♦ 14,00 €

Stefan Gurtner ♦ Der verkaufte Fluss ♦ Freilichtspiel ♦ ISBN 978-3-86841-018-1 ♦ 11,80 €

Stefan Gurtner ♦ Guttentag ♦ Das Leben des jüdischen Verlegers Werner Guttentag zwischen Deutschland und Bolivien ♦ ISBN 978-3-86841-069-3 ♦ 24,50 €

Michael Halfbrodt ♦ entscheiden & tun. drinnen & draußen. ♦ Lyrik ♦ ISBN 978-3-936049-10-7 ♦ 9,80 €

Frank Harris ♦ Die Bombe ♦ Roman ♦ ISBN 978-3-86841-053-2 ♦ 14,00 €

Gorden Hill ♦ Fünf Jahrhundertte indigener Widerstand ♦ Roman ♦ ISBN 978-3-86841-011-2 ♦ 9,80 €

Gorden Hill ♦ Indigener Widerstand ♦ Comic ♦ ISBN 978-3-86841-085-3, ♦ 14,00 €

Mathieu Houle-Courcelles ♦ Auf den Spuren des Anarchismus in Quebec (1860-1960) ♦ ISBN 978-3-86841-051-8 ♦ 16,00 €

Maria Regina Jünemann ♦ Die Anarchistin ♦ Historischer Roman ♦ ISBN 978-3-936049-92-3 ♦ 14,00 €

Ernst Kaufmann ♦ Wiener Herz am Sternenbanner ♦ Bruno Granichstaedten ♦ Stationen eines Lebens ♦ ISBN 978-3-86841-096-9 ♦ 18,90 €

Fred Kautz ♦ Weh der Lüge! Sie befreiet nicht...! ♦ Der Umgang mit der NS-Vergangenheit im ‚Stadtlexikon Darmstadt' ♦ Ein deutsches Beispiel ♦ ISBN 978-3-936049-95-4 ♦ 16,00 €

Fred Kautz ♦ Die Holocaust-Forschung im Sperrfeuer der Flakhelfer ♦ Vom befangenen Blick deutscher Historiker aus der Kriegsgeneration ♦ ISBN 978-3-936049-09-1 ♦ 14,00 €

Fred Kautz ♦ Im Glashaus der Zeitgeschichte ♦ Von der Suche der Deutschen nach einer passenden Vergangenheit ♦ ISBN 978-3-936049-34-3 ♦ 12,50 €

Philippe Kellermann ♦ Marxistische Geschichtslosigkeit ♦ Von Verdrängung, Unwissenheit und denunziation: Die (Nicht-)Rezeption des Anarchismus im zeitgenössischen Marxismus ♦ ISBN 978-3-86841-060-0 ♦ 19,50 €

Philippe Kellermann ♦ Anarchismusreflexionen ♦ Zur kritischen Sichtung des anarchistischen Erbes ♦ ISBN 978-3-86841-082-2 ♦ 17,00 €

David Kessel ♦ Außenseitergedichte ♦ Lyrik ♦ ISBN 978-3-936049-77-0 ♦ 9,80 €

Michaela Kilian ♦ Keine Freiheit ohne Gleichheit ♦ Louise Michel (1930 - 1905), Anarchistin, Schriftstellerin, Ethnologien, libertäre Pädagogin ♦ 978-3-936049-93-0 ♦ 17,00 €

Michaela Kilian ♦ Entlarvte Illusionen ♦ Marian Iwanowna Zwetajewa (1892 - 1941) ♦ 978-3-86841-044-0 ♦ 19,50 €

Ulrich Klemm ♦ Bildung ohne Zwang ♦ Texte zur Geschichte der anarchistischen Pädagogik ♦ 978-3-86841-037-2 ♦ 16,00 €

Ulrich Klemm ♦ Mythos Schule ♦ Warum Bildung entschult und entstaatlicht werden muss ♦ Eine Streitschrift ♦ 978-3-86841-003-7 ♦ 11,80 €

Ulrich Klemm ♦ Anarchisten als Pädagogen ♦ Profile libertärer Pädagogik ♦ ISBN 978-3-936049-05-3 ♦ 9,00 €

Ulrich Klemm ♦ Freiheit & Anarchie ♦ Eine Einführung in den Anarchismus ♦ ISBN 978-3-936049-49-7 ♦ 9,80 €

Rachel Kochawi ♦ Die Blut-Braut ♦ Eine politische Liebesgeschichte ♦ Roman ♦ ISBN 978-3-936049-89-3 ♦ 16,00 €

Rachel Kochawi ♦ Nakajima ♦ Eine Erzählung ♦ inkl. DVD „Das 23. Jahr" ♦ ISBN 978-3-86841-007-5 ♦ 16,00 €

Rachel Kochawi ♦ Das Brot der Armut ♦ Die Geschichte eines versteckten jüdischen Kindes ♦ ISBN 978-3-86841-034+1 ♦ 18,00 €

Norbert „Knofo" Kröcher ♦ ... warum mir die Linke ♦ Knieschüsse oder Die Kritik als Waffe ♦ ISBN 978-3-86841-080-8 ♦ 12,00 €

Gustav Landauer ♦ Internationalismus ♦ Ausgewählte Schriften ♦ Band 1 Herausgegeben von Siegbert Wolf ♦ ISBN 978-3-936049-89-3 ♦ 18,00 €

Gustav Landauer ♦ Anarchismus ♦ Ausgewählte Schriften ♦ Band 2 ♦ ISBN 978-3-86841-012-9 ♦ 18,00 €

Gustav Landauer ♦ Antipolitik ♦ Ausgewählte Schriften ♦ Band 3.1 ♦ ISBN 978-3-86841-31-0 ♦ 18,00 €

Gustav Landauer ♦ Antipolitik ♦ Ausgewählte Schriften ♦ Band 3.2 ♦ ISBN 978-3-86841-36-5 ♦ 18,00 €

Gustav Landauer ♦ Nation, Krieg und Revolution ♦ Ausgewählte Schriften ♦ Band 4 ♦ ISBN 978-3-86841-046-4 ♦ 18,00 €

Gustav Landauer ♦ Philosophie und Judentum ♦ Ausgewählte Schriften ♦ Band 5 ♦ ISBN 978-3-86841-068-6 ♦ 22,00 €

Gustav Landauer ♦ Literatur ♦ Ausgewählte Schriften ♦ Band 6.1 ♦ ISBN 978-3-86841-090-7 ♦ 18,00 €

Gustav Landauer ♦ Literatur ♦ Ausgewählte Schriften ♦ Band 6.2 ♦ ISBN 978-3-86841-091-4 ♦ 18,00 €

Gustav Landauer ♦ Skepsis und Mystik ♦ Ausgewählte Schriften ♦ Band 7 ♦ ISBN 978-3-86841-059-4 ♦ 18,00 €

Gustav Landauer ♦ Wortartist ♦ Ausgewählte Schriften ♦ Band 8 ♦ ISBN 978-3-86841-101-0 ♦ 18,00 €

Samuel Lewin ♦ Dämonen des Blutes ♦ Eine Vision ♦ ISBN 978-3-86841-079-2 ♦ 12,00 €

Markus Liske ♦ Deutschland. Ein Hundetraum ♦ Satire ♦ ISBN 978-3-936049-25-1 ♦ 16,00 €

Markus Liske ♦ Freier Fall für freie Bürger ♦ Eine Sozialgroteske ♦ ISBN 978-3-936049-56-5 ♦ 11,80 €

Markus Liske ♦ Weltmeister wie wir ♦ oder: Wie der Aufschwung nach Deutschland kam ♦ Satire ♦ ISBN 978-3-86841-008-2 ♦ 14,00 €

Albert Londres ♦ Die Flucht aus der Hölle ♦ ISBN 978-3-86841-038-9 ♦ 12,00

Miriam Magall ♦ Auf dem Obasute-Yama ♦ oder:Verwirf' mich nicht in meinem Alter!♦ Roman ♦ ISBN 978-3-86841-097-6 ♦ 19,50 €

Subcomandante Marcos ♦ Der Kalender des Widerstandes. Zur Geschichte und Gegenwart Mexikos von unten ♦ ISBN 978-3-936049-24-4 ♦ 13,00 €

Stefan Mozza ♦ Abschiet ♦ Roman ♦ ISBN 978-3-936049-50-3 ♦ 16,00 €

Jürgen Mümken; Freiheit, Individualität & Subjektivität. ♦ Staat und Subjekt in der Postmoderne aus anarchistischer Perspektive. ♦ ISBN 978-3-936049-12-1 ♦ 17,00 €

Jürgen Mümken ♦ Anarchosyndikalismus an der Fulda. ♦ ISBN 978-3-936049-36-7. ♦ 11,80 €

Jürgen Mümken (Hrsg.) ♦ Anarchismus in der Postmoderne ♦ Beiträge zur anarchistischen Theorie und Praxis ♦ ISBN 978-3-936049-37-4 ♦ 11,80 € ♦

Jürgen Mümken ♦ Kapitalismus und Wohnen ♦ Ein Beitrag zu Geschichte der Wohnungspolitik im Spiegel kapitalistischer Entwicklungspolitik und sozialer Kämpfe ♦ ISBN 978-3-936049-64-0 ♦ 22,00 €

Jürgen Mümken ♦ Die Ordnung des Raumes ♦ Foucault, Bio-Macht und die Transformation des Raumes in der Moderne ♦ ISBN 978-3-86841-070-9 ♦ 16,00 €

Jürgen Mümken / Siegbert Wolf ♦ „Antisemit, das geht nicht unter Menschen" ♦ Anarchistische Positionen zu Antisemitismus, Zionismus und Israel♦ Band 1: Von Proudhon bis zur Staatsgründung♦ ISBN 978-3-86841-088-4 ♦ 18,00 €

Wolfgang Nacken ♦ auf'm Flur ♦ Roman ♦ ISBN 978-3-936049-28-2 ♦ 11,80 €

Rudolf Naef ♦ Russische Revolution und Bolschewismus 1917/18 in anarchistischer Sicht ♦ Aus vielen Originalquellen ♦ ISBN 978-3-936049-54-1 ♦ 14,00 €

Stefan Paulus ♦ Zur Kritik von Kapital und Staat in der kapitalistischen Globalisierung ♦ ISBN 978-3-936049-16-9 ♦ 11,00 €

Abel Paz & die Spanische Revolution ♦ Bernd Drücke, Luz Kerkeling, Martin Baxmeyer (Hg.) ♦ Interviews und Vorschläge ♦ 978-3-936049-33-6 ♦ 11,00 €

Abel Paz ♦ Feigenkakteen und Skorpione ♦ Eine Biographie (1921 - 1936) ♦ 978-3-936049-87-9 ♦ 14,00 €

Abel Paz ♦ Anarchist mit Don Quichottes Idealen ♦ Innenansichten aus der Spanischen Revolution ♦ Eine Biographie (1926 - 1939) ♦ 978-3-936049-97-8 ♦ 16,00 €

Abel Paz ♦ Im Nebel der Niederlage ♦ Vertreibung und Flucht ♦ Eine Biographie (1939 - 1942) ♦ 978-3-86841-016-7 ♦ 16,00 €

Abel Paz ♦ Am Fuß der Mauer ♦ Widerstand und Gefängnis ♦ Eine Biographie (1942 - 1954) ♦ 978-3-86841-033-4 ♦ 19,50 €

Alfons Paquet ♦ Kamerad Fleming ♦ Ein Roman über die Ferrer-Unruhen ♦ ISBN 978-3-936049-32-9 ♦ 17,00 €

Dietrich Peters ♦ Der spanische Anarcho-Syndikalismus ♦ Abriss einer revolutionären Bewegung ♦ ISBN 978-3-936049-04-6 ♦ 8,80 €

Benjamin Péret ♦ Von diesem Brot esse ich nicht ♦ Sehr böse Gedichte ♦ ISBN 978-3-936049-20-6 ♦ 9,00 €

Oliver Piecha ♦ Roaring Frankfurt ♦ Ein kleines Panorama der Frankfurter Vergnügungsindustrie in der Weimarer Republik ♦ ISBN 978-3-936049-48-0 ♦ 17,00 €

Pierre J. Proudhon ♦ Die Bekenntnisse eines Revolutionärs. ♦ ISBN 978-3-9806407-4-9 ♦ 12,45 €

Jean-Bernard Pouy ♦ Mord im Paradis der Nackten ♦ Krimi ♦ ISBN 978-3-86841-017-4 ♦ 16,00 €

Michel Ragon ♦ Das Gedächtnis der Besiegten ♦ Roman ♦ ISBN 978-3-936049-66-4 ♦ 24,80 €

Michel Ragon ♦ Georges & Louise ♦ Der Vendeer und die Anarchistin ♦ Roman ♦ ISBN 978-3-86841-001-3 ♦ 16,00 €

Manja Präkels ♦ Tresenlieder ♦ Gedichte ♦ ISBN 978-3-936049-23-7 ♦ 10,80 €

Heinz Ratz ♦ Der Mann der stehen blieb ♦ 30 monströse Geschichten ♦ ISBN 978- 3-936049-45-9 ♦ 18,00 €

Heinz Ratz ♦ Tourgeschichten ♦ ISBN 978-3-936049-74-9 ♦ 16,00 €

Heinz Ratz ♦ ...um da zu sein für Deine Widerstände ♦ Ein lyrisches Trotz-, Trost-, Liebes- und Beziehungskarusell ♦ 978-3-86841-028-0 ♦ 12,00 €

Heinz Ratz ♦ Die Rabenstadt ♦ Ein Poem ♦ ISBN 978-3-936049-27-5 ♦ 11,80 €

Heinz Ratz ♦ Apokalyptische Lieder ♦ Gedichte ♦ ISBN 978-3-936049-22-0 ♦ 11,00 €

Heinz Ratz ♦ Hitlers letzte Rede ♦ Satire ♦ ISBN 978-3-936049-17-6 ♦ 9,00 €

Elisée Reclus ♦ Geschichte eines Berges ♦ Prosa ♦ ISBN 978-3-86841-087-7 ♦ 16,00 €

Ela Rojas ♦ Einer dieser chilenischen Tage ♦ Roman ♦ ISBN 978-3-86841-032-7 ♦ 14,00 €

Thomas Reichert, Meike Siegfried, Johannes Waßmer (Hrsg.) ♦ Martin Buber: Neu gelesen ♦ Band 1 ♦ ISBN 978-3-86841-075-4 ♦ 19,90 €

Han Ryner ♦ Nelti ♦ Roman ♦ ISBN 978-3-86841-006-8 ♦ 14,00 €

Walter Schiffer & Thomas Reichert ♦ Rückbesinnung und Umkehr ♦ Zur Bedeutung der jüdischen Tradition bei Martin Buber und Aharon Appelfeld ♦ ISBN 978-3-86841-086-0 ♦ 11,80 €

Birgit Schmidt ♦ Das höchste Ehrgeizideal war, für die Freiheit gehängt zu werden ♦ Russische Revolutionärinnen ♦ ISBN 978-3-86841-013-6 ♦ 11,80 €

Birgit Schmidt ♦ Andere Wege: Zwischen Surrealismus, Avantgarde und Rebellion ♦ Künstlerinnen und Wissenschaftlerinnen in Mexiko ♦ ISBN 978-3-86841-041-9 ♦ 11,80 €

Birgit Schmidt ♦ Wer war Ruth Oesterreich? ♦ Auf den Spuren einer vergessenen Sozialistin ♦ ISBN 978-3-86841-058-7 ♦ 11,80 €

Birgit Seemann ♦ Mit den Besiegten ♦ Hedwig Lachmann (1865-1918), Deutsch-jüdische Schriftstellerin und Antimilitaristin ♦ ISBN 978-3-86841-073-0 ♦ 16,00 €

Birgit Seemann ♦ Ein „FEATHER WEIGHT CHAMPION CASSIUS CLAY".♦ Eleonore Sterling (1925–1968).♦ Deutsch-jüdische Kämpferin gegen Antisemitismus und Rechtsextremismus ♦ ISBN 978-3-86841-078-5 ♦ 18,00 €

Massoud Shirbarghan ♦ Die Nacht der Heuschrecken ♦ Roman aus Afghanistan ♦ ISBN 978-3-936049-30-5 ♦ 11,80 €

Syfo ♦ Forschung & Bewegung ♦ Magazin Syndikalismusforschung 1♦ ISBN 978-3-86841-057-0 ♦ 10,00 €

Nivi Shinar-Zamir ♦ ABC der Demokratie ♦ Demokratie-Erziehung für Kinder vom Kindergarten bis zur 6. Klasse ♦ 978-3-936049-61-9 ♦ 29,80 €

Augustin Souchy ♦ Bei den Landarbeitern von Aragon ♦ Der freiheitliche Kommunismus in den befreiten Gebieten ♦ ISBN 978-3-86841-067-9 ♦ 11,00 €

Sulamith Sparre ♦ Eine Frau jenseits des Schweigens ♦ Die Komponistin Fanny Mendelssohn- Hensel ♦ ISBN 978-3-936049-60-2 ♦ 12,00 €

Sulamith Sparre ♦ Denken hat kein Geschlecht ♦ Mary Wollstonecraft (1759 – 1797), Menschenrechtlerin ♦ ISBN 978-3-93604-70-1 ♦ 17,00 €

Sulamith Sparre ♦ Rahel Levin Varnhagen ♦ Saloniére, Aufklärerin, Selbstdenkerin, romantische Individualistin, Jüdin ♦ ISBN 978-3-93604-76-3 ♦ 16,00 €

Sulamith Sparre ♦ Das Herz eines Caesar im Busen einer Frau ♦ Artemisia Gentileschi (1593-1654), Malerin ♦ ISBN 978-3-86841-000-6 ♦ 16,00 €

Sulamith Sparre ♦ Aber Göttlich und Außerordentlich reimt sich ♦ Bettine von Arnim (1785 - 1859), Muse, Schriftstellerin, politische Publizistin ♦ ISBN 978-3-86841-009-9 ♦ 17,00 €

Sulamith Sparre ♦ Man sagt ich sei ein Egoist. Ich bin eine Kämpeferin♦ Dame Ethel Mary Smyth (1858-1944), Komponistin, Dirigentin, Schriftstellerin, Suffragette ♦ ISBN 978-3-86841-038-9 ♦ 17,00 €

Sulamith Sparre ♦ Hier bin ich, die Wegweiserin♦ Flora Tristan (1803-1844), Sozialistin, Feministin, Schriftstellerin ♦ ISBN 978-3-86841-074-7 ♦ 19,50 €

Oliver Steinke ♦ Das Auge des Meerkönigs ♦ Historischer Roman ♦ ISBN 978-3-936049-29-9 ♦ 14,00 €

Oliver Steinke ♦ Der Verrat von Mile End ♦ Historischer Roman ♦ ISBN 978-3-936049-18-3 ♦ 14,00 €

Oliver Steinke ♦ Füchse der Ramblas ♦ Historischer Roman ♦ ISBN 978-3-936049-46-6 ♦ 14,00 €

Valentin Tschepego (Hrsg.)♦ Machno - Zeugnisse einer Bewegung♦ Bon Freund zu Feind♦ ISBN 978-3-86841-095-1♦ 11,90 €

Leo Tolstoi ♦ Libertäre Volksbildung ♦ Herausgegeben und kommentiert von Ulrich Klemm ♦ ISBN 978-3-936049-35-0 ♦ 14,00 €

Rubén Trejo ♦ Magonismus ♦ Utopie und Praxis in der Mexikanischen Revolution 1910 – 1913 ♦ ISBN 978-3-936049-65-7 ♦ 17,00 €

Martin Veith♦ Unbeugsam♦ Ein Pionier des rumänischen Anarchismus – Panait Musoiu ♦ ISBN 978-3-86841-076-1♦ 19,90 €

Kurt Wafner ♦ Ausgeschert aus Reih' und Glied ♦ Mein Leben als Bücherfreund und Anarchist ♦ Autobiographie ♦ ISBN 978-3-9806407-8-7 ♦ 14,90 €

Kurt Wafner ♦ Ich bin Klabund. Macht Gebrauch davon! ♦ Biographie ♦ ISBN 978-3-936049-19-0 ♦ 10,80 €

Boff Whalley ♦ Anmerkungen*♦ zu Chumbawamba und mehr ♦ ISBN 9787-3-86841-021-1 ♦ 18,00 €

Michael Wilk, Bern Sahler (Hg.) ♦ Strategische Einbindung♦ Von Mediationen, Schlichtungen, runden Tischen ... und wie Protestbewegungen Manipuliert werden ♦ Beiträge wider die Beteiligung ♦ ISBN 9787-3-86841-095-2 ♦ 14,00 €

Lily Zográfou ♦ Beruf: Porni [Hure] ♦ Kurzgeschichten ♦ ISBN 9787-3-936049-71-0 ♦ 16,00 €